名取佐和子

逃がし屋トナカイ

実業之日本社

実業之日本社文庫

Preorder 006
Order1 ブルー・ブルー・マタニティブルー 011
Order2 ツインテールの娘 073
Order3 追いかけたくて 133
Order4 コンビニエンス・ファミリー 197
Order5 子どもたちの行進 268
Afterorder 332

逃がし屋トナカイ

Contents

逃がし屋トナカイ

「一緒に逃げてくんない？」

校庭の片隅で、少年は面白くない冗談を言ってしまった時のように照れていた。

幼稚園からの付き合いゆえ、彼にはわかる。そんなふうに照れる時こそ、少年の心は緊張で震え、せつないほどの本気が滲(にじ)み出ていることを。わかっていたからこそ一瞬、その重い言葉にたじろいだ。腰の引けたことを知られたくなくて、彼は笑って返す。

「どこへ？　世界の果てとか？」

「そうそう」

まだ声変わりしていない澄んだ声で同調し、少年はまぶしげに目をしばたたいた。

「世界の果てまで逃げきれたら、よく眠れそうだよね」

その意味を彼が聞き返す前に、少年はきゅっと唇をつぼめて生真面目な顔になる。

「放課後、ＵＦＯ公園で待ってるから」

ぜってー待ってるから、とつづけたあと、少年はまた恥ずかしそうな表情に戻り、駆け去った。三年分の体の成長を見越して大きめに作られた制服は、肩幅も袖や丈の長さも何一つ少年の体に合っていない。黒い詰襟が風を孕んで膨らむたび、少年は食べられてしまったように見えなくなった。

＊

彼は少年との約束を忘れてしまった。

そのもっともな理由を、彼はいくつも挙げることができる。故意ではなかったと天に誓える。けれどとどのつまり、約束した時間に約束の場所へ行かなかった。それが事実のすべてだ。

思い出したのは夕飯を食べたあと。つけっぱなしのテレビに映ったバラエティ番組があまりにもつまらなくて、自分の部屋に戻ろうとした瞬間、制服に食べられる少年の後ろ姿が唐突によみがえってきたのだった。

彼は街灯のまたたく住宅街を駆けて、ＵＦＯ公園に行ったが、人の気配はなかった。公園の通称を決定づけた円盤型の遊具が、影を濃くして揺れていただけだ。彼は無駄足になったことを少年のせいにしかけて反省し、来た道を引き返す。

帰りがけに回り道をして少年の家の前を通ったのは、少年が一人でいなくなってしまったかもしれないと思ったからだ。ぜってー待ってるから、と言った少年の顔を思い出し、ふと不安になった。

まさかな、と彼はつぶやきつつ早足になる。幼い頃から何度も通った道を辿る。住宅街のどん詰まりにあるT字路を右に曲がれば、二階にある少年の部屋の窓が見えるのはわかっていた。カーテンの引かれたその窓に明かりがついていれば、少年が何事もなく日常に戻ったことがわかるだろう。それを確認して、彼も自分の家に帰るつもりだった。詫びるのは、明日でいい。少年の好物のアイスでも奢って、許してもらおう。

彼は窓に明かりがついている方に賭けて、T字路を曲がる。

*

明かりはついていなかった。

代わりに、窓はもっと原始的で暗い勢いのある赤色に染まっていた。

火だ。

少年の家は燃えていた。

棒立ちになった彼を待ちかねたように、少年の部屋の窓が割れる。炎が噴き出し、怪物の握り拳のように空に突き上がった。爆風で翻ったカーテンもたちまち燃え落ちる。風に流れた火の粉が降ってくる。頬に熱さを感じて思わず後ずさりしかけた時、彼はその窓から小さな顔が覗くのを見つける。煤で真っ黒になっていたが、間違いなく少年だった。たしかに目が合った、と彼は思う。少年の顔が彼に何かを語りかけ、小さな手が中途半端に上がる。

彼は大声をあげて走り寄った――つもりだったが、気づくと複数の大人に肩をつかまれ、地面に組み敷かれていた。「危ないぞ、坊主」と何人かの叱責が降ってきて、燃えさかる少年の家の周りにはすでに大勢の野次馬が集まっていたことに、やっと気づく。「中に人がいる。あそこに」と指した窓に、もう少年の顔はない。大人達は口々に「絶望」という言葉を用いる。彼はいきり立ち、大人達の手から逃れてその場を走り回る。水をかけよう、ホースはないか、とわめき散らす。これが本当の焼け石に水だと返した男の横面を平手打ちすると、お返しは拳で戻ってきた。

口の中に広がる鉄の味に顔をしかめ、彼は少年の部屋の窓を見上げつづける。

窓から再び少年の顔が覗く。けれど、それはもはや顔ではない。真っ黒な炭の塊。眼球が溶けたあとの暗い窪みを彼に向けて、じっと立っている。口はただれて塞がり、言葉を発することはできない。彼は目をそらせず、かつて少年であった塊を見つめつづける。声が聞こえた気がした。

——世界の果てまで逃げきれたら、よく眠れそうだよね。

ごめん、と彼は謝る。その詫びはもう少年には届かない。少年から一生許してもらえなくなったことを悟りつつ、彼は謝りつづける。

Order 1 ブルー・ブルー・マタニティブルー

白いウォークスルーバンの中は、獣のにおいと鳴き声で満ちていた。

一方、助手席の圭介(けいすけ)はさっきから一言も発していない。小さな鼻を上向かせ、への字口を作ったまま、むっつり黙りこくっている。やっと口を開けたと思ったら、ミントタブレットを放り込んで、またすぐに閉じた。

ゆで卵のようなその横顔を盗み見て、俺はハンドルを握り直す。

「なかなか、にぎやかだよな」

黙殺されるかと思ったが、返事は案外すぐにあった。

「〝うるさい〟と言った方が正しい」

圭介は上体をひねって後ろに積まれた十二個のケージを眺め、聞こえよがしにため息をついてみせる。

「こいつら、どうすんだよ？」

「んー、なんとかするしかないよな」

「簡単に言うな。十二匹だぞ。大型犬ばかり十二匹」

「わかってる。でも、俺らが引き取るしか選択肢はなかっただろ、あの場合」

「俺らじゃない。俺はそんな選択した覚えはないから」

「冷たいこと言うなよ、圭介」

「名前で呼ぶな、おっさん」

「おっさんって呼ぶな、矢薙クン。ワタクシ、神則道はまだ三十になったばかりですよ」

「俺より十コも上なんだ。おっさん以外に呼びようがあるか？」

ようやく俺の方を向いた圭介は、整った眉を寄せて「とにかく」とまるで犬達に遠慮するように声を低めた。

「これは、運送屋の仕事の範疇外だ。おっさんに何ができる？　中途半端な情けをかけんな。犬を食わせていくのにだって、金と人手がかかるんだぞ」

「なんとかするよ。なんとかなるさ」

俺が努めて穏やかに言うと、圭介はぱちぱちと音がしそうなまばたきをする。大きくも小さくも切れ長でもない目は、圭介の小さな顔の中にほどよく収まり、顔全体の印象を品よく涼しげに見せていた。

「聖人気取りもいい加減にしろよ、おっさん」

「今日がクリスマスなだけに？　うまいね」

「バーカ」

圭介は見くだすような視線で俺を一瞥したあと、そっぽを向いてまた黙りこんだ。

目釜市の国道沿いに並ぶラーメン屋や雑居ビルの隙間から藤坂急行の線路が覗くと、「帰ってきた」という気分になる。勝手知ったる何とやら、ってやつだ。ハンドルを握る俺の手から、少しだけ力が抜けた。

ほどなくして、クリーム色の歩道橋が見える。信号のない国道を渡るために設置されたそれの手前で、ハンドルを切って左折する。

とたんに狭い道になるから、車同士のすれ違いには注意しなくちゃならない。大抵向こうからやって来るのはトラックで、気の荒いドライバーが多かった。クラクションを阿呆みたいに浴びせられたくなければ、ナーバスなマラソンランナーのごとく道の左端をまっすぐ走るが吉だ。そのうち、窓を閉めていたって潮のにおいがしてくる。それを掻き消す勢いで、何かが腐ったようなにおいもしてくる。

腐臭の元凶である緑色に濁った川に架かる短い橋を渡り、鯖の腹みたいにてらてら光ってそびえ立つツインタワーの間を通って、突き当たりを右折すれば、寿埠頭だ。

同じ形の巨大な倉庫がいくつも並ぶ広い波止場を、一直線に進んでいく。

遊泳禁止の波止場の海は、いつだって鉛色に見えた。その固くて冷たそうな水面をずりずりと擦(こす)るように船が行き交い、港に横付けされる。要塞のような巨大タンカーから筏(いかだ)に毛の生えたような小型商船まで、錨(いかり)をおろせば皆等しく死んだように何日間か動かなくなり、停泊期間が過ぎると、またずりずりと水面を擦って去っていった。

区別のつかない巨大倉庫が何列も並んでいる様は、まるで迷路だ。その迷路の中を、体に染みこんだ習慣に従ってハンドルを回し、右に左に折れていくと、巨大倉庫を二回りほどミニチュア化した倉庫群が一列現れる。遠近感が狂う瞬間だ。まばたき三回。目を凝らしてその列を進み、一番海寄りの倉庫の前まで来て、俺は車のエンジンを切る。かつて輸出用中古車の修理工場を兼ねていたという、その倉庫の入口脇には、黒板タイプの立て看板が置かれていた。不渡りを出して潰れたカフェのオーナーに、差押え前の撤収作業を頼まれた際、譲ってもらったものだ。目印が必要だろうと、俺が白いペンキで文字を書いた。

——トナカイ運送

一応、これが屋号で、ここが事務所だ。他に寝泊まりする場所がないから、自宅でもある。

事務所に戻るやいなや、圭介は今日のクライアントだった大手引越し業者、ネイチャー引越センターの制服を脱ぎ捨て、シャワールームにこもってしまった。

仕方なく、車から事務所まで、俺が一人で十二個のケージを運ぶ。三十キロ近い大型犬が入ったケージだから、最後の一個を運び入れた時には腰も膝もだいぶイカれていた。

ソファにぐったり沈みこむ。修理工場時代から使われてきたこの革のソファは、相当いい品なのだろう。油染みがほうぼうに飛んでいることに目をつぶれば、快適この上なかった。

「あふー」

俺は天井を見上げて、至福の声を漏らす。その声を掻き消すように、入口のシャッターをくぐってすぐ脇に積んだケージの中から、犬達の鳴き声が響きわたる。おまけにソファのちょうど正面にあるシャワールームの方から、圭介の悲鳴まで聞こえてきた。

間髪を容れず、圭介がバスタオルを腰に巻きつけて飛び出してくる。

「シャワーが水になったぞ。またガスを止められたか？」

「いいや。今月は電気代もガス代もちゃんと払えた。原因は、シャワーの老朽化かねえ」

俺が天井を見上げたまま答えると、圭介が恐ろしい眼力で、上から覗きこんでくる。髪からぽたぽた垂れる水で、俺の頬が濡れた。

「い、犬の餌代より先に、シャワーの、の、修理代をひねり出せ。絶対だぞ、ぞ」

歯の根の合っていない紫色の唇を見ていたら、さすがにかわいそうになる。

「風邪引くぞ。早く服を着ろ」

「言われなくても」

圭介が足音荒くパーティションの向こうに消えたのと同時に、俺のスマホが鳴った。

「はい」

——もしもし？　そちら、トナカイさん？

女性のやや低めの声がした。名指し仕事だ。俺はソファに座り直し、「はい」と答える。

——よかった。もう表まで来てるの。シャッターがおりていて。

「すぐ開けます。お待ちください」

俺は入口のシャッターを睨（にら）み、一度大きく息を吐いた。倉庫の迷路をもろともせず、すんなりトナカイ運送に辿り着いた客の仕事とくれば、あまりいい予感はしない。パーティションの向こうに「仕事だぞ」と声をかけてから、シャッターを開けにいく。背中越しに、圭介のくしゃみが聞こえた。

表で寒そうに足踏みしながら待っていたのは、黒い毛皮をまとった中年女だった。

俺はとっさに女の背後に視線をめぐらす。海にせり出すように停（と）まっている青いセダンが目に入った。あれに乗ってきたのか？　一人で来たのか？　運転席に目をこらすと、髪の長い人影が見える。女か？　俺の視線から逃れるように、人影はかがんでしまった。なおも目を細めて凝視しつづける俺の視界を遮るように、中年女が正面に立つ。

「シャッターが閉まっているから、休みかと思ったわ」

「すみません。玄関ドア代わりなもんで。開けっ放しだと、凍え死んじまう」

謝りながら中年女の顔を見て、妙な懐かしさを覚えた。高そうな服とは対照的に、庶民的で朗らかなその顔には、見覚えがある。

どこで会ったか思い出そうと斜め上を見上げた俺の胸を、中年女はおもむろに指さした。

「あら？　これ、どういうこと？　あなた、トナカイさんじゃないの？」

中年女の指先に視線を落とすと、『ネイチャー引越センター』と赤い糸で刺繍された

ネームがあった。他社の制服を着たまま脱ぐのを忘れていたことに気づき、とっさに胸のネームを手で隠す。そんな俺の脇を通り抜け、中年女に歩み寄った者がいた。

「独立してトナカイを始める前に、ネイチャーさんで働いていたんだよね、先輩」

デニムのつなぎを着た圭介が立っていた。人懐こい笑いを貼り付けた顔は、俺より十センチも上にあるため、おのずと仰ぎ見る形となる。

「お、おう、そうだ――そうでした」

たしかに、俺は働いていた。それは事実だから、大きくうなずいておく。ちなみに、ネイチャー引越センターだけでなく、出雲通運でもタイラ引越センターでも加山急便でもタケル運輸でも、俺は働いた。そこで築いたコネクションでもって、今の仕事がある。

「運送業界の制服は動きやすいから、今でも部屋着として使っちゃったりしてるんだよね、先輩。本当はイケナイことだけど」

圭介はいたずらっぽく言ったあと、薄味に調えられた顔で屈託なく笑った。そのよそゆきの笑顔からは、日なたですくすく育った若者のにおいしかしない。ゆえにたいていの人間がそうであるように、毛皮の中年女も圭介に好感を抱いたようだ。

「まあ、そうだったの」

ほほほと笑いながら、中年女がシャッターをくぐって倉庫に入ると、圭介もあとに従った。俺の顔を見て、ゆっくり口を動かす。声は出ていなくても「バーカ」とちゃんと聞こえた。

積まれた十二個のケージの中から、十二匹の犬にそれぞれ吠えられ、中年女は目を丸くする。

「ずいぶんたくさん飼ってるのね」

「今日、引越しを担当したお客様に処分を頼まれたんです。不要品だからって」

「まっ、ひどい」

「ひとまず、ここに連れ帰ってきました」

客用のお茶をいれながら睨んでくる圭介の視線には気づかないふりをして、俺は中年女に革のソファをすすめる。自分はパーティションの向こうにまわり、ネイチャー引越センターの制服からデニムのつなぎに手早く着替えた。

脱いだ制服は圭介のもの共々、隅に置かれたハンガーラックに吊す。そこには、俺がかつて渡り歩いてきたすべての会社の制服が、二着ずつかかっている。俺と圭介の分だ。本当はれっきとした商売道具であり、部屋着代わりにしているわけではない。

デニムのつなぎを着て戻った俺を見て、中年女はふっくらした頬を揺らしてうなずいた。

「あら、よくお似合い。こっちの方が、なんというか、らしいわね」

「らしいって?」

女の正面ではなく横にずらしたスツールに腰掛けた圭介が、首をかしげる。努めてあっけらかんとした声を出しているが、その背中は警戒心で強ばっていた。

俺が圭介のすぐ隣にスツールを移動させて座るのを待って、中年女は顎を毛皮に埋もれさせたまま言いきる。

「逃がし屋っぽいってこと」

俺らが息をのんだ隙を突くように、名刺がテーブルに置かれた。

「私はそっちの客として来たのよ」

「〈たまきクリニック〉院長　産婦人科医、〈NPO　子どもを守る会〉理事、〈女性ハートフルネット財団〉会長、〈社団法人　ウィメンズシップ〉役員――ふーん。ずいぶん肩書きが多いんだね、田巻毬子（たまきまりこ）センセ。ウチのそっちの商売については、どこで知ったわけ？」

　圭介が名刺を読み上げ、用心深く田巻を見る。もうよそゆきの笑顔はどこにもない。

「まあまあ、それは、ね。顔が広いと、耳も大きくなるんです」

　田巻は黒い毛皮を揺すって笑い、カルテのコピーと顔写真を置いた。

「こちらは、百澤美咲（ももさわみさき）さん。当院の患者さんよ。診察の際、腕に不自然な火傷（やけど）の跡があって尋ねたら、夫からのDV被害だと打ち明けてくれたの。話を聞くかぎり、殺すつもりかってくらいひどい暴力で、私もう、いてもたってもいられなくて――」

「立派な役職をたくさん持ってんだし、あんたが助けてあげればいいじゃん」

　圭介が乱暴に言い放つ。田巻はむっとしたりせず、淡々とうなずいた。

「もちろん助けるわ。私は不幸な女性や子どもを救いたくて活動しているんだから。ただ残念ながら、私の手が届くのは逃げたあとなの。生活する場や自活のサポートはいくらでも用意できる。でも、最初の一歩は、本人とプロにおまかせしなくちゃ無理」

「プロといったら普通、役所や警察だろ」

「法的なプロと実践のプロは違うでしょ？　ＤＶの加害者から逃げる場合、迅速性と多少の強引さが必要よ。残念だけど、このあたりの地域の公的機関が、それらを持っているようには思えない」

「俺ら、実践のプロなんだってさ」と薄く笑って振り向いた圭介の顔を、しかし、俺は見ていなかった。

俺はただまっすぐ前を見ていた。田巻の座ったソファの後ろ、薄暗いキッチンの片隅を。

俺の視線が一点に集中していることに気づき、圭介の目が険しくなる。

「おっさん、ストップ。引き受けんなよ。ダメだぞ」

「でも、見えた」

「気のせいだ」

押し殺した声でぴしゃりと言い放ってから、圭介は田巻に向き直った。

「センセが期待するような仕事を、俺らが今まで一度もやったことがないとは言わない。でも、トナカイ運送はあくまで普通の運送屋を目指してるんだ。普通の客による普通の引越しや配送の依頼を、いつだって待ってる」

「でもこのご時世、なんのコネもない小さな会社に、普通のお仕事が来るかしら？」

近所のおばちゃんのような親しみやすさを保ちながら、田巻は鋭い質問を投げかける。

入口のシャッター近くに積み上がった十二個のケージを指さし、俺と圭介を交互に見た。

「おおっぴらに客を選り好みできない大手の運送会社に代わって、犬を〝不要品〟と言いきるような狂った客、ブラックリストに載っている客ばかりを担当する――そういう普通じゃない仕事で、かろうじて食いつないでいるんじゃないの？」

図星だ。圭介が口を動かさず、低い声で器用につぶやく。

「おっさんがネイチャーの制服なんか着たまま応対するから、バレんだよ」

俺らの反応を観察しながら、田巻は薄紫色の風呂敷に包まれたものをテーブルに置いた。

「逃がし屋として仕事を受けてくれるなら、報酬は今、現金で先払いできます。これとは別に、成功報酬も渡せます。それから――」

田巻はいったん言葉を止めて、十二個のケージの方に体ごと向いた。

「あのワンちゃん達を、しかるべき保護団体に引き渡すこともできるわよ」

圭介の眉がぴくりと上がる。

「保護団体？　保健所じゃなくて？」

「ええ。ちゃんと里親を探して、見つからなければ一生世話をしてくれる団体です」

「そういう団体の理事も兼任してるのか？」

俺が名刺の肩書きに目を落とすと、田巻はほほほと口をおさえて笑った。

「いいえ。私の専門は女性と子ども。でも、まあ、専門の活動が広く深くなればなるほど、おのずと横のつながりは生じるものだから」

田巻のよく動く口を眺めていた俺は、「あ」と声をあげる。彼女の顔に見覚えがあったのはテレビで見ていたからだと、ようやく気づいたのだ。情報番組のコメンテーター席で、いつもよどみなく自分の見解を述べている、文化人なる人種。

俺の反応に気づいたのかどうか、田巻はテーブルの上のカルテのコピーと顔写真を、こちらにずいと押した。

「DVは一刻を争う場合が多いの。人助けだと思って、手遅れにならないうちにお願い」

俺はかたいスツールの座面で痛くなってきた尻を浮かし、圭介を見た。

「人助けだそうだ」

圭介は答えない。むっと唇を結んだまま、そっぽを向いている。俺はテーブルの上の風呂敷包みを指さし、もう一度話しかけた。

「これで、シャワーを修理できるぞ」

じろりと睨んでくる圭介の視線を捉えたまま、俺はうなずく。

「犬達も保健所送りを免れる。餌代の心配もいらない」

圭介が目を伏せ、ふうと大きなため息をついた。もう一押しだ。

「それに、今日はクリスマスだ」

「――サンタクロース気取りかよ」

「そこまで酔っちゃいない。ただ、よい子へのプレゼントがのった橇を引っ張るトナカイくらいには、なれるんじゃないかと思ってね」

「じゅうぶん酔ってるだろ、それ」

小馬鹿にしたように吐き捨てると、圭介は降伏するように両手を挙げて伸びをした。

俺がソファに腰かけた田巻の正面にスツールを引き摺っていくと、圭介も倣う。

「田巻先生、商談成立だ。俺は社長の神則道。こっちはバイトの矢薙圭介。この二人で担当させてもらうんで、依頼内容を詳しく教えてください」

俺はカルテのコピーと顔写真を手に取った。

＊

百澤美咲から連絡があったのは、二日後の朝だ。夫の束縛と監視が厳しいらしく、俺らの方から電話やメールをすることは、田巻に禁じられていた。

――今日の午前十時に、たまきクリニックで栄養指導を受ける名目で家を出ます。境原四丁目の信号あたりで拾ってください。

美咲は名乗るのもそこそこに、早口でまくしたてた。斧を持った怪人がすぐ後ろに迫ってきているかのような怯えっぷりで、こちらの都合をたしかめる余裕もないようだ。すぐに特定できるよう、美咲の外見や服装の情報を聞きたかったのだが、「あ、ダンナがトイレから出てきちゃった」と焦って電話を切られてしまった。

俺はスマホをソファに放り投げると、ロフトと呼ぶにはあまりにもだだっ広い中二階に上がり、圭介を叩き起こす。朝に弱い圭介が、不機嫌なうなり声をあげるのを無視して、美咲から連絡が来たことを伝えた。

二人して顔を洗うのもそこそこに、デニムのつなぎに着替え、白いウォークスルーバンに乗り込む。デニムのつなぎは、ベルト通しにぶらさげた赤いキャップ含めて、トナカイ運送の制服代わりだ。

助手席で、圭介があくびまじりに顎をしゃくった。

「〈サンフラワー〉に寄って。ミントタブレット買いたい」

「逆方向だぞ。国道沿いのセブン‐イレブンじゃダメなのか？」

「セブンみたいなメジャーなコンビニが、あのクソまずいミントタブレットをいつまでも置いてるわけないだろ。売れる商品がわからない残念なコンビニでなきゃ、俺のミントタブレットは拝めないんだよ」

褒めているのか貶しているのかわからないが、圭介が寿埠頭の最寄り駅、岬新町の駅前にあるコンビニ〈サンフラワー〉を頑なに利用しつづけているのは事実である。

岬新町は特急が停まらず、デパートや運送会社の巨大な倉庫以外は古い平屋住宅が川沿いにぽつぽつと並ぶくらいの、小さな駅だ。乗り降りする者は少なく、駅前のロータリーなんてものもなかった。そんなさびれた駅前の路肩に乗り上げるようにして車を停め、圭介と一緒にコンビニに入る。

「いらっしゃい」

自動ドアが開くと、チャイムやメロディではなく、オーナー兼店長の挨拶で迎えられた。かつて蕎麦屋だったというこの店は、居抜きとまでは言わないが、そこここに昔の名残が見つかる。雑誌置き場の床が一段高くなっていたり、レジカウンターの上にテレビが吊られていたり、古いレジスター台があったと思われる場所にサイズの合っていないATMの機械が置かれていたり、という具合に。

圭介がミントタブレットをまとめ買いするのを待ちながらテレビを眺めていると、CM明けにいきなり田巻が映った。

コメンテーターとして意見を求められ、ライトが不自然なくらい明るいスタジオの中でよどみなく喋っている。テレビ慣れしていない人間にありがちな無駄な力みも、いきすぎた脱力も見られなかった。

「プロだな」

俺のつぶやきが聞こえたのか、「あ？」と圭介もテレビに目を移し、「お」と口の形を変える。

若い母親が生まれたばかりの赤ん坊をゴミ袋に詰めて捨てた事件に話題が変わると、田巻はころころとした身を振り絞るようによじり、語気を荒げた。

――本当にやりきれないですよね。あのね、私、この若いお母さんに怒っているわけじゃないの。そりゃ、彼女は罪を犯しました。悪いですよ。圧倒的に悪い。でもね、シングルマザーが早朝から深夜まで神経を磨り減らせて、いいことと悪いことの区別がつかなくなるくらい働かなきゃいけない状況を作っている社会も、絶望的な悪だと思いません？　だから私、願うんです。私達第三者が声をあげるなら、これから罪を償う彼女個人への罵詈雑言ではなく、社会に対する提言であってほしいと。

田巻のかかわっている女性や子どもを守るＮＰＯや財団の名前と連絡先が、タイミングよくテロップで下に出た。

「ご立派なことで」

圭介が鼻を鳴らす。古いレジの引き出しが閉まらなくなり、カウンターの中で悪戦苦闘していたオーナーが、テレビを振り仰いだ。

「でも、この先生は有言実行派ですよ。テレビ出演のギャラは、すべてそういう団体に寄付されているって」

「本当に？」

「はい。この間、テレビで特集が組まれてました。密着取材。あれ見て、俺も女房もすっかりファンになっちゃって。ただのおばちゃんかと思っていたら、すごい人だったなって」

オーナーは薄くなったごま塩頭をこちらに向けたまま、老眼鏡を押し上げた。袖口から包帯が覗き、俺は思わず反応する。

「怪我（けが）？　大丈夫？」

「え？　ああ、これね。お恥ずかしい。ドリンク補充の時に、変な転び方しちゃって」

オーナーは頭を掻きながら、袖口を引っ張った。そのまま圭介に向き直り、商品とお釣りを渡す。老人と呼ぶには早いが、会社員であればぼちぼち定年を迎える年齢だろう。この社会は、隠居していい人間が早朝から深夜まで働かなきゃいけない状況も作っているわけだ。

「お大事に」

去り際に声をかけると、オーナーは慇懃（いんぎん）に頭を下げ、「毎度ありがとうございました」と体に染みついたいつもの挨拶をした。

指定された信号の前で停まると、探すまでもなく百澤美咲が目に飛び込んできた。顔を全部隠した異様な人物が、電柱の陰に立っていたのだ。目立たないようにがんばりすぎて、逆に目立ってしまっている。

「マスクはわかるよ、まだ。でも、真冬にサングラスとつば広帽子って、どういうつもり？　逃げる気あんのかな、あの人。〝見つけてください〟って言ってるようなもんだよ」

　圭介の辛辣な言葉を「まあまあ」となだめながら、車の中から美咲に向かって軽く会釈する。どうやら気づいてくれたらしい。美咲は帽子のつばを揺らしながら近づいてきた。遠目からはわからなかったが、コートの腹まわりが、だいぶ膨らんでいる。俺の視線は、美咲のフラットブーツから腹、そしてほとんど見えていない顔を、上下に行き来した。

　美咲はスライドドアを開けるなり、首だけ突っ込んで早口で叫ぶ。

「トナカイ運送さん？」

「そうです」

「よかった。私、百澤美咲です。早く逃がして。早く」

「早く逃げたいなら、そこ、どいてもらえます？」

　圭介が嫌みなくらいゆっくり応じて、両手で押すような仕草を見せた。美咲が素直に後ずさると、圭介はさっきまで美咲のいた場所に向かって、身軽に飛び降りる。

　俺は誰もいなくなった助手席の背もたれを前に倒し、座面ごと運転席側に跳ね上げた。観光バスなんかで使う補助席の要領だ。こうすると、助手席のスペースが空き、奥の荷物置き場への通路になる。ウォークスルーバンは天井が高いので、俺みたいな平均身長の男なら、屈まずに作業ができた。

「どうぞ」と美咲を手まねきしてから、念のため聞いてみる。

「このまま田巻先生のシェルターの方に行っちゃって、大丈夫ですか？　荷物とか取りに戻らなくて平気？　多少大きい家具でも、後ろに積めますけど」

「平気。何もかも、ダンナにくれてやるわ」

　大きなサングラスの縁に手を添え、美咲は挑むように答えた。その直後、すぐそばを走り抜けていったバイクの排気音にびくりと背を震わし、バンのステップを駆け上がる。奥へと進み、声をあげた。

「私、ここに座るの？」

「はい。俺もいっしょに座ります。こっちの方が人目につきませんから」

　言いながら、俺も奥へと進む。

　ふだんは荷物でいっぱいになるそこには、小さな一人がけのソファが二つとテーブルが一つ、ネジでしっかり固定してあった。

　運転席に乗り込んだ圭介が、振り向いて言う。

「地震体験車みたいだろ。実際、道の舗装状態によっては結構揺れるかも」

「なるべくゆっくり走れよ、圭介」

俺は美咲の大きな腹を見ながら、圭介に注文をつける。美咲は不安げな顔のまま手前のソファに腰をおろした。「あ」と小さく声をもらして、腹に手を置く。

「どうした？　腹？　痛みますか？」

「大丈夫。ちょっと張っただけ。なんせ臨月だから」

美咲は「嫌になる」と吐き捨てるようにつぶやき、マスクとサングラスとつば広帽子をすべて取り去る。面長の控えめな顔立ちがあらわれた。薄い眉を心持ち上げて、俺を見る。

「妊娠してから、刃物ばかり目につくの」

「そうなんですか？　悪阻（つわり）ってやつの一環で？」

俺の質問は、よほど的外れだったのだろう。美咲がはじめてかすかな笑顔を見せた。

「ううん。悪阻じゃない。ダンナの血を引いた子どもが、自分のお腹の中にいる。そう思うたび、手近な刃物でお腹を切り裂きたくなるだけ」

「――そりゃ物騒だ」

コートを割るように突き出た腹を見ながら、俺は顎に手をあて、慎重に言う。圭介があまり上手いとは言えない運転で車を発進させたが、ソファに座った美咲はぴくりとも動かなかった。

沈黙を抱えて、車は走りつづける。

俺は話のとっかかりを求めて美咲を観察し、あることに気づく。おそらく田巻が気づいたのと同じことだろう。すると、美咲の方でも俺が気づいたことに気づいたらしい。さりげなく頬に手を添え、体の向きを変えた。きっと気づかないふりをしてほしいのだろうが、俺は沈黙をやぶる方を選んだ。

「火傷ですか?」と自分の頬を指して尋ねる。

「ええ、まあ」

「田巻先生は腕を火傷してるって言ってたけど」

美咲は黙ってコートの袖を乱暴にまくってみせた。痛々しい火傷の跡が点々と残っている。田巻はこっちに気を取られ、頬の火傷までは気づかなかったのだろう。

「どちらも同じ時にダンナさんから?」

俺が聞いた瞬間、美咲の目の奥にぽつんと灯(あかり)がともった。煙草の火くらいだったその灯は、美咲の顔が上気すると共に、どんどん明るくなり、潤んだ瞳の中で炎のようにゆらめく。美咲は激しく三度うなずいた。

「ええ、そう。そうよ。あのサイテー野郎」

カタコトのような響きで罵り、炎を宿した目で俺の顔を見つめる。

「骨を折られることなんて日常茶飯事。歯も抜けたし、痣と生傷も絶えない。髪の毛をつかんで引きずりまわされ、禿げたこともある――火傷は、天ぷら油を引っかけられたの。ぐつぐつ煮えた油を、アイツわざと――サイテー野郎。あれで職業が小学校の教師だっていうんだから、恐ろしい話でしょ」

さっきまでの沈黙が嘘のように、美咲はダンナへの怒りを次から次へと口にした。

「先生か。学校で問題は――」

「起こすわけない。アイツ、外面だけは異様にいいもの。むしろ、生徒にも保護者にも教師仲間にも評判のいい先生よ。はっ。笑っちゃう」

笑っちゃうと言いながら、美咲の顔は強ばり、目は虚ろなままだ。まるで誰かの意志にのっとられたように、言葉が上滑りしている印象を受けた。

俺は「すみません」と美咲に顔を近づけて、火傷を見せてもらう。こめかみから右頬にかけてぽつぽつといくつもできた赤い水ぶくれは、化粧で隠してもなお痛々しかった。

信号待ちで停まると、話を聞いていたらしい運転席の圭介が、振り返って尋ねる。

「ダンナのそういうところに、あんたは結婚するまで気づかなかったのか？」

「ええ――最初に暴れたのは、結婚して二年経ってからだから」

美咲の悲痛な返答に、圭介は歪めた顔を進行方向に戻した。青信号に変わるのを待ってアクセルを踏み込みながら、つぶやく。

「天ぷら油って熱いよな」

圭介の言葉が、自分に寄り添ってくれるように感じたのだろう。美咲は唇を嚙みしめると、両手で顔を覆った。泣きだしたのかと思ったが、肩は揺れていない。しばらくして手を離し、体温をなくした暗い目で俺を見る。やはり、頰は濡れていなかった。

「もう耐えられない」

独り言というにはあまりにも語気の強いそのつぶやきに、俺は荷台の上部についた窓を見上げる。冬の澄み切った青空が覗いている。小さな白い雲が三点リーダーのように並んでいた。


それから車は何のトラブルもなく走りつづけた。業務完了へとはやる心を抑えきれず、運転席に顔を向ける。

「圭介、まだか？」

「もうすぐ。あと十五分もしないと思う」

圭介の言葉を聞き、俺は美咲に向き直って言う。

「シェルターに着いたら、あとのことは田巻先生が準備してくれてるそうなんで——」

口をつぐんだのは、美咲の様子がさっきと違っていたからだ。俺の視線を受けて、美咲は大きな腹に手を置き、背筋を伸ばす。目は暗いままだったが虚ろではなくなり、薄い眉がかすかに上がっていた。俺がどうかしたのかと尋ねる前に、美咲は声をあげる。

「ストップ！　やっぱり引き返して。家に戻ってほしいの」

俺より先に、圭介が反応した。

「はあ？　マジか？　ここまで来て、何言ってんの？」

「完璧に逃げきってみせるんで、心配しなくて大丈夫ですよ」

俺もなだめたが、美咲は首を横に振り、「引き返して」の一点張りだ。圭介がアクセルから足を離さないまま叫んだ。

「このまま〝サイテー野郎〟と暮らしてたら、あんた、いつか暴力で殺されるよ？　死んだら逃げられないんだぞ」

圭介の言葉に、美咲はますます切羽詰まった表情になる。ぎゅっと目をつぶり、いやいやをするように首を振った。そしてまた目を開き、大きな腹をおさえて立ち上がる。

「いいから戻って！　私を乗せてくれた場所で降ろして！　無理だというなら、今、ここで降りる」

カーブでぐらりと体勢を崩した美咲の肩を、俺はあわてて支えた。

「わかった。わかったから、百澤さん、まあ座って」

美咲がしぶしぶ腰をおろすのを待って、俺は横に立ったまま話しかける。

「最終確認ですけど、本当にいいんですね？　ダンナさんは束縛が激しい人なんでしょう？　今度逃げたくなった時に、また今日みたいにうまく家を出られるとは――」

「もういいから！」

美咲は悲鳴のような甲高い声で俺の言葉を遮ると、歯をぎりぎりと食いしばった。俺はバックミラー越しに圭介と目を合わせる。目配せすると、圭介は盛大な舌打ちと共にハンドルを切り、Uターンした。

ゴール寸前で引き返すことになった帰り道は、やけに長く感じる。誰も喋らなかった。

＊

「また連絡ください。いつでも逃がしに来ますから」

車を降りた美咲の背中に声をかけたが、彼女が振り向くことはなかった。

「あーあ。田巻センセからの成功報酬がパーだ」

圭介が頭の後ろで手を組んで、ふてくされたように運転席にもたれかかる。俺は「まあまあ」となだめながら、荷台の窓から美咲の後ろ姿を目で追った。そして、その頼りなげな背中が電柱の陰に隠れ、師走の人混みにまぎれたところで叫ぶ。

「圭介、つなぎを脱いで車から降りろ。早く！」

「――おい、ちょっと？　まさか尾行する気？　お節介焼くなって」

「気になることがあるんだ。今帰ったら、きっと昼メシも晩メシもまずい」

「知るか」

「それに、このまま百澤美咲が連絡を断ったら、成功報酬どころか、事前にもらったあの風呂敷包みだって返さなきゃいけなくなるぞ」

圭介の顔色が変わった。ミントタブレットを口に放り込み、俺のいる荷台に移動してくる。デニムのつなぎを脱ぎ捨てると、中は普段着だった。この季節は寒いので、重ね着しているのだ。細身のチノパンにアーガイル柄のセーターという、大学生のような服装になった圭介は、こんな時のために車に積んであるネイビーのピーコートをはおり、ますますプレッピーなお坊ちゃんに近づく。お坊ちゃんは俺の私服を見て、鼻で笑った。

「相変わらず、おっさんの私服はダセーな」

俺はダメージデニムに古着のスウェットを合わせた我が身を見下ろし、スタジャンを手に取りながら「そうか？」と首をひねる。

「ダセーよ。二十代のまんまセンスが止まって年だけ食ってく、おっさんにありがちなダサさだよ」

「おいおい。俺、去年まで二十代だったし——」

「しがみつくな。今年は三十だし、来年は三十一だろ」

「まあ、そうなんです、けど」

俺は無駄にダメージを食らいながら、ウォークスルーバンを降りた。フロントガラスの内側に『点検作業中です。ご迷惑をおかけして申し訳ありません』と架空の店名を書いた札を置いておく。商用車にしか見えない車は、こういう時に便利だった。

むきだしの首筋を北風が撫でていく。俺は伸び上がって、前方にアーケード商店街があることを確認し、「あっちだ」と圭介に指さしで教えた。

「なぜわかる?」

「百澤美咲は、あの商店街を抜けて左に折れた先のマンションに住んでいるんだ。アーケードを通って帰るのが、一番近道のはず」

「調べてきたのか?」

「念のためにな。グーグルマップさまさまだ」

圭介は雑踏から頭ひとつ突き出る高身長を活かして前方に目を凝らしていたが、「本当だ。いたぞ」とささやく。俺らは先を争うように早足で、アーケードをくぐった。

全長三百メートルほどのレンガ道の左右に飲食店や靴屋や八百屋やパン屋が並ぶ。焼き鳥やコロッケなど、思わず買い食いしたくなるようなものも売っていた。個人店が多かったが、奥の方にはチェーン展開するスーパーやドラッグストアの看板も見える。アーチ型の骨組みに張られた半透明シートのおかげで、商店街の中は明るさが保たれ、冷たい北風もほんの少し避けられた。

混み合うアーケード内での美咲の追跡は、圭介に頼る。圭介は背伸びもジャンプもせず、ただわずかに首を伸ばして前方を見つめた。

「――いたぞ。ずんずん戻っていく。暴力ダンナのいる家が怖くねぇのかな」

「怖いに決まってるだろう。それでも戻るんだから、おかしな話なんだよ」

俺が独り言のようにつぶやくと、圭介はミントタブレットを口に含みながら、目線だけ寄越した。

「なあ？　〝気になることがある〟って言ってたけど、何？」

「ああ――」

俺は早くも乱れてきた呼吸を整えながら、指を折って挙げていく。

「まず一つ目、白澤美咲はＤＶの被害者にしては、加害者に対する憎しみが強すぎるように思えた」

「毎日殴られてたんだ。そりゃ憎むだろ」

「いや、本当に毎日、死ぬかと思うような痛みに耐えてみろ。人間は怒りよりも恐怖が勝ってくるもんだ。恐怖は心を弱くする。それこそ〝逃げよう〟って思いつけないくらい、心が麻痺(まひ)してしまうって――」

「ネットに書いてあった？」

圭介の鋭い指摘に、俺は唾をのみ、あわてて言った。

「ネットはネットでも、たしかな情報だぞ。田巻毬子の講演会の議事録だからな。〈女性ハートフルネット財団〉のホームページにアップされているのを読んだんだ」

「勉強熱心なことで」

圭介は茶化すように言ったあと、前を向いて足を運びながら、ぼそっと付け足す。

「まあ、わかるよ。毎日ゴミみたいな扱いを受けると、心は簡単に死ぬからな」

俺は圭介の横顔を見上げたが、圭介は視線を合わそうとしなかった。仕方なく、つづきを話す。

「二つ目。強く憎めるほどの気力があるのに、なぜ今まで逃げ出さなかったのか？」

「——その答えから、せっかく逃げられるチャンスなのに家に戻るっていう、今日のわけわかんねぇ行動の謎も解けるかもな」

「たしかに」

俺がうなずいていると、圭介が急に立ち止まった。

「どうした？」

「あの女、スーパーに入ったよ。さっきまで身一つで逃げようとしていたやつが、もう日常に戻るのか」

俺はスーパーの入口を見やる。アーケード内にあるため、規模は大きくなさそうだ。自動ドアの脇に、大きな門松が設置されていた。おそらくほんの数日前は、同じ場所にクリスマスツリーが飾られていたのだろう。

　圭介はふんと鼻から息を吐き、人差し指で鼻の下を軽くこすった。

「俺、何を買うか見てくるわ」

「見つかるなよ」

「そんなヘマをするか」と圭介は親指を立て、ピーコートのポケットから眼鏡を取り出す。

「変装とは、姿を変えるんじゃない。印象を変えるんだ。百澤美咲に教えてやりたいね」

　その言葉通り、眼鏡をかけた圭介は本人の素とも、さっきまでのお坊ちゃんの雰囲気とも違って、文化系の気弱な青年に見えた。

「お。眼鏡圭介は、ショーペンハウアーとか読んでいそうだな」

「シャ、い、い、い、ーペン？　小便？　い、い、い、はうあー？　何それ？」

「いや、なんでもない。忘れてくれ」

　圭介は首をひねりながら、スーパーに入っていった。

　十五分ほどして、先に出てきたのは美咲だ。圭介が先だとばかり思っていた俺は、あわてて後ろを向き、ちょうど近くにつながれていた足の短い犬を撫でた。犬は息を乱し、舌を出し、前足を宙に浮かせて、ばたばたと喜ぶ。田巻に引き取ってもらった十二匹の犬を思い出していると、後ろからどつかれた。

「獣と戯れている場合か。早く百澤美咲を追いかけろよ、おっさん」

圭介が見下すように睨んでいる。俺が立ち上がると、走り書きのメモを突き出した。

「これ、百澤美咲がスーパーで買ったものリスト」

「小松菜一把、ぶり一パック、乾燥わかめ、ヨーグルト、納豆、コンソメスープの素——」

俺は歩きながらメモを読み上げていったが、最後の項目で声が途切れてしまう。思わず圭介を見ると、圭介も俺を見ていた。

「なあ、圭介。これって——二、三十代の夫婦に必要な物か?」

「必要ねぇだろ。〝絶対〟とは言いきれないけど、普通は必要ない」

俺らは同時に、前を歩いていく美咲の背中を見つめる。圭介がミントタブレットをばりばりと嚙み砕きながら聞いてきた。

「どうする?」

「話を聞かなきゃな」

俺は歩幅の大きくなった圭介を追いかけつつ、不動産屋の店先のラックから住宅チラシを何枚か引き抜いた。

アーケード商店街が終わり、ふたたび頭上に青空が戻ってきた瞬間、俺は駆け出す。圭介の足音が追ってくるのを背中で聞きながら左へ折れて、数十メートル先の十階建てマンションに吸い込まれていく美咲の姿を確認した。

「やべーよ。オートロックじゃねぇの？」

「想定済みだ」

俺はマンションのエントランス付近に視線をめぐらせ、宅配ボックスやメールボックスのある場所を探す。それらしき透明ガラスのドアがエントランスの右隅にあるのを見つけ、飛び込んだ。新聞配達員や郵便局員や宅配業者が出入りするこのドアは、当然ロックされていない。

圭介が察しよく、「俺がドアの前で見張っておく」と声をかけてきた。

俺は息を整えながらうなずき、ステンレス製のメールボックスがずらりと並んだスペースに入る。部屋番号の下にネームプレートを入れている家は極端に少ない。住民達は防犯やプライバシーの観点からあえてそうしているのかもしれないが、部屋番号と表札が生命線の各業者——むろんトナカイ運送も含まれる——にとっては、迷惑な話だった。

美咲の部屋番号にも『百澤』の表記はなかったが、俺はカルテに書かれていた住所を頼りに郵便受けを大きく開ける。そして、さっき取ってきたばかりの不動産屋のチラシを投函するふりをしながら、建物内の物音に耳を澄ませた。美咲が郵便物を取りに来ることに賭けて、待つ。もし、そのままエレベーターで上がってしまうようなら、最後の手段として郵便受けから大声で呼びかけるつもりだったが、ほどなくダイヤルを回す音がして、メールボックスは開けられた。

「あ」

誰かがチラシを投函している真っ最中だと気づき、美咲はあわててメールボックスを閉めようとする。俺は早口で話しかけた。

「百澤さん？　トナカイ運送の神です」

ひゅっと鳴ったのは、美咲の喉の音か。メールボックスを閉められたら、終わりだ。

俺は一番効果のありそうな言葉を懸命に探す。

「田巻先生からは、あなた一人を逃がすよう頼まれました」

美咲はじっと聞いているようだ。わざと一拍おいてつづけた。

「でも、もし、もう一人、あなたが逃がしてあげたい人がいるなら、俺らは一緒に連れていきますよ。どうしますか？」

ガシャンと何かが落ちる音がした。圭介が走り書きした買ったもののリストの品物が、買い物袋から転がり出ている画が浮かぶ。小松菜一把、ぶり一パック、乾燥わかめ、ヨーグルト、納豆、コンソメスープの素、そして、

——入れ歯用洗浄液。

これを必要とする人間は、美咲でも暴力ダンナでもない、百澤家のもう一人の住人のはずだ。そしておそらく美咲は、この住人の存在を田巻に隠している。

美咲から細い声が漏れた。

「私、そんなにいい人間じゃない。〝逃がしてあげたい〟なんて思いつきもしなかった。そんなことできるわけないって決めつけてた」

郵便受けの細い口に挟んでいた右手が痛くなってきたので、俺は慎重に引き抜き、左手を入れる。その間の沈黙をどう受け取ったのか、美咲は突然すがりつくようにメールボックスを覗き込んだ。腫れぼったい目蓋が見える。

「だから、自分だけ逃げようと思っていたんです。サイテー野郎だよね、私も」

ふと横に人の気配を感じて、俺は右を向く。誰もいないことは、わかっている。それでも、空気が不自然にぶれて、視界の隅を影が走り、軽い足音と風圧を感じた。

強ばった顔をゆっくり戻しながら、俺は押し殺した声でつぶやく。

「わかってるよ。彼女を助ける」

「そこに、誰かいるの？」

メールボックスから覗く美咲の黒目がせわしなく左右に動き、怯えたように尋ねてきた。俺はあわてて「いません」と首を横に振る。

「今のは――まあ、一種の、おまじないみたいなものです。気にしないで」

「おまじない？」

美咲の語尾が不自然に上がった。まずい、と俺は力技で話を戻す。

「百澤さん、トナカイ運送は無理の利く運送屋です。なんでも相談してください。田巻先生に頼めないことなら、直接、俺らに依頼してくれたらいい。秘密は厳守します」

言い終わる前に、メールボックスがばたんと閉じられた。暗闇の向こうで身を翻らせ、駆け去る足音が聞こえる。俺が立ち尽くしていると、後ろでドアが開いた。

「神さん」

圭介が俺を名前で——きちんと「さん」まで付けて——呼ぶ時はたいてい、ふざけちゃいけない事が起きた時だ。俺は「今行く」と声をあげて、すぐに引き返した。

マンションのエントランスにある防犯カメラの撮影範囲から外れた場所で待っていたのは、圭介だけではない。

美咲が買い物袋を両腕で抱え、俺を見つめていた。面長の顔が不安げに歪み、やがて押し出すように言葉がこぼれる。

「トナカイ運送さん、私達を逃がしてください」

圭介が目をむいて俺を見た。俺は努めてポーカーフェイスのまま、圭介に宣言する。

「クライアント変更だ。ここからは、百澤さんに直接指示を仰ぐ」

美咲が体の向きを変えてエントランスに進み、共用玄関のカギを差し込んだ。エントランスのドアが少し軋（きし）みながら開く。俺は防犯カメラに顔が映らないようにうつむき、美咲を追った。

*

マンションのフロアには、小さなポーチのついた小豆色のドアが隣り合って並んでいた。美咲は他の家と比べて極端に物が置かれていない――傘立てすらなかった――ポーチを抜けると、小豆色のドアを体全体で引っ張るようにして開け、家に入る。俺と圭介もつづいて靴を脱ぐと、鼻先に消臭剤らしき極端な無臭が漂った。窓の締めきられた部屋は寒くはないが、空気が濁っていて息が詰まる。

直射日光の入らない暗い廊下に面したすべてのドアを、俺は歩きながら開けさせてもらう。トイレ、洗面所、物置、夫婦の寝室らしき部屋を見たが、人の声はもちろん動く気配すらなかった。

「誰もいねぇじゃん」

圭介が露骨に不審そうな声をあげたが、美咲は何も言わず、突き当たりにある磨りガラスの入ったドアを開ける。その先には、広いリビングルームがあった。バルコニーに面した大きな窓から光が入り、廊下に比べて格段に明るい。しかし、ソファと大型テレビ、そしてダイニングテーブルの他は、家具も生活雑貨も見当たらず、寒々しい眺めだった。

俺の態度から察したのだろう。美咲がぽつりと言う。

「これが、ダンナの言う〝家が片付いている〟状態なの。少しでも何かが出しっぱなしになっていたり、引き出しが開きっぱなしになっていたりすれば、キレて、難癖をつけて、暴力がはじまる」

俺がかける言葉を探しているうちに、美咲はさっさと和室に移動した。リビングと間仕切りで隣り合い、客間として使えそうなこの部屋も、隅に座布団が重ねられている以外何もない。

美咲は押し入れの前に進み出ると、ふすまに手をかけて一度大きく深呼吸する。そして薄い眉を上げ、一気に開いた。

「うわ」と声をあげたのは、圭介だ。

押し入れの下段に、一人の老婆がいた。実年齢はもっと若いのかもしれないが、〝老婆〟としか呼べない雰囲気だった。小柄な体を丸めるようにして膝を抱え、膝頭に顔をうずめている。口の中は見えないが、おそらく入れ歯だろう。そのあまりの小ささ、そして生命力のなさに、俺は言葉を失う。

「百澤嬰子(えいこ)。ダンナの実の母親。私の姑(しゅうとめ)です」

美咲がささやくように俺に告げると、嬰子は肩を震わせ、ゆっくり顔を上げた。視界に見知らぬ俺らが入っても、その視線が色や熱を帯びることはない。外の世界との間に分厚い膜があるような反応だ。けれど、

「あーあ。何やってんだよ、ばあさん。よくこんなところにいられるなあ。俺だったら、一秒だって耐えられねぇよ」

閉所恐怖症と暗所恐怖症を併せ持つ圭介がそう言いながら屈んで、押し入れから引っぱり出そうと嬰子の腕に触れた瞬間、突然大きく口を開けた。真っ暗な空洞のようなそこから絞り出されたのは、断末魔に近い叫びだ。そのあまりの大きさと悲痛さに、圭介が尻もちをつく。

俺は美咲に目を向けた。美咲はぼんやり立ったままだ。嬰子の取り乱した様子を見ながら、指先ひとつ動かさない。言葉もかけない。その目は、嬰子と同じ膜に覆われていた。

——いつもの光景なんだ。

俺は自分の仮説が立証されたことを悟る。この家の中には、二種類の恐怖がある。一つは、命が脅かされるレベルの暴力を毎日受ける恐怖。もう一つは、身近な者が痛めつけられるのを毎日見つづけねばならない恐怖。

「驚かせて悪かったな」

　最初に行動を起こしたのは圭介だ。まず謝ってから、嬰子に再び近づき、今度は体のどこにも触れないまま、危害を加えないことを懇々と説明しつづけた。そしてついに嬰子が聞く耳を持って落ち着くと、美咲に振り返る。

「ばあさんの鼻の骨が折れた時、病院に連れていかなかったでしょ？　変形しちゃってる」

　ここんトコ、と圭介は自分の細い鼻筋を指さしてみせた。美咲が気まずそうにうつむいたが、圭介の追及は止まらない。

「たぶん、他にもいろんなところを折られてるよね。腕には火傷の跡もあるし、年がら年中狭い場所に閉じ込められるから、膝や腰もつらそうだ」

「圭介――」

「ＤＶの被害者は、あんたじゃない。ばあさんだ」

　俺の制止を振り切って、圭介は鋭く言いきる。美咲の背がびくりと震えた。鯉のように口が何度も開いたり閉じたりしたあと、ようやくか細い声があがる。

「結婚して二年経った頃、お義父さんが亡くなって、お義母さんが私達と同居することになったの。お義母さんは、共働きの私達夫婦のために家事を請け負ってくれて――最初はうまくいってた。だけどある日、肉じゃがの味つけが濃すぎるって、いきなりダンナがお義母さんを蹴って――その行為を非難したら、今度は私が蹴られた。呼吸ができなくなるほどみぞおちを強く蹴られて、私、もう怖くて。何も言えなくなった。それからは、自分に危害が及ばないよう息を殺して、ダンナの機嫌を取って、お義母さんへの暴力は見ないふりして——」

圭介は顔を歪めると、嬰子の両腕をそっとつかんで押し入れから出してやる。

レースのカーテン越しに入る陽射（ひざ）しすらまぶしいのか、嬰子はさかんにまばたきを繰り返した。まなじりから涙が筋になって流れ落ちる。

「ばあさん、俺らが逃がしてやるから安心しろ。持っていきたいものはないか？」

圭介が尋ねると、嬰子はあわてて押し入れの中に頭を突っ込み、持ち手のよれたコットンのエコバッグを引き摺りながら這（は）い出してきた。和室を出て向かったダイニングルームで、購入したばかりの入れ歯用洗浄液を見つけると、それもエコバッグの中に入れる。

「他に必要なものはありませんか？」

俺の質問に、嬰子は表情を変えないまま、ゆっくり首を横に振った。俺は次に美咲を見る。

「百澤さんは？　持っていくものは？」

美咲もまた黙って、首を横に振った。終始うつむき加減で、嬰子を見ようとしない。

圭介が俺に向く。

「ばあさんは、どこに逃がすんだ？　合法的にやらねぇと、すぐ連れ戻されるぞ」

「馬淵に頼もう。きっと法の下で何とかしてくれるはずだ」

俺が口にした名前を聞いて、寄りっぱなしだった圭介の眉根がようやく開いた。

「ああ、そうかもな」

俺は不安げな美咲と嬰子に向き直って、馬淵真澄という、民事に詳しい弁護士がいることを伝えた。圭介が鼻の下をこすりながら付け足す。

「真澄さんは紳さんと中学の同級生なんだ。弁護士としての腕はいいのに、儲けにならねぇ仕事ばっかやってんの。だからきっと、ばあさんのことも助けてくれるよ」

俺は車のキーを圭介に放った。

「車を回してきてくれ」

「オーケー。マンションから少し離れたところに停めるか？」

「それがいい。停めたら、マンションに戻ってきてくれ。つなぎに着替えてな」

俺の言葉が終わらぬうちに、圭介は指でオーケーサインを作って出て行く。

残った俺は、美咲に向き直った。

「百澤さんは、予定通り田巻先生のシェルターに向かえばいいですか？」

美咲は「ええ」とかすかにうなずき、相変わらず嬰子の方は見ないまま喋る。

「どうやってマンションを出るの？　防犯カメラに映ったら、きっとすぐに調べられる。

ダンナはいつだって自分が正しいと思っているから、執念深く不正を正すわよ」

「映っても大丈夫。二人には荷物になってもらうんで」

「——どういうこと？」

「布団袋を一つ、それにタオルケットみたいなものをあるだけ用意してもらえますか？」

美咲は口を開きかけたが、結局何も言わずに部屋を出て行った。その間に、俺は馬淵に簡潔なメールを一本入れる。スマホをポケットにしまって顔を上げると、指定されたものをきっちり両手に抱えた美咲と目が合った。薄い眉が不安そうに下がりきっている。

「〝荷物になってもらう〟って、もしかして——？」

「はい。二人で布団袋に入ってもらえますか？　臨月妊婦に無理言って、本当に申し訳ないけど。運ぶ時は細心の注意を払うので、お願いします」

「——わかった。非常事態だものね」

　美咲の覚悟を決めた返事を聞いて、俺は慣れた手つきで布団袋を開く。まずはその中に、衝撃緩衝材としてのタオルケットを敷きつめた。

　妊婦ながら細身の美咲と小柄な嬰子、それに美咲の腹の子を入れても、三人の体重は百キロを超えないだろう。圭介が帰ってくるのを待つ間、俺は二人にうまく袋の中に収まってもらい、息苦しくならない程度にタオルケットをかぶせた。人間の体の凹凸（おうとつ）が出ないよう、なるべく本物の布団らしい形にならす。

二人の緊張をほぐそうと何度か話しかけてみたが、返答は極端に少なく、嫁姑の二人だけで会話することもなかった。

十分後、つなぎ姿になった圭介が、俺の赤いキャップとデニムのつなぎを持って戻ってくる。俺も、今着ている服の上から急いでつなぎを重ねた。最後に赤いキャップを目深にかぶると、布団袋のそばに腰を落とす。

「俺が前。圭介が後ろだ。行くぞ。せーの」

「せっ」

かけ声をかけて、ゆっくり持ち上げた。あらかじめ、美咲と嬰子には頭が下にならないような姿勢を取ってもらい、俺の背中にほとんどの体重をのせる。圭介には後ろからしっかり支えてもらった。バランスを取るまでに時間はかかったが、一度ポジションが固定されると、重さはほとんど感じない。

「よし。しぇっぱつ」

「出発だろ。肝心なところで噛むなよ、おっさん。力抜けるわ」

圭介に呆れられ、「すまん」と謝る。結局、俺が一番緊張しているようだ。逃がし屋は何度やっても慣れない。家という密室から一歩外に出る瞬間は、いつだって心臓が縮む。

それでも小豆色のドアを開けてしまえば、あとは雪崩のように突き進むしかない。俺と圭介は、足並みを揃えて共用廊下を歩き、エレベーターで一階に降りる。誰とも会わなかったが、最後の最後、マンションのエントランスを抜ける時に、ちょうど買い物から帰ってきたと思しき主婦とすれ違った。布団袋の中の二人と、背後の圭介から一斉に動揺が伝わってくる。俺は布団袋を少し押し上げ、歯を食いしばって作った笑顔を、主婦に向けた。

「こんにちは」

ことさら大きな声で挨拶する。その方がより業者っぽいからだ。「仕事中」と思ってもらえた方が怪しまれないからだ。そして何より、大きな声で挨拶してはっきり目を合わせてくる相手に対し、この時代のこの国に住むたいていの人間は目をそらしてくれるからだ。

案の定、主婦は顔をそむけ、口の中でもごもご何か——おそらく挨拶だろう——つぶやきながら去っていく。俺はその背を見送ることなく、車に向かって足を速めた。

布団袋はあくまで荷物として、ウォークスルーバンの荷台から積み込む。いったん後ろのドアを閉めたあと、俺と圭介は大急ぎで運転席の方から乗り込み、荷台にまわった。立ったまま、運転席と荷台を行き来できるこの車は、本当に便利だ。すでにメーカーの生産が終了しているのが残念でならない。そんなことをとりとめもなく考えられたのは、緊張が少しほぐれた証拠だろう。実際、ここまで来れば、バンの窓をあえて覗き込んでくる人間などほとんどいないため、安全と言えた。

俺は「お待たせ」と声をかけて、布団袋を開く。上からかぶせたタオルケットを手早く剝ぎ取り、まず嬰子、それから美咲の腕を取って、抱き起こしてやった。二人とも髪を乱し、顔を上気させていたが、怪我や体の痛みはなさそうで、ほっとする。

「やっと、出られた」

嬰子がぽつりとつぶやいた。その「出られた」場所は、布団袋を指しているわけじゃないだろう。嬰子の瞳にはじめて生気と呼べる光が瞬いているのを見て、今回の仕事は間違っていないと信じられた。

二人には小さな一人がけのソファにそれぞれ座ってもらい、俺は床にじかに腰をおろす。美咲が腰を落ち着けたのを確認してから、圭介がエンジンをかけた。

荷台の窓に目をやる。青空に電線が五線譜のように並んでいた。俺はスマホを取り出す。馬淵からメールの返事が来ていた。自立支援施設の名前と住所と電話番号が記されたあと、一行だけメッセージが打ってある。

――万事ＯＫ。一人でも二人でも可。

その簡潔すぎてそっけない、けれど心強い文章が、馬淵真澄という女を端的に表している気がする。俺は微笑(ほほえ)みを隠さず、ソファに腰掛けた嬰子と美咲を振り仰いだ。

「目釜市内の自立支援施設に空き部屋がありました。まず、そっちに向かいます」

店先に気の早い正月飾りが並ぶ町を横目に国道を走りつづけ、馬淵の指定した施設の前に到着する。雑居ビルにしか見えない古い建物だ。

「ここ、住めんの？」

圭介の言葉に、美咲と嬰子が俺を見る。

「住めるよ。決まってるだろ。馬淵が紹介してくれたんだ」

祈る気持ちでそう言って、車のスライドドアを開けた。俺と圭介がまず降りて、二人に手を貸す。

嬰子は地面に降り立ったとたん、しゃんと背を伸ばした。その姿勢と力のこもった目つきだけで、一気に十歳くらい若返って見える。

チャイムが見当たらないので、アルミ製のドアをノックした。中から「はーい。どうぞー」と応答がある。ドアを開けると、すぐ目の前に細長い階段が伸びていた。足音がして、白髪頭の女性が「よいしょ、よいしょ」というかけ声と共に階段を降りてくる。さっき「はーい」と応じてくれた当人らしい。

施設の責任者を名乗った白髪頭の女性は、俺らをぐるりと見回し、うなずいた。

「話は馬淵さんからうかがっています。百澤嬰子さんは、どなた？」

嬰子がおずおずと手を挙げる。白髪頭の女性は笑顔で進み出ると、同い年か少し年上にも見える嬰子の肩を抱き、「がんばったねえ。もう大丈夫ですよ」とささやいた。嬰子は最初こそびくりと逃げ腰になったが、やがて、おとなしくうなずく。顔を歪めることなく、涙がぽろぽろと数粒だけ流れた。

「百澤嬰子さんの荷物は、彼女が持っているバッグ一つだけなんで。よろしくお願いします」

圭介がてきぱきと頭を下げ、去り時を逸しそうな俺と美咲の背中を押す。

俺らが雑居ビルの外に出ると、アルミ製のドアが内側から閉まった。とたんに、車の排気音や近隣の工場から出る騒音が一層大きく聞こえてくる。

ドアを見つめたまま動けずにいる俺と美咲に、圭介が「次は、こっちの百澤さんを送る番だ」と諭すように言った。

俺は美咲を盗み見る。さて、どうしたものかと考えあぐねていると、背後で静かにドアの開く気配がした。

「ごめんなさい。ちょっと待ってもらえる?」

穏やかな声がする。白髪頭の女性が、俺らに笑いかけていた。

「嬰子さんが渡し忘れたものがあるって」

そう言ってぐっとドアを押し開いた女性の腕の下をくぐって、嬰子が顔を出す。

表情を作り忘れた顔と機械仕掛けのようなぎこちない足取りで美咲の前まで来ると、

嬰子はエコバッグを突き出した。

美咲が唾をのみ、かすれた声で「私に？」と尋ねる。嬰子がうなずくのを待って、美咲はもどかしげに袋の口を開いて手を入れた。取りだされたのは、入れ歯洗浄液だ。

「え」と全員が固まる中、嬰子がすばやく引ったくった。

「これじゃない。これは私の。プレゼントはまだ中に入ってる」

プレゼントという言葉に、美咲の動きが速くなる。ふたたび手を入れて取りだしたのは、かぎ編みの小さなベストだった。

「赤ちゃんのチョッキか」

圭介が懐かしい呼び名を用いると、嬰子はかすかにうなずき、美咲の腹に掌をあてた。

「押し入れの中で作ったから、編み目が飛んでるかもしれないけど――」

「どうして？」

美咲がうわずった声で叫ぶ。

「私はお義母さんが苦しんでいるのに、ずっと見ないふりして、聞こえないふりして、見捨てようとまでしたのに、なんでプレゼントなんか――」

「戻ってきてくれたじゃないか」

嬰子は声を大きくして、美咲の言葉を遮った。

「それに、楽しみだから」

　嬰子はおずおずと美咲の腹を撫でる。そして、噛みしめるように繰り返した。

「私は楽しみにしてる。赤ちゃんが生まれてきてくれる日を」

「私は怖い、です。あの人の血が流れている子どもなんか――」

　美咲のひきつった顔を見つめ、嬰子が静かに、けれどきっぱり言いきった。

「美咲さんの血が流れている子どもだよ。だから私は誕生が楽しみだし、誕生を祝して、何か贈りたいと思った」

　美咲はゆっくり自分の腹に目を落とす。あてられたままの嬰子の手の上に、自分の掌を重ねた。

　そのままじっと動きを止めた二人に焦れたのか、圭介が咳払いする。たちまち、白髪頭の女性に目で叱られた。

　俺はわざと声を大きくして、白髪頭の女性に尋ねる。

「この施設は、一人でも二人でもお世話になれるんですよね？」

「ええ。三人でも大丈夫」

　察しのいい女性は、美咲と美咲の腹に視線をめぐらし、ウィンクしてみせた。

　美咲は俺の目をしっかり捉え、何か言いたげに口をすぼめる。俺はその瞳に、嬰子と同じく、〝生命力〟と呼べそうな光を見つけた。だから、さっきからずっと用意しておいた言葉を、満を持して発する。

「田巻先生には、俺らから説明しておきます。なっ、圭介？」

返事の代わりに、圭介は聞こえよがしのため息をついてみせた。

＊

あと数時間で、今年が終わろうとしている。

〈たまきクリニック〉がどの建物を指すのか、ナビを見なくても、すぐにわかった。画一的な建売住宅が並ぶ住宅街の中で、薄桃色の壁と曲線の多い建物はひときわ目立っていたからだ。

俺と圭介は田巻に教えられた通り、『休診』の札がぶらさがった正面玄関の脇を抜けて、玉砂利を踏みしめ、裏の職員通用口にまわった。建物の中から赤ん坊の泣き声が聞こえてくる。産院で年を越す母子がいるのだろう。俺は美咲の大きな腹を思い浮かべた。そう遠からず、美咲もこの建物の中で出産するのだろうか。それとも夫の追跡を避けて、転院するのだろうか。どっちにせよ、田巻は母子の安全と自由を「守るわ」と約束してくれた。

美咲を嬰子といっしょに布団袋に詰めて配送したあの日、田巻とは連絡がつかなかった。仕方なく留守電に端的な事実だけを報告しておいたら、翌朝、電話がかかってきた。

田巻は出産がたてつづけにあって電話に出られなかったと律儀に詫びたあと、自分が準備したシェルターではない施設に美咲を避難させた理由と状況を、ちゃんと会って説明してほしいと言った。俺はもちろん承諾した。クライアントの依頼を勝手にねじ曲げ、自己判断に次ぐ自己判断で目的地を変更してしまったのだ。業務不履行、運送屋失格と罵られ、ペナルティを課されても文句は言えない。

田巻は自分のクリニックで会うことを提案し、最後に言ったものだ。患者さんの出産がはじまらなければ会えるわ、と。

「テレビのコメンテーターじゃなくて、お医者さんだったんだな、本当に」

後ろからついて来る圭介が、俺の心の中の言葉をそのまま口に出す。俺は「そうだなあ」とうなずき、振り返った。背の高い圭介を仰ぎ見る形になりながら言う。

「ていうか、バイトは社長が詫びを入れる現場にまでついて来なくていいんだぞ」

「やだね。おっさんにまかせていたら、あっさりコレを返しちまうだろ」

ミントタブレットのにおいを撒き散らしながら、圭介は手にした薄紫色の風呂敷包みを持ち上げてみせた。

「俺はバイトだけど、トナカイ運送の会計担当であり、営業担当でもあるんだよ。せめて実費のガソリン代くらい死守したい」

「圭介は俺の、お目付役か」

「おみおつけ役？　なんで味噌(みそ)汁が出てくるんだよ？　おっさんの頭はどうなってる？」

「圭介の語彙力こそどうなってる？　おみおつけって言い方を知っていて、なんでお目付がわからないんだ？」

　俺らが軽く言い争いながらチャイムを鳴らすと、電子ロックの外れる音と同時に、インターホンから田巻の声がした。

「入ってちょうだい。二階の院長室にいます」

　靴を脱ぐ場所が見当たらないので、迷った末にそのまま上がりこむ。ぐるりと螺旋(らせん)を描く階段の踊り場には、何を描いたのかわからない絵画が飾ってあった。

　二階に上がると、落ち着いた藤色の絨毯(じゅうたん)の敷かれた廊下がつづき、一番奥に重厚な木のドアが見える。ドアの脇に『院長室』と透明なプレートが掲げてあった。

　足音は絨毯に吸い取られていたはずだが、ノックする直前にタイミングよくドアが開く。次いで田巻の人懐こい笑顔が現れ、俺はほっとした。クレームには慣れっこだが、別に怒られることが好きなわけではない。

　あたたかそうなモヘアセーターに包まれた田巻の体はふくよかで、白衣より割烹着(かっぽうぎ)が似合う包容力を感じさせた。言葉を発するたび、年齢相応に艶をなくした肩までのボブカットが重そうにゆれる。

「いらっしゃい。暮れも押し迫った時期に、わざわざごめんなさいね」

「いえ。謝りたいのは、こっちです。百澤美咲さんの件では、勝手な真似をして――」

田巻は俺の言葉を掌でさえぎって応接用の革張りのソファに腰掛け、ガラステーブルを挟んだ向かいの三人掛けソファを示す。

「どうぞ。まずはお座りになって」

「あ、はい」

俺と圭介は隣り合って座った。目の前のガラステーブルには、すでに湯気の上がったティーカップとマドレーヌののった皿が置かれている。俺の視線を辿り、田巻が笑った。

「スタッフがちょうど出払っているので、私がお飲み物を用意させていただいたわ。少し冷めちゃったかも」

「猫舌だから、ちょうどいいよ」

圭介は持ち手を無視してティーカップを上からつかみ、ごくごく飲みほした。つづいて、マドレーヌに手を伸ばす。添えられたフォークは使わず、手づかみだ。

俺はあらためて田巻に、美咲の家には姑の嬰子が同居していたこと、その嬰子こそDVの本当の被害者であったこと、美咲は嬰子ともうすぐ生まれてくる子と三人で〝家族〟になることを決意し、俺の知り合いが紹介してくれた自立支援施設で一緒に暮らしはじめたことなどを、ざっと報告した。

「出産後、落ち着いたら仕事を探すと言ってました」

「自立への第一歩ね。美咲さんは日本語教師の資格を持っているから、就職口はありそうよ」

「へえ。そうなんですか」

俺は自分が百澤美咲について何も知らないまま、その人生に大きくかかわってしまったことを実感する。

「申し訳ありませんでした。田巻先生が用意したシェルターに連れていけなくて――」

「そういう事情ならいいの。こちらのシェルターは、残念ながら一人暮らしの女性専用なのよ。お姑さんを連れてこられても受け入れられなかったし、赤ちゃんが生まれたらまた別の施設を探さなきゃいけなかった。だから、むしろ私はトナカイさん達に〝ありがとう〟って言うべきね」

田巻はあくまで屈託がない。小指を立てて紅茶を飲むと、ゆったり微笑んだ。

「私の願いはただ一つ。女性と子どもが幸せになることですから」

ほっとする俺の横で、圭介が「じゃあ」と薄紫色の風呂敷包みをテーブルに置いた。

「この中から実費だけ、いただくことはできますか？　図々しくて悪いけど、こっちも一応、商売なんで」

「圭介」

俺は咎めようとしたが、田巻の笑い声があがる方が早かった。

「かまわないわ。というより、それは返さなくて結構よ」

「しかし――」

田巻はぐっと身を乗り出し、ささやくように言う。

「これからも私は、公的機関では間に合わない救助活動をつづけます。トナカイさんにまた協力してもらう時があるかもしれない。協力まではいかなくても、できれば美咲さんの件や、私が活動にかかわっていることを口外してほしくない。だからこのお金は――」

「秘密保持契約金？」

圭介がするりと割って入った。金が絡む時の語彙力だけはあるのだ。

田巻は「そうね」と微笑み、近所のおばちゃんが飴をくれるように、俺にマドレーヌののった皿を押し出した。

「和三盆のマドレーヌよ。食べてみて。患者さんからの差し入れがあまりに美味しかったから、自分でもお取り寄せしたの」

「どうも」

俺は和三盆が何なのかよくわからなかったが、マドレーヌを頬ばっておく。口の中の水分が一気に持っていかれたので、あわてて紅茶を飲んだ。

　そして、美咲と嬰子を布団袋に詰めた時からずっと気になっていたことについて、これ以上ない解決方法を思いつく。

「田巻先生、お願いがあるんですけど」

「私にしかできないこと？」

　顎を引いて何重もの肉のひだを作りながら、田巻は冷静な目で俺を見返した。

「そうですね。少なくとも俺の周りでは、あなたしかできない」

「何？」

「あなたが理事なり代表なりをされているたくさんの団体の中に、教育委員会のエライ人がいたりしません？」

　田巻は俺から目をそらすことなく腕を組み、ゆっくりうなずく。

「〈ＮＰＯ　子どもを守る会〉の中にいらっしゃるわ。目釜市教育委員会の教育長が」

「ビンゴだ」

　俺が思わず指を鳴らすと、圭介が目を丸くする。

「百澤美咲の夫から、教師の職を奪う気かよ」

「逆だ。あえて教師をつづけさせてやる。ただし――」

　俺は唇を舐めて慎重に言った。

「やつの家庭内での悪行を何もかも知ってるおエライさんが、目を光らせている環境でな」

「つまり、教育長づてに、妻と母親を無理に連れ戻したりしないよう、美咲さんの夫に念を押しておけばいいのね」

　田巻が察しよく微笑む。俺は頭を下げた。

「お願いします。究極に外面がいい人間って、その仮面が剝がれて社会的地位を失うことが、一番の恐怖だと思うんで」

「その通りね。睨みと、あと、旨みも与えて、逃げた家族を追う気力を削いじゃうわ」

　田巻の目が細くなった。笑顔なのに表情がわからない不思議な顔が作られる。食えない大人の顔だと思いつつも、俺はほっとした。これで美咲と嬰子、それに新しい命の自由は保障されるだろう。離婚手続きだって、ちゃんと進むはずだ。

「それにしても」とフォークでマドレーヌを丁寧に切り分けて口に運びながら、田巻は首をひねった。

「お姑さんはよく美咲さんと暮らす気になったわね。美咲さんは夫が怖くて、夫によるお姑さんへのDVを見て見ぬふりしていたんでしょう？　見殺しにされそうになったと恨む気持ちがあっても、おかしくはないと思うけど」

「いや、百澤さんは見て見ぬふりばかりじゃなかったはずですから。本人は無自覚だったかもしれませんけど、嬰子さんはちゃんとわかっていたはずです」

「そうなの？」

　田巻と圭介の声がかぶる。俺はうなずき、二人を交互に見た。

「火傷の跡は、嬰子さんだけでなく百澤さんにもあった。嬰子さんが腕に少しだけだったのに比べ、百澤さんの火傷はずっとひどくて、腕の大部分の他に頬にもありました」

「ああ」と圭介が思い出すように天井を見上げ、美咲のこめかみから右頬にかけて火傷の跡があったことを、田巻に伝えた。田巻は痛ましそうに眉をひそめる。

「頬にもあったのね。私は診察中に腕の火傷跡を見つけて、DVを疑ったの。でも実際、美咲さんの夫の暴力は常にお姑さんに向けられていたんでしょう？　火傷の時だけ、美咲さんが巻き添えを食らった形かしら？」

「いや、百澤さんはむしろ積極的に自分から巻き添えになった気がします」

「どういう意味？」

　首をひねる圭介に向かって、俺はおもむろにティーカップの中身をぶちまけるふりをした。

「うわ！」

　とっさに顔の前に出た圭介の両腕を、俺は「これ！」とつかむ。呆気にとられている田巻にも「これですよ」と繰り返した。

「なんだよ、バカ野郎。離せ。何の真似だ」

「人間は自分にめがけて熱そうなものが飛んできたら、圭介が今やったように、とっさに手を挙げて自分の頭から顔のあたりを守るもんだ」

俺の説明を聞いて、抵抗していた圭介の腕の力が抜ける。自由にしてやると、圭介は自分で何度も、かばうポーズをしてみせた。

「本当だ。まず顔をかばっちゃうな。でも、百澤美咲の火傷の跡は腕の他に――」

「顔の側面にあった。おそらく反射的に横を向くくらいしか逃げるすべがなかったんだろう。なぜならその時、百澤さんの手は自分の顔ではないものをかばっていたから」

俺はそう言って、今度は圭介の頭を横から抱きすくめる。

「嬰子さんの顔ね」

正面から観察していた田巻がぽんと手を合わせた。俺は圭介の頭を抱いたままうなずく。

「正面から天ぷら油を浴びたはずの嬰子さんの顔に火傷の跡がなかったのは、そのせいかと」

「なるほどな。そりゃばあさんもプレゼントを渡したくなるよな。姑、嫁、生まれてくる子どもの三人で作る家族か。なるほど。なるほど。それもアリだろ」

圭介は何度かうなずいたあと、いきなり俺の腕に頭突きを食らわした。

「けど、これはナシだ。さっさと俺から離れろ、おっさん」

田巻はそんな俺らを見て笑いころげていたが、デスクの上にある電話が鳴ると、飛び上がるようにして取りに走る。短いやりとりのあと、電話を切って振り向いた。

「お産がはじまるみたい。私、行かなくちゃ」

「じゃあ、俺らはこれで」

ソファから立ち上がった俺に、田巻は「今日はありがとう」と手を差し出してくる。俺は迷った末に、軽く握り返した。

「トナカイさんは運送屋としては0点だけど、逃がし屋としては百点満点の働きをしたわ」

「どうだか。唯一言えるのは、俺らは運送屋の仕事をいつだって待ってるってことです」

「払いのいいクライアントからの、普通の運送屋の仕事をな」

圭介が付け足すと、田巻は「健闘を祈るわ」と肩をすくめ、言い添えた。

「よいお年を」

外に出ると、デニムのつなぎからむきだしになった首筋に、北風が吹き込んできた。大晦日（おおみそか）の夕暮れを眺める。空気の澱（よど）んでいそうな場所や狭い隙間や暗がりは特に慎重に見てしまう。視界に何の違和感もないことに安堵（あんど）のため息をついた。どうやら業務完了のお墨付きをもらえたようだ。

　後ろをついて来ていた圭介が、不機嫌な声をあげた。

「金にならない、宣伝に使えない、危ない。この3ない依頼は、二度と引き受けない方向で頼むぞ、おっさん」

「ああ」

「何が見えても、だからな？」

　返事のできないまま振り向けば、圭介はつなぎの上から、あたたかそうなマフラーを巻いている。こいつは、いつだって用意がいい。

「圭介、帰りに年越し蕎麦でも食ってくか」

「――おっさんの奢りな」

　圭介はミントタブレットを口の中に放り込みながら、当然のように答えた。

Order 2 ツインテールの娘

工業地帯の海に反射する朝日を顔面で受けながら、倉庫のシャッターをあけ、黒板タイプの立て看板を表に出す。埠頭から吹いてくる風に鼻をくすぐられ、くしゃみが出た。

「ついに、おっさんも花粉症か」

後ろから嘲るような声が飛んでくる。俺は鼻の下をこすって、二回目のくしゃみが出ないことを確認してから、振り向いた。

「違うぞ。これは風邪だ。ここ最近の三寒四温で体がやられちまった」

「いつ野球してきたんだよ？」

「は？」

「今、言ったじゃん。三冠王って」

「三寒四温、だ」

入口から覗く圭介のゆで卵のような小顔を、俺は見つめる。単なる聞き間違いなのか、そもそも言葉を知らないのか、考えるまでもない。後者だ。

「日によって寒かったり暖かかったりするのを表す言葉だよ」

もともとは冬の気候を示す言葉だが、最近では春先に用いることが多い――なんて説明は、圭介にとってどうでもいいだろうと割愛する。

案の定、圭介は「ふーん」と受け流し、ミントタブレットを頬ばった。ぼりぼり嚙みながら外に出てきて、「ほら」と俺にチラシの束を渡す。

立て看板に書かれているのと同じ、『トナカイ運送』という大きな文字が、まず目に飛び込んでくる。他でもない。俺が作ったチラシだった。


人と物の移送全般、請け負います！　良心的価格設定。お見積もり無料。

紙袋ひとつから、お気軽にお電話ください。

二十四時間無休で、迅速に対応させていただきます。


ゴシック体で書き連ねたあとに、極端に小さなフォントにして『他店で断られた方、まずはご相談ください』とある。〝大手が引き受けないワケありの客、ワケありの引っ越しもオーケーです〟と宣言しているようなものだが、こうでも書かないと、ウチみたいなちっぽけな運送屋は立ち行かない。実際ここまで書いても、名だたる同業他社がやりたがらないブラックリスト掲載客を非公式に――社員でもないのに、各店の名前と制服をまとって——下請けする仕事の方が、トナカイ運送の名前で受ける仕事より頻度も報酬も高かった。

「こんな工業地帯の波止場で看板出して待ってたって、客なんか来ないよ。西桃太駅の繁華街、あと住宅街の方にもポスティングしてきて」

「俺、風邪引いたって——」

「花粉症だから、それ」

圭介は細くも丸くも大きくも小さくもない目で、じろりと見下ろす。俺より軽く十センチは背が高いのだ。まあ、仮に圭介の方が十センチ低くても、同じような視線を投げるのだろう。十も年下かつアルバイトという身分ながら、トナカイ運送の会計と営業担当を名乗る、やたら態度のでかいやつだから。

「今月中になんとか車検通す金を稼がないと、商売の足がなくなるだろ」

「お、そうか。三月は車検の月か」

俺は倉庫の前に停めた白いウォークスルーバンを見る。十年以上前に中古で購入したそれは、あちこちがイカれてきていた。

「新車なんて夢のまた夢なんだから、何としてでも車検をクリアしないと」

圭介の妙に力強い説得に、俺はうなずく。とたんに、くしゃみがまた出た。

「花粉症には、ヨーグルトがいいらしいよ」

すすめられ、「そうか」と思わずスマホにメモってしまう。俺の負けだ。

　真冬と同じスタジャンをはおって、三月の町に出る。雲の厚い今日みたいな日はまだ、体感的に季節はずれという感じはしない。ただいつのまにか、吐く息は白くなくなっていた。

　西桃太は、トナカイ運送のある岬新町の隣駅だ。電車なら三分、車なら五分で着くが、俺はめぼしいポストにチラシを入れつつ歩いて向かったので、三十分強かかった。

　同じ目釜市内とはいえ、藤坂急行の特急が停まる西桃太は、岬新町とは比べものにならないほど大きな町だ。駅前には大きなロータリーがあり、それを囲うように、ショッピングモールや個人商店のアーケード、高層マンションに病院に銀行などが並んでいる。当然、駅前や町中を歩く人の数も多い。動くものといえば、やたら広い国道を飛ばすトラックばかりの岬新町とは大違いだ。

　俺は駅前の商店やマンションへのポスティングはあえて避け、アーケードを抜けて西桃太の奥へと進んだ。

　いくら栄えているとはいえ、所詮は目釜市。ロータリーからバスに乗れば、あっという間に畑や森林や竹林が見えてくる。住宅の間隔もひらき、有り余る土地をいかんなく使った昔ながらの大きな注文住宅が増えていった。

俺が目指したのは、そこまでの奥地でもなく駅前でもない中間地点――アパートや建売住宅の密集したエリアだった。〝閑静〟よりは〝停滞〟という言葉が似合う住宅地。人口密度のわりに近所付き合いの薄そうなこのエリアにこそ、トナカイ運送の需要がある気がして、俺は百枚ほど持ってきたチラシを次々とポストに突っ込んでいった。

その車を見かけたのは、手持ちのチラシが十枚を切った頃だ。

一見、何の変哲もない黒のハイブリッドカーだが、ナンバーがまずかった。666。通称オーメンプレート。目釜市で商売をやっている者なら誰でも、そのナンバーを持つ車が市内を裏で仕切る〈桜花連合〉のものだとわかる。関わり合いになるのは避けるのが賢明だ。

俺もまた賢明でいようと、すぐさま回れ右してアパート沿いに裏手へ回った。アパートと隣の民家の間に、狭い砂利道を見つける。ちょうどいい抜け道だ。このまま遠ざかってしまおうと、足を速めたその時だった。

「すみません」

耳にへばりつくような甲高い声が降ってきて、思わず立ち止まる。声の出所を探して左右を見れば、「上です」と声はつづいた。言われた通りに顔を上げて、俺は言葉を失う。

年代物アパート二階の、せいぜい植木鉢を置くか布団を干すかが精一杯といった、ちゃちな窓手すりに両手両足でつかまって、女がナマケモノのようにぶらさがっていたからだ。

息を荒げながら首を回し、俺と目が合うと、女はまたもや冗談みたいに甲高い声を出す。

「助けてください」

「部屋に戻ればいいだろう」

女が首を横に振ると、たれたツインテールが左右に揺れ、窓手すりがギシギシ鳴った。

「無理です。もう、手足の力が限界で――」

言ってるそばから、足が手すりから離れ、両手だけでぶらさがる形になる。

「それに部屋に戻っ――」

「あ、もういい。喋らなくていいから。待て。待て。待て。まだ落ちるなよ？」

俺はあわててアパートの壁に近寄り、両手を上に伸ばした。が、残念ながら相手の爪先すらかすれない。俺は圭介の高身長と無駄に長い手足を思い出して、舌打ちした。あいつなら、足首くらい余裕でつかめそうなんだが。

俺は女を抱えておろすことはあきらめて、周囲に目を配る。

一瞬、視界の隅に影がよぎった。どんなに一瞬でも、どんなに一部分であっても、間違えようのない人物の影だった。

――見えた以上、放っておけない。

砂利道からアパートの向かいに建つ民家に飛び込んでいった影を追いかけて、俺は体の向きをずらす。と、民家の垣根の間から、敷き布団が庭に干されているのが見えた。

なるほど。お導きってやつか。

今にも落ちてきそうな女に「持ちこたえろよ」と声をかけてから、俺は民家の門をあけて庭に入る。

「すみません。通りすがりの者ですが」

デニムのつなぎを着た小汚い男がいきなり入ってきたのだ。不法侵入者扱いされても文句は言えない。覚悟する反面、そういうことにはならないと確信もしていた。なぜなら、あいつが見えたのだから、俺にはこの件にかかわる義務がある。

果たして、その家の者は留守だった。民家は静まりかえり、何の返答も反応もない。

「すみません。誰もいませんか？　お借りしたいものがあるんですよ」

もう一度声をあげて無人を確認すると、「必ず返しますんで」と俺は物干し竿(ざお)から敷き布団を引っ剝がし、女のアパートまで運び去った。

女の真下に、敷き布団を二つに折って敷く。それから布団の持ち主に心で詫びて、スニーカーを履いたままその上に乗った。顔を上げ、ぶらんと間抜けにぶらさがった女の体つきを検分する。季節的に早すぎる半袖のブラウスとフレアショートパンツから覗く手足は枝木のように細く、背も低い。これなら何とかなりそうだ。

「よし、いいぞ。飛べ」

「ふぇっ?」

「俺が受け止める。万が一失敗しても、布団が敷いてある。いいから、飛べ」

「ふぇっ?」

聞いたこっちが脱力しそうな「ふぇっ」の二回目が終わらぬうちに、女の手が窓手すりから離れ、垂直に落ちてくる。受け止めるというよりほとんど踏みつぶされる状態ながら、何とか落下の衝撃を和らげることに成功した。

「無事か」と聞くと、女は細い手足をぎくしゃくと動かし、こくんとうなずく。

「はい。何とか。ありがとうございました。あの——そちらは、ご無事ですか?」

甲高く響き渡る女の声は、アニメに出てくる人外のマスコットキャラの吹き替えに適しそうな幼さがあり、暴挙の尻ぬぐいに付き合わされた腹立ちが少しまぎれた。

「気にすんな」と答えたとたん、くしゃみが出る。

「花粉症、大変ですね」

「違う。これはただの風邪だ」

つなぎのポケットのどこかに入れたティッシュを探しながら地面に目をやり、女を受け止めた拍子に、残りのチラシを辺り一面にばらまいてしまったことに気づいた。

「はあ、お大事に。じゃ、あの、本当にありがとうございました。わたし急いでるんで、これで失礼します」

逃げるように立ち去ろうとする女に、俺はチラシを拾い集めながら言う。

「次は、ドアから出ろよ」

出たくても出られない理由があるのだろうが、別に知りたくはない。ただ、拾ったチラシの中から比較的きれいな一枚を、後ろ手で女に差し出した。すぐに、マスコットキャラっぽい声が背中に当たる。

「これは？」

「俺の商売のチラシだ。ちょうどビラ配り中だったんで、一枚どう？」

女はずいぶん迷っていたようだが、結局、壊れ物を扱うようにそっとチラシを受け取った。そのまま砂利を蹴って走り去っていく。足音が遠ざかり、やがて消えるまで、俺は背中を向けていた。

＊

自宅兼事務所となっている倉庫に戻ると、馴染(なじ)みの顔が待っていた。俺はくしゃみをたてつづけにしながら尋ねる。

「何しに来た？　今月は借りてないよな？」

「借金の取り立てじゃないわよ、バカ。ていうか、何？　神って花粉症？」

「絶対違う」

「花粉症にはヨーグルトがいいみたいよ」

「それはもうメモった。一応な。だが、違うんだ。俺は花粉症じゃない」

「あっそ」

　馬淵真澄は興味なさそうに前下がりのショートカットを揺らし、ライトグレーのパンツスーツのポケットからスマホを取り出した。そのスーツの上着の左衿には、ひまわりの花びらを模した枠の真ん中に秤の彫られた弁護士バッジが輝いている。ふだんはバッジをはずしている弁護士も多い中、二十四時間正々堂々と弁護士の証をきらめかせているあたりが、この女の人となりを表していると言えよう。

「まずは、これを見せてあげようと思って。咲帆ちゃんの最新写真。どう？　また一層女の子らしく、かわいくなったでしょう？」

　俺は差し出されたスマホを覗き込んだ。ピンクのボーダー柄のロンパースを着て、眠っている赤ん坊の顔がアップになっている。〝かわいい〟の前に〝小さい〟という感想しか出てこない。

「うん。まごうことなき赤ん坊だな」

「何それ」

馬淵は鼻を鳴らしたが、すぐに自分も写真を覗き、表情をやわらかくする。

「美咲さんと嬰子さんの愛情をいっぱい受けて、すくすく育ってるよ。咲帆ちゃんを介する二人の会話もずいぶん増えて、自然になってきた。ま、一安心ってところね」

俺は写真の赤ん坊をあやすように微笑む馬淵の横顔を見た。その視線を受けて、馬淵も俺に目を向ける。くっきりとした二重瞼（まぶた）のせいか、まっすぐな視線は焦げつきそうなほどの熱を帯びて力強い。

「神達がしたことは、正しかったよ。法的にはともかく」

年末にＤＶ男から実の母親と臨月の嫁を逃がした件を指しているのだろう。

――わざわざ、それを言いに？

疑問が口をつく前に、馬淵は近くに置いていた白い革バッグから紙束を取り出し、俺の胸に突きつけた。

「でも、これはアウト。あのさ、何度言ったらわかるかな？　チラシを許可なく電柱や外灯柱に貼るのは、国の屋外広告物法にも目釜市の広告物条例にも反するんだってば」

「あーあ。全部剝がしてきちゃったの、真澄さん？」

今の今まで気配を消していた圭介が、歯ブラシをくわえてふらりと現れる。

「一戸ずつのポスティングより、そういう貼り紙のほうが効果あるんだよ。撤去の委託業者が来るまで放っておいてくれたらいいのに」

「打ち合わせのために事務所を出たら、目の前の電柱に貼られてんだもん。知り合いの違法行為は見過ごせないわよ」

「圭介、ここは感謝だ」

俺は圭介をなだめつつ、受け取ったチラシの束を確認する。ざっと十五枚はある。中に一枚だけ、トナカイ運送のチラシ以外の貼り紙が混ざっていた。小学生が書いたらしい水彩画の小さなポスターだ。ピンク色の水が飛び散る噴水の前に、紫色のブタが四匹並んだ絵は、それだけでぞんぶんにシュールだったが、画用紙の下に赤字で描かれた〝4組はよいクラス〟という言葉がさらに混乱を極めさせる。

「これ、ウチのじゃないけど、剝がしちゃってよかったのか？」

馬淵は俺が差し出した画用紙をちらりと見て、苦笑いを浮かべた。

「あ、ごめん。混じってた？　それは、近くの小学校に通ってる男子児童が描いたやつ。悪い子じゃないんだけど、創作意欲の赴くまま絵を量産しては町中の電信柱や町内会の掲示板に貼りまくる衝動を抑えきれず——近隣からの苦情が絶えないの。親御さんも困ってらしてね。相談を受けたから、私が見つけた時はこっそり剝がすことにしてるんだ」

それは弁護士の仕事なのか？　という疑問はのみこみ、「じゃ、未来の画伯様の絵は、俺がもらっておこう」とチラシの束の中に戻しておく。馬淵に返しても、捨てづらいだけだろう。俺と馬淵のやりとりを聞いていた圭介が歯ブラシを振り回し、不満げに言った。

「ちぇっ。なんだよ。絵を描くクソガキは無罪放免か。だったら、俺達のことも見逃してよ。真澄さんはおっさんの幼馴染みで、弱きを助け強きを挫く、正義の味方でしょ？」

「神とは中学の同級生ってだけ。幼い頃なんて知らないね。それに私、狡い弱者は挫くよ、全力で。何度も繰り返していたら、マジ罰金あるからね」

肩を怒らせる馬淵を冷やかすように、圭介は歯ブラシをことさらゆっくり口に入れる。剣呑な雰囲気を紛らわせようと、俺は割って入った。

「そうだ。圭介にも見せてやってくれよ、サナちゃんの写真」

「咲帆ね。いい加減、名前を覚えて」

馬淵がため息をつきながらスマホを操作していると、圭介が一歩後ろにさがる。

「何？　百澤美咲の娘の写真？　別に見なくていいよ。興味ない」

「何で？　矢薙くんが助けた――」

「俺は助けたつもりもない。ただのバイトとして、社長命令で仕事しただけ」

口調も態度もかたくなって、圭介はぷいと背中を向けると、キッチンに戻ってしまった。蛇口をひねって勢いよく水を出し、口をゆすぐ音がしてくる。

馬淵が眉を寄せ、小声で尋ねてきた。

「矢薙くん、赤ちゃん苦手だった？」

「や。圭介が苦手なのは、赤ちゃんというより――」

つづける言葉を考えていると、尻ポケットに入れたスマホが鳴る。俺は「すまん」と馬淵に断ってから、電話に出た。

「はい？」

電話の向こうで相手が息をのみ、耳をすましている気配が伝わってくる。俺は少し考えて、「トナカイ運送です」と付け足した。

かすかな息が漏れ、「すみません、あの」という声が響いてくる。耳から脳髄を揺さぶるほどの甲高い声だ。

――わたし、チラシを見て、その、お願いしようかと。

破壊力のすさまじいその声は、受話器からだだ漏れだったのだろう。向かいに立つ馬淵が目を剝いて、俺を見ている。

歯磨きしたのに、またミントタブレットを嚙みながら戻ってきた圭介も動きを止めた。

「あんた、もしかして、さっきの？」

――ふぇっ？

ビンゴだ。

「運ぶのは、荷物ですか？　人ですか？　それとも両方？」

――あ、両方、でもいいですか？

「もちろん」とうなずきながら、俺は圭介の顔を見た。

仕事の依頼電話だと察したのか、嬉しそうな顔をしている。いつもの生意気な表情が消え去り、クリスマスの朝に枕元のプレゼントを見つけた瞬間の子どもみたいな顔だった。

俺はそれから何ターンか会話をつづけ、アパートの下見に行く日取りを決めて電話を切る。

待ちかねたように、圭介が聞いてきた。

「引っ越しか？　女の単身？」

「まあ、そんなところか。さっきチラシを手渡した相手で――」

「ワケありね？」

俺を注意深く眺めていた馬淵が、鋭く切り込んでくる。とたんに圭介の顔から素直な喜びが消え、いつもの表情が戻ってきた。

「マジかよ、おっさん？」

「ああ。まあ、いわゆる夜の引っ越しだ」

「夜逃げか。原因は？　借金？　ＤＶ？」

俺はまだ剃ってなかった無精髭を撫でて、馬淵の弁護士バッジを見つめる。すると察しよく、馬淵は白い革バッグを肩に掛けた。

「じゃ、わたしはそろそろ行くわ。あんまり無茶しないように」

「おう」

手を上げて応えた俺の目をじっと覗き込んで、念を押す。

「何が見えてもね」

「――努力する」

俺のその言葉をあきらかに信じていない顔で馬淵が去ると、圭介が腕組みした。

「弁護士の前で話しづらい原因といったら、借金踏み倒し系か？」

「さすが圭介、鋭いな」

「褒めんな。嬉しくねぇわ」

「ヤミ金に手を出して、立ち行かなくなったらしい。状況は、待ったなしだ」

圭介が心底嫌そうな顔で、ため息をつく。俺は、依頼人が借金取りから逃げてアパートの窓手すりにぶらさがっていたことは、黙っておいた。ただ、どのみちバレることは早めに言っておくのが一番だ。

「そのヤミ金な、どうやら〈桜花連合〉の息がかかっているみたいで――」

依頼人のアパート前の小道に666ナンバーの車が停まっていたことを話すと、圭介が今度は額に青筋を立てた。

「知ってて、引き受けたのか？　バカじゃないの？　最高に厄介な案件じゃん。そういうトコに目をつけられたら、ウチなんてひとたまりもないよ」

「だろうなあ」

俺が素直にうなずくと、圭介はわざとらしく目を細めた。

「で？」

「〝で〟って？」

「見返りは？　トナカイ運送に桜花連合相手の逃がし屋をさせるくらいだ。さぞ、報酬は弾んでくれるんだろうな？」

俺は目を泳がさないよう注意して、圭介を見返す。圭介の目はますます細くなった。

「まさか、すってんてんの相手に無償で救いの手を差しのべようとか、寝ぼけたこと言ってんじゃないよな？」

「まさか——」

「誰かさんが見えたからやらざるをえないとか、言わないよな？　なっ？　どうなんだ？」

「——実行は今夜。その前に、まずは下見だ。金目の物は全部もらってこよう」

社長の特権で強引に話を進めると、圭介は諦めたように鼻から息を吐き出す。

「借金が原因で夜逃げするやつの家に、金目の物なんて残ってるわけないじゃん」

舌打ちと共に言いきり、ウォークスルーバンのカギを放って寄越した。

＊

さっき歩いた道を車で飛ばせば、十分と経たぬうちにアパートが見えてくる。風景に溶け込むくすんだ白塗りの壁の百メートル手前で、俺はブレーキを踏んだ。

「依頼人、久住茜音（くずみあかね）が住む〈ブランシャトー西桃太〉は、あそこに見える二階建てのアパートだ。一階と二階にそれぞれ三戸ずつ並んでいて、現在はすべての部屋が塞がっている。久住茜音の部屋は２０２だから、二階の真ん中の部屋だな」

圭介に情報を伝えながら、辺りの様子をうかがう。オーメンプレートの黒いハイブリッドカーは消えていた。怪しい人影もなさそうだ。借金取りはひとまず撤収したらしい。

俺は圭介をせっついて車から降りた。ウォークスルーバンのフロントガラスには、〝配線工事中〟と書いた紙を置いておく。

「俺、この制服、一番嫌い。だっせーの」

前を歩く圭介が、ミントタブレットを口に放り込みながらぼやく。今日の俺らは、クリーム色の作業ブルゾンの下に、白いシャツとネクタイを着込み、ブルゾンと同系色のスラックスを履いていた。手には、作業員らしくクリップボードまで持っている。ただし挟んでいるのは、フェイクの書類——さっき馬淵に突き返されたトナカイ運送のチラシの束——だ。顔を晒(さら)して住宅街を歩くのに一番印象に残らないスタイルだが、たしかに心は浮き立たない。

「仕事が終わったら、Tシャツでもデニムでもドレスでも、好きな恰好(かっこう)をしろ」

「女装の趣味はないね」

圭介とのどうでもいい会話で緊張をほぐす。実際に歩いてみても、誰かが〈ブランシャトー西桃太〉を張っている気配はなかった。ようやく背中の強ばりがほぐれる。

〈ブランシャトー西桃太〉の敷地内に入ったとたん、共用階段をおりてきた女と圭介がぶつかりそうになった。

思わず身構えた俺らを、女はきょとんと見返し、「こんにちは」と頭を下げる。目尻がぐっと下がり、人の好(よ)い笑顔だ。ゆるく巻いた肩までの髪と、華奢(きゃしゃ)な体にまとった春らしい色合いのワンピースが笑顔とあいまって、やわらかい印象を与える。

「エアコンの修理業者さんですか?」

「え」

そう間違われてもおかしくない自分の恰好を見下ろし、とっさに首を横に振った。

「いえ、私達は配線工事をしに」

「あ、なーんだ。ごめんなさい。朝から業者さんを待ってるもので、てっきり」

両手をパンと打ち鳴らして謝る姿は、第一印象よりぐっと幼くなる。大学生くらいか。

「配線工事は二階かしら？」

「そうです」

「あなたも、二階にお住まいで？」

圭介が愛想良く丁寧な聞き方をした。ハリネズミがハリを立てるように、全身に注意を張り巡らしているのがわかる。

「いえいえ、あたしの部屋は一階。ちょうど二階に回覧板をまわしてきたところです」

はきはきと答え、女は「コンビニ行ってきちゃお」と朗らかに去っていく。

俺と圭介はどちらからともなく安堵のため息をついて、共用階段を上がった。２０２号室のブザーを三回つづけて押す。短く、長く、短く、あらかじめ久住茜音と相談した通りの押し方だ。ドアノブにぶらさがっていたバインダー式の回覧板を外していると、ドアが無防備に大きく開けはなたれた。

「あ、トナ——」

「太陽電気店です。配線工事にうかがいました」

口から出まかせの店名を名乗り、回覧板で茜音を押し込むようにして、中に入る。

「強引にすみません。外は誰が見てるかわからないんで。あ、これ、回覧板。ドアノブにぶらさがってました」

「どうも」

茜音は卒業証書のように両手で回覧板を押し頂くと、そのまま玄関脇のキッチンシンクに置く。俺は茜音が向き直るのを待って、頭を下げた。

「あらためまして、トナカイ運送です。見積もりに来たんですが、運ぶ荷物は――」

茜音の後ろに広がる室内の景色を眺め、つづけようと思っていた言葉を忘れてしまう。

圭介が俺の背中をどやしつけた。

「ほらな。もらえる物なんて、やっぱり何もねぇじゃん」

事実だった。茜音の部屋には、家財道具がいっさい置かれていない。天井にあるべき照明も、窓になくてはならないカーテンも見当たらず、唯一、床に敷かれたオレンジ色のカーペットは、いくつも染みのある備え付けのものだ。つまり、ただの空き家に近い眺めだった。

俺を押しのけ、部屋にずかずか上がり込んだ圭介が、断りもなく押し入れをあける。予想通り、そこも空だった。

圭介はうんざりした顔で、茜音に振り向く。

「服はどうしてんの？　ずっと同じやつ着てるのか？」

「はい。メイド喫茶でバイトしてて、そこの制服をずっと着てます。バイト先が毎回クリーニングしてくれるので、清潔ですよ」

茜音は恥ずかしそうに、フレアショートパンツと半袖ブラウスを引っ張った。たしかに、先日と同じ服装だ。季節感を無視した装いなのは、制服だからか。俺は納得する。頭の片隅に下着はどうしているのかという疑問が湧いたが、そんな質問できるはずもなく、答えを聞きたくもない。

一方、圭介は質問をつづけた。

「食器もないけど、普段は何食ってんの？　あんた、もしかして妖精のたぐい？」

「妖精っぽいですか、わたし？　えへへ」

嫌みが通じず、マスコットキャラっぽい声で照れ笑いしている茜音にため息をつき、圭介はミントタブレットを口に運んだ。茜音は上機嫌のまま、小さなドアをあける。そこはトイレで、この部屋唯一といっていい、備え付け以外の私物——トイレットペーパー——が残されていた。

「出すものは出します。妖精じゃないですよ。えへへ」

ボリボリボリとミントタブレットを嚙む音だけが、しばし響き渡る。圭介が怒鳴る前に、俺が切り出した。

「えーっと、久住さん。俺らにこの部屋から運びだしてほしい私物はありますか？」

「あ、私物？　私物は——えへへ」

茜音の頼りない返答を聞いて、圭介が大きく舌打ちする。

「見りゃわかるじゃん。私物なんてないよ。こんな部屋で、よく今日まで暮らしてたよな。いくら借金を返すためとはいえ、ここまで物をなくせるか、普通」

茜音は怒る素振りも見せず、にこにことツインテールを揺らした。

「普通はなくせないんですか？　ごめんなさい。わたし、マナブリッジ育ちでよくわからないんです、普通が」

「マナブリッジ？」

「あ、自給自足のコミューンです。中の人達は〝園〟って呼んでました。母親がそういうのに凝っちゃう人だったから、娘のわたしも園育ちになっちゃって——」

「父親は？」

「入園してません。ていうか、そもそも父親がいなくならなければ、母親もコミューンに興味を持ったりしなかったんじゃないかな。えへへ」

笑わなくていいところで笑い、茜音は寂しげな吐息を漏らす。

ふと、風を感じた。

さっき圭介が開け放した押し入れの奥からだ。風はにおいを運んでくる。焼け焦げた肉のにおい。干からびた血と魂のにおい。あの夜、俺が嗅いだにおい。

「おっさん？」

ふらふらと押し入れに近づいていく俺に、圭介が呼びかける。俺は振り向かず、うわずった声で答えた。

「この奥に――」

俺の手が押し入れに届くより先に、茜音が弾丸のように飛び込んでくる。押し入れに上半身を突っ込み、小さな額縁を両手で掻き抱いて取り出した。眉を下げて泣きそうな顔になり、脳天まで響く声で言う。

「よく気付きましたね。うまく隠しておいたのに」

「いや――」

正直、そんなところに何かが隠されているとは思ってもいなかった。

俺はただ、風の出所に*いる*者を確認したかったにすぎない。心の中でそうつぶやいて、もう風もにおいも消えていることに気づく。必死になって鼻から息を吸い込んでいたら、くしゃみがたてつづけに出た。

気を取り直し、茜音と彼女が手に持った額縁を交互に見る。丸や三角や四角、あるいはよくわからない記号のパターンが、ゲシュタルト崩壊を起こすくらいみっちりと描き込まれたカンバスは、色とりどりで鮮やかだが、何が描いてあるのかさっぱりわからなかった。

「残ってんじゃん、私物」

　圭介の言葉にうなずき、茜音は細い腕で額縁を抱きしめる。

「はい。この絵だけはどうしても――わたしに持っていかせてください」

「ひょっとして、あんたが借金まみれになったのって、この絵を買ったせいとか？」

「――当たり、です。八百万しました」

　俺と圭介は顔を見合わせてしまう。はからずも声が揃った。

「何でそんな高価な絵を――」

「まあ、いろいろあって、わたしは母を置いてコミューンを出て、自活をはじめたんですけど、バイトに行く途中の画廊でたまたまこの絵を見つけて一目惚れというか。どうしても欲しくなっちゃったんです。えへへ。すみません」

　茜音が頭を下げると、ツインテールも頼りなげに揺れる。

「この絵を売れば借金が返せても、それは嫌だと？」

「すみません」

「何でそこまで、この絵にこだわる？」

「それは――うまく言えません。すみません」

　何を言われても、茜音は謝るばかりだ。心は決まっているらしい。

「ちょっと、いいか？」と俺は断って、スマホのカメラで茜音の持つ絵のアップを撮った。右下に金色の絵の具でしてある小さなサインが読める。

――Gen Kawarabayashi
そのサインを覗き込んだ圭介は、自分のスマホを操作し、「お」と顔をほころばせた。

「河原林元(かわらばやしげん)。検索したら、けっこう有名な画家みたいじゃん。どの絵も一億以上の値がついてる。うまくいけばこれも八百万以上になるよ、おっさん」

「圭介、間違えるな。この絵を売らずに済むように、久住さんは逃げるんだ」

俺が取り合わないことがわかると、圭介が気色ばむ。

「だったら、俺らの成功報酬はどうなんの？　どこから出してもらう？　桜花連合を出し抜かなきゃいけないなんて、ハードすぎる仕事だ。俺はタダじゃ請け負わないよ、絶対」

「あのぉ、分割後払いじゃダメですか？　バイト増やして払います。たくさん払いますから」

「だそうだ」

「〝だそうだ〟じゃねぇよ！　バカか、おっさん？　この女はヤミ金への借金を踏み倒して逃げようとしてるんだぞ。口約束の後払いなんて、信じられるわけないじゃん。それに、車検は今月来ちゃうんだよ」

今にも地団駄を踏みそうな圭介に、俺は「社長命令だ」と告げ、茜音に向き直った。

「あとで分割の見積もりを出しますね」

「は、はい。でも――いいんですか？」

「いいんです。俺らの諍いは気にしないでくれ。それじゃ、車をまわしてくる」

ドアに向かう俺の背に、圭介の恨めしげな声が当たる。

「何だよ、おっさん。決行は夜じゃなかったのかよ？」

「早いに越したことない気がしてきたんだ」

桜花連合がこのまま諦めるはずがない。茜音の手元に絶対手放したくない高価な物があるなら、逃げられる時に逃げておくのが吉だ。圭介も同意見らしく、特に反対しなかった。その代わり、横柄な態度で俺に命じる。

「車まわすついでに、コンビニでミントタブレット買ってきて。今日はストレスが多くて、もう食べきっちゃった」

「その銘柄、このへんのコンビニで売ってるのか？」

「なければ、フリスクで我慢してやる」

大いばりで言う様は、子どものようだ。俺は「了解」とうなずいておく。

ドアをあけて外に出ると、アパートの脇の道をさっきの女子大生が足早に去っていくのが見えた。薄い肩の上で髪が左右に勢いよくはねている。

――エアコン修理は終わったんだろうか。

そんなことがふと気になったのは、アスファルトに踵を突き刺すような彼女の歩き方が、さっき感じたやわらかい印象とはかけ離れたものだったからだ。

共用階段をおり、離れたところに停めたウォークスルーバンに向かって歩きながら、あらためて辺りを見回す。静かだ。平日昼下がりの住宅街だからか。汽笛と工場の騒音と波の音がひっきりなしに聞こえてくる岬新町とはぜんぜん違う。

念のため、ごく自然な感じで振り返ってみた。人影はない。桜花連合の息がかかったヤミ金は、おしなべて取り立てに厳しいと聞くが、茜音の案件は諦めたのだろうか。

ウォークスルーバンに乗り込むと、エンジンをかける前に、スマホで〝河原林元〟を検索した。圭介の言う通り、かなり有名な油絵画家らしい。日本では芽が出ず、三十代半ばを過ぎて自費で留学したニューヨークで先に名が売れた。一発逆転ホームランってやつだ。そこからは公私共に順風満帆。アメリカ人の妻を迎え、息子二人に恵まれ、ニューヨークとウィーンの美術館に絵が収蔵され、逆輸入する形で日本でも人気が――あくまで一部のセレブや愛好家や蒐集家の間でだが――出た。今は、ニューヨークと鎌倉にある二つの家――美術雑誌に掲載されたという写真の画像を見たが、摩天楼を一望できる高層マンションとレトロな洋風建築という両極端な建物ながら、どちらも立派だった――で半年ずつ暮らして、精力的に新作を描きつづけているという。作風は抽象的ばかりだ。

で、絵のタイトルは『Sparkle of the spring』、『Nap』『Flogging』、『Carnival』、『A lasso and spring』、『Daughter』、『Waking of the peacock』、『Satisfaction』などと英語ばかりだ。


正直、画像検索で出てきたどの作品も同じ絵に見えたが、俺はさっきスマホの内蔵カメラで撮らせてもらった写真から、茜音の所有する絵のタイトルを我慢強く調べた。

ふいに電話が鳴る。圭介からミントタブレットがあったかどうかの確認だった。

「まだコンビニに着いてない」

——おっせーな。何してんだよ？

「車の中でちょっと調べ物を——」

——は？

「いや、何でもない。帰ったら話すわ」

——じゃ、コンビニ着いたら電話して。

盛大な舌打ちと共に、電話は切れた。俺はそのままスマホで近くのコンビニを探索する。駅前に戻るか、もっと住宅街の奥に行かないとなかった。

茜音を運びがてら国道沿いで探すかと考え、サイドブレーキに手をかけた瞬間、まるで空から落ちてきたように思い出した言葉がある。

——コンビニ行ってきちゃお。

〈ブランシャトー西桃太〉で会った女子大生の言葉だ。朝からエアコンの修理業者を待っていると話していた。俺らを見て修理業者と間違うくらい、待ち構えていたはずだ。〈ブランシャトー西桃太〉で暮らしていれば、一番近いコンビニがどれだけ離れているかもわかるだろう。

――なのに、あのタイミングでなぜ、出かけた？　業者と行き違いになる恐れもあるのに。

――そして、どうして戻ってこられた？　最寄りのコンビニまで徒歩で往復すれば時間を食い、俺がさっきアパートを出た時間にこの近辺で姿を見かけるはずがない。でも、彼女はいた。コンビニに行くのを途中でやめたのか？　なぜ？　もしかして、そもそもコンビニなんて行ってないんじゃないか？

じっとりと脇の下が汗ばんでくる。「落ち着け」と自分に言い聞かせながら、サイドブレーキから離した手で、助手席のスマホを拾いあげた。

圭介への呼び出し音が鳴り響く中、何気なく見逃していた場面や言葉がよみがえってくる。202号室のドアノブにかけられていた回覧板。「あたしの部屋は一階」と明言したあの女。一階から二階に回覧板をまわす際、普通は番号の若い端の部屋（201号室）のドアノブにかけるのではないか？　女はなぜわざわざ真ん中の部屋（202号室）にかけた？　そして、その回覧板は今どこに？　――家の中だ。茜音がキッチンシンクに無造作に置いていた。

　頭から血が一気に下がってくる。その時、電話が通じた。

　──んだよ、おっさん？　コンビニ着いたのか？　ミントタブレットあった？

　圭介の不機嫌そうな声がして、ほっとする。まだ無事らしい。

「返事はするな」

「は？　おっさん、何言って──」

「喋るなっつってんだろ。声を出したらヤバイかもしれん」

　圭介の声が、ぷつりと途切れる。俺は電話をスピーカー機能に切り替えて、サイドブレーキを倒し、車を急発進させた。ハンドルを強くつかんで、声を張り上げる。

「なるべく音を立てないように、キッチンシンクの上に置かれたバインダータイプの回覧板をひらいてみろ。書類に挟む形で薄い盗聴器が仕掛けられてるんじゃないかと思うんだが。ビンゴなら咳払い一回、勘違いなら二回」

　俺の勘ぐりすぎだったら、笑い話で済むことだ。そう思いながらも、胸騒ぎが止まらない。

　チッという舌打ちと同時に、洋服の擦れる音がする。圭介がスマホを持ったままキッチンシンクを見に行ったのだろう。ほどなく、乾いた咳払いが聞こえてきた。

　一回。

「アパートの裏手に車をつける。久住茜音を連れて今すぐその部屋から逃げろ、圭介」

腹の底が冷えて、筋肉がひきつれるのを感じながら、俺はアクセルを踏み込んだ。

言った通りの場所に滑り込んだが、俺がウォークスルーバンから降りることは叶わなかった。

スモークガラスに覆われた銀色のセダン三台に、前と後ろと右横を塞がれたからだ。ちなみに左横はアパートの外壁が迫り、やはりドアをあけられない状態だった。

運転席の窓ガラスを割れんばかりの勢いで叩かれ、しぶしぶ窓をあける。いきなり胸ぐらをつかまれた。

「てめぇが便利屋トナカイか」

「逃がし屋トナカイだ」

「似たようなもんだろ。大金に替わる物を隠し持ったまま、あの女に夜逃げなんてさせねぇからな」

にきび跡の目立つ顔が近づき、くさい息を吐かれた。やはり、茜音の部屋でした会話は筒抜けだったらしい。

ヤミ金に俺達を引き渡す細工をしたのが、人の好い笑顔を作るあの女だということに、おかしなくらいショックを受けている自分に気づく。俺は頰をはたき、声を絞りだした。

「俺が社長だよ。部屋にいるのは、ただのバイトだ。話なら俺にしてくれ」

痛めつけるのも、と心の中で付け足す。にきび跡のある男は唇を歪め、もったいつけて言った。

「それは、上の決めることだ」

そのまま車内で待たされる。圭介と茜音の顔が交互に浮かび、過ぎる時間をやきもき見送っていると、三十分近く経ってから、ようやく動きがあった。

屈強な男達に挟まれ、圭介が共用階段をおりてくる。とっさに確認した感じだと、欠損した部位はなさそうだ。血も流しておらず、顔も腫れていない。顔色も悪くなかった。

「なめんなよ、逃がし屋」

連中は一言吠えたあと、圭介を解放する。圭介はうつむいたまま、俺の方へと歩いてきた。銀色のセダンが三台とも申し合わせたように退いて、走り去る。

車をずらし、助手席のドアが開くようになると同時に、俺は身を乗り出した。

「圭介、大丈夫か？　久住茜音は――」

「黙って、車を出せ。すぐに」

その張り詰めた横顔を見て、俺は口を閉じる。エンジンをかけ、アクセルを踏み込んだ。

　圭介がようやく口を開いたのは、西桃太の駅を通り過ぎてからだ。それまでは俺のありとあらゆる質問を、涼しげな横顔で一切遮断していた。

「よし。引き返せ」と圭介は言う。

「どういうことだ？」

「戻るんだよ、あのボロアパートに」

「ヤミ金が張ってるだろう？」

「いや。あの額縁を渡したら、リーダーっぽいやつが美術商のところに持ち込むって、取り巻きを連れて出てったよ。見張り役に二人残してったけど、そいつらは久住茜音のいれた睡眠薬入りのお茶を飲んで今、寝入ったところだ」

「なぜわかる？」

　俺の問いに、圭介はスマホを振ってみせた。

「これ。さっきからずっと久住茜音と通じてる。スピーカーにしてもらってるから、部屋の様子も丸わかり」

　まさか盗聴相手から逆に盗聴し返されてるとは思わないだろ、と圭介はにやりと笑う。

俺は感心してうなずいた。

「しかし睡眠薬なんて、よく持ってたなあ」

「何につけても用意がいい方だからな、俺は」

「あ――やっぱり用意したのは、久住さんじゃなくて圭介か」

「当たり前だろ。久住茜音がそこまで頭の回るやつなら、そもそもヤミ金に手を出すかよ」

　圭介は鼻で笑い、また顔を引き締める。

「だから、今がチャンスなんだ」

「チャンス？」

「久住茜音を逃がすチャンスだよ。あいつら、どうせすぐ戻ってくるはずだ。時間はそんなにない。ぼけっとすんな、おっさん」

　言われた通り、ふたたび〈ブランシャトー西桃太〉の前で車を停めた。

　共用階段を上がりながら、圭介がスマホに向かって話しかける。

「もしもし。今着いた。やつら、まだ寝てるよな？　あんたは無事か？」

「ふぇっ」という返事が、俺の方まで聞こえてきた。

　どうやら無事らしい。


　キッチンシンクの上の回覧板は消えていた。ヤミ金業者が持ち帰ったそうだ。念のため、ウォークスルーバンに積んであった盗聴発見器を持ってきて調べたが、反応はなかった。玄関の脇で見張り役の男達が高鼾（たかいびき）をかいているのを確認して、俺はようやく声を発する。

「じゃ、とにかく出るか」

「おっさん、ちょい待ち」

すぐ引き返そうとする俺を手で制し、圭介が部屋の隅でしゃがみ込んだ。「あんたは、そっち」と顎で指示され、茜音もいそいそと反対側の隅にしゃがむ。

「せーの」で持ち上がったカーペットの下は埃だらけだったが、何かが挟まっていた。

茜音が手を伸ばし、そっと取り上げる。それは、さっき見たばかりの河原林元の絵だった。もっとも、額縁と木枠を外され、布きれとなった絵だ。ぺらぺらと頼りなく揺れている。

「圭介、あいつらに一杯食わせたのか」

圭介は肩をそびやかし、鼻の下を手でこすった。茜音が甲高い声で説明してくれる。

「矢薙さんの機転と手際は見事でした。あっという間に額縁と木枠を外してくれて、本物はカーペットの下に隠し、代わりの絵を額装し直して――」

「額装ってほど大したことはしてない。時間なかったんで、それらしくはめこんでおいただけだ。業者に持ち込んだ時点――いや、ひょっとしたらその前にバレるだろうよ。だから、とにかく時間がない」

俺は部屋を見渡して、首をひねった。

「代わりの絵は、どこから見つけた？」

「ちょうどいいのが、ここにあった」

そう言って、圭介が持ち上げたのは、配線工事業者用の小道具だったクリップボードだ。

「書類代わりに、トナカイ運送のチラシが挟まっていただろう？　その中に一枚、ポスターが混ざっていたんだよ。未来の画伯様の作品が」

「〝4組はよいクラス〟！」

「そう！　あ、文字の部分は、うまく折って見えなくしといたけどな」

馬淵が電柱から剝ぎ取ってきたポスターを、俺は思い出す。小学生が描いた紫色のブタの絵は、たしかにシュールな迫力があった。サイズ的にも、あの額縁にはちょうどよかっただろう。

「しかし、よくバレなかったな」

「芸術なんて、わかるやつの方が圧倒的に少数派だろ」

生意気な口をきく圭介の頭を、背伸びしてごしごし撫でてやった。

「ナイスだ、圭介」

「触んな、おっさん」

途方に暮れた顔でカンバスを抱え、俺らのやりとりを見守っていた茜音に、俺は振り向く。

完璧に逃がすためには、彼女に聞きたいことがまだいくつか残っていた。

*

「落ち着く先のあては？」

俺はアクセルに足をのせたまま、助手席の茜音を見る。ひとまず国道を南に向かって走りだしていたが、まだ行き先は聞いていない。茜音は木枠を取ったカンバスを、レストランのナプキンさながら太ももにふわりとのせ、両腕はいつカンバスが滑り落ちても差し出せるよう、宙に浮かせていた。

「あてくらい、あるんだろうな？　ないとは言わせねーぞ」

荷台にいた圭介が立ち上がり、運転席と助手席の間から身を乗り出す。ウォークスルーバンの荷台は天井が高く、百八十センチ超えの圭介ですら、ちょっと屈むくらいですむ。

「圭介、座っとけって」

俺はハンドルを回しながら、バックミラー越しに注意した。

茜音は車の傾きと共にずれたカンバスをそっと戻し、フロントガラスを見つめて言う。

「東京駅まで、行ってもらえますか？」

「駅？」

　都心なら方向が逆だ。俺はスピードをゆるめて、茜音の次の言葉を待った。

「そこから電車に乗って、住み込みの観光地バイトに向かいます。取り立てが厳しくなってきた頃から準備してました。あ、その時は、あくまで借金を返すために働こうと思ってたんですよ。まさか夜逃げのあとの宿泊先になるとは——」

　茜音は自分のスマホを出し、該当ページをひらいて見せてくれる。運転中の俺に代わって、圭介が後ろから奪っていった。しばらく検分した後、「わりと、まっとうじゃん」と言いながら、茜音の手にスマホを返す。バックミラー越しに俺が視線を投げると、面倒くさそうに教えてくれた。

「温泉の仲居だってさ。けっこうでかい、ちゃんとした宿だ。いかがわしくはないと思う」

「温泉にいかがわしいとかいかがわしくないとか、あるんですか？」

　横で茜音がきょとんとしている。危なっかしい。だが今は、茜音自身が選んだこの道に賭けるしかないだろう。

　圭介の見立てが正しいことを祈りつつ、ハザードランプをつけて路肩に車を寄せた。

「おっさん、何だよ？　Uターンしないのか？」

「その前に、もう一つ聞きたいことがある」

俺は体ごと茜音の方を向きかけ、あわてて顔をそらして、くしゃみを一つする。

「失礼。えーと、聞きたいことは、久住さんの父親についてだ」

「父親？」

「そう。久住さんは自分の父親についてどれくらい知ってる？」

「――物心ついた時には、出ていったあとでした。母から少し聞いたくらいです」

茜音の気弱な瞳が一瞬だけきらりと光り、視線は太ももにのったカンバスに落ちた。

その視線を追ってカンバスを見つめ、俺は「ところで」と声の調子を変える。

「その絵のタイトルは？」

「ドーター」と茜音は日本語丸出しの発音で答えたが、『Daughter』のことだろう。

「やっぱりそうか」

俺は目を細め、スマホに表示した『Daughter』の絵と茜音の太ももに置かれた絵を見比べた。自滅覚悟で八百万を支払ってでもその絵が欲しかった茜音の気持ちが見えてくる。

「久住さん、この絵のモデル――といっても抽象的すぎるが、とにかくこの絵はあんたを描いたんじゃないのか？」

茜音は俺の目から顔をそらし、ツインテールを両手でしごき、うつむいて、それでも俺が自分から視線を外していないことを知ると、小さく息をついた。うなだれたまま、うなずく。圭介が運転席と助手席の間から身を乗り出した。

「マジかよ？　河原林元に娘なんて——」

「いない。ネットの情報だと、河原林の家族は、アメリカ人の妻と息子が二人だけだ」

茜音が甲高い声を挟み込む。

「事実です、その情報。わたしの母と河原林サンは婚姻届を出してなかったそうなので」

「でも娘のあんたが生まれていたんだろ？　家族になってたんだろ？　いつ捨てたんだよ、娘を？」

茜音とカンバスを交互に見て、圭介の顔がみるみる強ばった。

「わたしが生まれて一年も経たないうちに、河原林サンは〝最後の挑戦だから〟とニューヨークに行って——それきり、だそうです」

「ニューヨーク？　誰の金で海を渡ったんだよ？」

圭介の猛々しい問いかけに、茜音はびくりと肩を震わせた。

「さあ？　そこまでは——」

「バカか？　あんたの母親の金に決まってんだろ。日本じゃ無名の貧乏画家だったって、ネットに書いてあった。あんたの母親に食わせてもらってたんだよ。そういう男のことをな、世間じゃヒモって――」

「圭介」

俺に制され、圭介は言葉を切って唇を嚙んだ。百澤美咲の赤ん坊のような、親の愛情に包まれた子どもを苦手とする圭介は、逆に親に捨てられた子どもへ感情移入しすぎる嫌いがあった。黙ってしばしスマホを操作したあと、運転席を蹴飛ばしてくる。

「おっさん、東京の前に鎌倉だ」

「は？」

俺は白を切りながら、圭介が自分と同じ計画を練ったことを悟る。

「河原林元は今、個展準備のため日本に滞在して、鎌倉の自宅で制作中らしい。ラッキーだったな。ニューヨークは無理だけど、鎌倉ならこのボロ車でも辿り着ける」

「自宅に押しかけて、どうするつもりですか？」

茜音が怯えたように声をさらに高くする。俺が上体をひねって圭介の顔を見上げると、圭介は茜音の太ももに置かれたカンバスに視線をめぐらした。

「決まってんだろ。描いた本人にその絵を売りつけて金を作り、借金返済するんだよ。高めにふっかけてやろう。あんたら母娘がされた仕打ちに比べたら、安いもんだ。借金が返せれば、あんたは晴れて桜花連合がらみの組織と縁を切れる。どう？　完璧じゃね？」

「嫌！　絵は売りたくない！」

　茜音は甲高い声をあげて上体を折り、カンバスの上に覆い被さる。

「この絵は——いつも誰かに嗤われて、迷惑をかけて、叱られて、何もかもうまくいかない、うまく生きられないわたしの、たった一つの拠り所なんです。河原林サンがどれだけひどい父親だとしても、わたしはやっぱりすごい人だと思います。好きな絵を描いて、世界に認められて、それでもまだ創作意欲の衰えない画家の血が、自分の中にたしかに流れているという事実が誇らしいんです。彼に『Daughter』という作品を描かせるきっかけになった自分が、救いなんです。〝死んだ方がいいかな〟って思っても、この絵を見ると〝もう少し生きよう〟と思い直せるんです。だから、売りたくない——売れません」

「じゃあ、せめて久住さんがその絵を持ってるって、知らせてみたらどうだ？」

　俺の言葉に、茜音だけでなく圭介も首をかしげる。わかりづらかったかと説明を足した。

「久住さんは、手元の『Daughter』で晩の父を偲ぶことができる。それに相手は有名人だから、ニュースや雑誌で折々近況を知ることもできる。でも、河原林元には何もない。二十年も前に日本に残していった女と赤ん坊が、生きているのか死んでいるのかすらわからずにいる状況なんじゃないか？」

「どうせ忘れ去ってるよ」

　憎まれ口を叩く圭介の細い顎を拳で押しのけ、「なあ」と俺は茜音の顔を覗き込んだ。

「やっぱり先に鎌倉に行こう。絵を売るのが嫌なら、事情を話して、河原林元に借金を申し込んだらいい。実の親に借りた方が、ヤミ金よりずっと安全だ」

「二十年ぶりの再会で、いきなり借金の申し込みですか？」

　悲鳴に近い問いかけに、俺は居住まいを正す。

「間違わないでほしい。これは単なる感傷旅行じゃない。これから、久住さん自身が生きつづけていくための手段を考えた上での行動だ。逃げるって行為は——特に責任を放棄した逃げは——自分を蝕む。できれば、そんな行為はしない方がいい。逃がし屋をやってると、よくわかるんだ。桜花連合はひどいやつらだが、今回の件だけで考えれば、どんな事情があれ借りた金を返さない久住さんの方が、あいつらよりよほど最低だと思う」

　茜音の目がたちまち潤みだしたが、見ないふりをした。

「だから、どんなにつらくても、みっともなくても、ぎりぎりまで金策に走り回るべきだ。返せる金はとことん返すべきだ。頼れる人がいるなら、たとえそれが自分と母親を捨てた父親でも、頭を下げて頼るべきだ——と俺は思う」

　茜音はカンバスに目を落とす。ツインテールが心許なく揺れている。圭介が後ろで乾いた咳をする。それが合図だったかのように、茜音の首がすっと伸びた。

「行きます、鎌倉。でも、住所とかわかるんですか？」

俺はハザードランプを右のウィンカーに切り替え、サイドミラーを確認しながら圭介に同意を求める。

「それは、まあ、餅は餅屋っつうか。俺らにまかせてくださいよ。なあ、圭介」

「餅屋？　俺らは、逃がし屋だろ？　何言ってんだ、おっさん？」

不機嫌に鼻を鳴らすと、圭介はおもむろにクリーム色の作業ブルゾンを脱いだ。

＊

ナビアプリの言いなりになって、北鎌倉方面から細い道を下っていく。元は山だったのだろう。道路脇はどこも木々が生い茂り、時々竹林も覗いた。日本有数の観光地だけあって、裏道のお手本のようなこの道でも、途中何度か渋滞が起こった。

到着予定時刻に三十分遅れて、河原林邸の近所だと思われるコインパーキングにウォークスルーバンを停める。茜音を外で待たせておき、俺と圭介は車内で宅配業者、タケル運輸の制服に着替えた。宅配といえばタケル。日本で利用したことのない者はいないってくらいの最大手だ。今回のミッションにうってつけの制服だった。

グレーのキャップを目深にかぶり、グレー地に黄色い縞の入ったシャツとパンツを上下で揃え、形だけ端末機械っぽく仕上げたハリボテの装置を腰にぶらさげると、俺と圭介は大きめの段ボールを組み立てて二人で持った。

支度を終えて車から出てきた俺らを見て、茜音が目を丸くする。

「何の荷物ですか、それ？」

「何の荷物でもないよ。段ボールの中は空だ」

にべもなく答える圭介のあとを、俺がつづけた。

「不審な男二人が住所を聞いたって、誰も教えちゃくれない。でも、この制服と段ボールがあれば――まあ、そこから見てな」

俺と圭介は辺りを見回すと、一番立派な屋敷を選んで、石段をのぼった。瀟洒な鉄門の脇についた呼び鈴を押す。

門柱につけられたビデオカメラを通して、住人が俺らの姿を見ているのを意識しつつ、俺はさりげなくキャップのつばを下に引っ張った。顔も隠れ、礼儀正しく挨拶しているようにも見え、一石二鳥だ。

――はい？

予想通り、気のよさそうな年配女性の声がする。俺はなるべくはきはきと喋った。

「こんにちは。タケル運輸です。こちら、河原林さんのお宅ではありませんか？」

——違います。うちは松浪(まつなみ)です。表札が出ているでしょう？

「あっ、本当だ。申しわけございません」

俺が腰を九十度に折って頭を下げると、後ろで圭介も同じ動作をした後、段ボールをことさら重そうに持ち直す。

「実は、お届け先の住所のインクがこすれてしまって——」

——あら大変。河原林って、あの画家先生のお家かしら？

俺は背中に回した右手でVサインを作る。

本当の金持ちは喧嘩(けんか)しない。ゆとりがあるからだ。生まれた時から金で一度も苦労したことのない人間は、奉仕の精神にあふれている。同じく、ゆとりがあるからだ。そしてゆとりは、時に油断となる。

「河原林元様です。番地を見る限り、この辺りで間違いないはずなんですが」

——ええ、そうね。画家の河原林元先生。彼のお宅なら、我が家の脇の路地をのぼって、四つ辻(つじ)を越えた先よ。緑の切妻屋根の洋館。すぐにわかるわ。

「ありがとうございます」

河原林邸への行き方を懇切丁寧に教えてくれた女性に、俺は心からの感謝を述べた。

インターホンが切られ、ビデオカメラの監視から逃れたことを確認してから、塀の陰にいた茜音を手招きする。

茜音はツインテールを握って、忍者のように走り寄ってきた。俺の顔を見上げるやいなや尋ねる。

「嘘ついちゃって、大丈夫ですか？」

「方便だ」と俺は短く答えた。

実際、今まで何度かこの方法で非合法に住所を知ったことがあるが、別に俺らは悪用してないし、誰にも漏らしちゃいない。この家の女性だって他人のプライバシーを第三者に漏らしたことを、これっぽっちも悪いと思っていないだろう。彼女にあったのはひたすら善意、そして奉仕の精神なのだ。

見た目とは裏腹におそろしく軽い段ボールをたたんでバンの荷台に放り込むと、俺は圭介と茜音の先に立って、教えてもらった路地に足を向けた。


河原林邸は、画像の印象より少し小さく見えたが、重厚な建物に変わりはない。鉄門から覗く庭園もよく手入れされ、枝に雪が積もったように見える真っ白な花が揺れていた。「緑の切妻屋根」とさっきの女性が言っていた屋根は、年季が入って銀色がかって見える。

俺は深呼吸して呼び鈴を押した。使用人のたぐいが出てくるかと思いきや、応対したのは河原林本人だ。しかもインターホンでのやりとりを省いて、いきなりドアを開けて現れた。

「タケルさんか？　どこからの荷物だ？」

　タケル運輸の制服効果がここでも発揮されたらしい。俺は圭介と顔を見合わせた。ポロシャツにロングカーディガンを引っかけ、ゆったりとしたコーデュロイのパンツを履いて近づいてくる河原林は、画家というより休日の父親そのものだ。

　とっさに俺の背に隠れようとした茜音を、圭介が突き飛ばすようにして前へ押し出す。

「娘さんをお届けにあがりました」

「娘？」

　白いものも混じりはじめた顎髭をしごき、河原林は目をみひらいた。その目にたしかな動揺が走る。だが、声音は落ち着き払っていた。

「私に娘はおらんよ」

　目の前の茜音の背中がびくりと震え、丸まる。俺が止めるより先に、圭介が食ってかかった。

「ああ、そうかよ。ヒモ時代の記憶は全部捨てたか。じゃ、俺が拾ってやる。誰の金でニューヨークに――」

「やめてください。これじゃまるで脅しにきたみたい」

　茜音が圭介に向き直り、マスコットキャラのような声で遮る。

「〝やめてください〟だ？　こいつを赦すつもりかよ？　あんたを愛さなかったばかりか、その存在をなかったことにしてるこいつを？」

「河原林サンは、この絵を描いてくれました」

そう言って、茜音はカンバスを高々と掲げた。ふたたび河原林の目がみひらかれる。

「私の絵か？」

「はい。こちらの久住さんが八百万円で購入された『Daughter』です」

絵の値段を聞いて、河原林は茜音の頭から爪先まで眺める。その瞳に滲む驚きと困惑の色を、もはや隠そうとはしなかった。

「どうしてあなたの油絵が額装されていないか、今からお話しします。その話を聞けば、彼女が今日どうしてここに来たかもわかります」

俺の言葉を聞いて、河原林はしばらく無言になる。茜音からゆっくりそらした瞳は、庭園の白い花を映していた。

河原林は俺らを屋敷の中に招き入れ、みずからコーヒーをいれてくれた。何の変哲もないインスタントコーヒーだったが、自分で焼いたという器のせいか、おいしく感じる。
庭園の白い花――「ユキヤナギ」という名だと、河原林が教えてくれた――がよく見えるサンルームで、コーヒーをのみながら、俺は茜音の話を語り尽くした。当の茜音が一言も喋ろうとしなかったからだ。俺がつっかえたり言い忘れたりした部分は、圭介が補った。

すべて聞き終えると、河原林は「むう」と唸って、残っていたコーヒーをのみほす。頬や額に刻まれた濃い皺は、彼にも若い頃があったという事実を想像しづらくしていた。ガラス張りになった屋根から入る陽光もだいぶ翳ってきたところで、河原林はつと立ち上がる。うなだれたままの茜音に、やっと顔を向けた。

「その絵を買おう」

「ふぇっ。でも、あの、これは――」

「私に娘はおらん」

河原林は静かな声で先程と同じ言葉を茜音に告げる。俺は、今にも飛びかかりそうな圭介の腕をつかんで止めた。

「その絵は、ニューヨークのとあるギャラリーオーナーの娘を描いたものだ。一人でニューヨークにやって来た私に、金と絵を描く場所を与えてくれた恩人の娘をモデルにした。体も心も死にかけていた私は、彼に認められ、首の皮一枚で生につながった。私にとっての生は、絵を描くことだ。家庭を持つことではない。昔も今も、家庭を求めたことはない」

河原林は淡々と語った。そして、その言葉は言い訳や嘘ではないように聞こえた。少なくとも俺には。今のアメリカ人の妻は――ひょっとしたら茜音の母親も――同じ言葉を先に聞いた上で、河原林のそばにいると決め、彼の血を引く子どもを遺したのかもしれない。

河原林は茜音の手からやや強引にカンバスを奪うと、テーブルに置いた。

「しばらく連絡が途絶えていたから、オーナーがこの絵を手放した事情はわからん。しかし、この絵はしかるべき場所に還らせてやりたい。オーナーあるいはオーナーの娘の手元に。これは絵描きとしての私の我が儘だ。付き合わせるお詫びに、あなたにはあなたの必要なものをやろう」

「わたしの必要なもの？」

うわごとのようにつぶやく茜音に、圭介が聞こえよがしに耳打ちする。

「金だろ、金。ふんだくってやれ」

「そうだ。この際、ふんだくれ」

眉一つ動かさず河原林が応じたので、茜音や俺はもちろん、さすがの圭介も驚いたようだ。すぐには次の皮肉をつづけられない。その間に、河原林が口を開いた。

「あなたの借金を利子込みで帳消しにする額で、この絵を買い戻す。ついでに桜花連合――だったか？　そのタチの良くない連中と縁を切る金も付けよう。借金に上乗せして返すといい。私の知り合いに、そういう揉め事の処理に長けた者がいる。あとで連絡先を教えよう。取引の窓口はすべて彼に担わせ、あなたは二度とそいつらの顔を拝むな」

「――この絵のモデルは、本当にわたしではないんですか？」

すがるような茜音の問いかけに、河原林は一切の表情を消してうなずき、顎髭をしごく。休日の父親そのものだったはずの姿が、今は画家にしか見えない。

茜音は歯を食いしばってテーブルの上のカンバスを見つめていたが、やがてすっと肩をおろし、河原林に向き直った。

「わかりました。絵を買ってください。お願いします」

ツインテールをたらして深々と頭を下げた茜音は、ずいぶんと長い間、そのままの姿勢でいた。


制作に戻るという河原林の邸宅を辞し、東京駅まで茜音を送る道すがら、車内はずっと静かだった。空気は重くなく、むしろ振ればからからと音がしそうな軽さで、その軽さゆえの壊れやすさがある。三人が三人とも最後の一線で踏みとどまって、せんない言葉を垂れ流さずにいた。

途中、一度だけ休憩した。ずっとお預けになっていたミントタブレットを買いに、圭介がコンビニに寄ったのだ。

「これでみんなの分の飲み物も」と俺が渡した千円札を、外から運転席側に回ってきた圭介が受け取る。窓から顔を入れ、俺に耳打ちした。

「残念。河原林から俺らの報酬までふんだくれば、ここで万札をさらっと出せたのにな」

河原林が借金返済用とは別にくれた「諸経費」をすべて、茜音に渡したことを怒っているのだ。

「あれは、これからの久住さんに必要な金だ」

「明日の俺達に必要な金はどうする？　車検は？」

いがみ合う俺らの声など聞こえていないように、茜音は助手席の窓から空を見ていたが、圭介が肩を怒らせながらコンビニに入っていったのを確認すると、あらたまった様子で俺に向き直った。

「このたびはご迷惑をおかけしました。本当にありがとうございました」

ツインテールが体の線に沿って折れ曲がる。頭のてっぺんから出ているような声が、痛みを伴って聞こえた。

「気にするな。俺らはこういう商売だ」

会話があっさり終わりかけたところで、くしゃみが出る。茜音は弾かれたように体を揺すった。

「あの、シャ、ケン、ハって何ですか？」

「え？」

「ごめんなさい。わたし、ちょいちょい常識が抜けてて、知らない言葉も多くて――」

「ああ。車検な。車の健康診断みたいなもんだ。その車が公道を走っても危険じゃないかどうか、法律で決められた頻度で点検してもらわなきゃならない」

茜音はうなずき、「この車を点検してもらうのにお金がいるんですね」と車内を見回す。

「ではトナカイさんへの報酬、今払います。いくらですか？」

「いいよ、後払いで。まずは久住さんの身辺が落ち着いてからで」

「今、払います。払えます。もう夜逃げじゃないんで、名前も経歴も隠さずに、正々堂々出発し直せますから」

「出発、か」

「はい。後ろは見ずに出発です」

茜音の真剣な顔は揺らがない。俺はしばらく迷った末、整備工場の見積もりで提示された車検費用を伝えた。

茜音は表情を変えずに、河原林からもらった分厚い封筒をあけ、俺が言った金額より五万多く渡してくれる。俺は謹んで受け取った。

「お支払いありがとうございました。このあと久住さんを東京駅へ送り届け、配送完了くるんじゃ?」

「完了? 本当にこれでいいんですか? あらためて計算したら、足りない費用が出てくるんじゃ?」

「いいんです。追加請求の連絡なんかしないんで、安心して」と俺は請け合う。

客が未来に進むと決めた時、逃がし屋は過去として消えた方がうまくいくものだ。

＊

河原林の顧問弁護士を名乗る男から連絡がきたのは、三月の終わりだった。

茜音と〈桜花連合〉の間にあった問題が綺麗さっぱり片付いたことを伝えると共に、彼はこんな誘いをくれた。

――個展にいらしてほしいと、河原林氏がおっしゃっております。現在、氏はアメリカに戻られているため、詳しい話は個展会場となっている画廊のオーナーからお聞き下さい。

次の日曜日、ゴミの山の上で五年暮らしたという片付けられない女の単身引っ越し作業を終えたあと、俺と圭介はウォークスルーバンを銀座に走らせた。

ブランドショップが建ち並ぶ大通りのパーキングメーターに車を停め、教えてもらった住所を目指し、脇に一本それた細い通りを入っていく。

　テナントビルの多い通りだった。ビルの看板には和洋様々な女性名の店名が並んでいる。銀座の高級クラブというやつだろう。しばらく歩くと、煉瓦(れんが)造りのビルが現れた。住所を見るより先に、ここが画廊だとわかる。ビルの一階がガラス張りになっており、室内に飾られた河原林の絵が見えたからだ。

　客もいる。満員ではないが閑散ともしていない。俺は画廊にも個展にも疎いが、これだけ人が来てくれたら成功と言えるのではないか。

「高そうな靴を履いたやつらばかりだ」

　自動ドアを抜け画廊の分厚い絨毯を踏んだとたん、圭介に耳打ちされる。俺は思わず自分の足元を見た。薄汚れたスニーカー。ちなみに服は制服代わりのデニムのつなぎだ。

「車の中で着替えてきた方がよかったか」

「おっさんは、ろくな私服を持ってないじゃん。作業着の方がいっそ清々(すがすが)しいよ」

　俺の背中をどやしつけ、圭介はつなぎ姿のまま悠々と鑑賞してまわった。背が高く、モデルのような体型をしているため、つなぎが〝あえて〟のファッションに見える得なやつだ。

　それからものの五分もしないうちにすべての絵を見終えて、圭介は口をとがらせた。

「相変わらず何描いてんだかわかんないし、英語のタイトルも意味わかんないし」

周囲の目が集まり、俺が圭介を小突いたところで、声がかかった。

「もしかして、トナカイ運送の方？」

振り向くと、チェーンのついたメガネを胸にぶらさげた中性的な人物が立っていた。声は低く男性そのものだが、真っ白な短髪に黒いセーターと黒いパンツを合わせ、小首をかしげて立つ様だけなら女性にも見える、そんな人だ。

「ワタシ、当画廊のオーナーを務める横溝（よこみぞ）です。お待ちしておりました」

明らかに場違いな俺達に対しても、やさしい口調で丁寧な挨拶をくれる。俺と圭介が会釈を返すと、すぐ後ろの壁にかかった――売約済みの赤いシールが貼られていた――絵を指さした。

「河原林さんから、こちらの新作をお贈りするよう、言付かっておりました」

「新作？　絵の？」

「はい。今回の鎌倉滞在中に仕上げられた最新作です」

俺が驚く横で、圭介が「神さん、見ろよ。一千万の値がついてる」と弾んだ声をあげた。

横溝は圭介の無礼を聞き流し、微笑む。

「本日最終日ですので、このまま持ち帰られてもかまいませんし、後日配送でもかまいません。いかがされます？」

「持ち帰り――」

　圭介が前に出ようとするのを制して、俺は言った。

「これから言う住所に送ってもらえますか？」

　そして、茜音が住み込みでバイトしている温泉旅館の住所と彼女のフルネームを告げる。横溝は一瞬眉を上げたが、何も聞かずにチェーンのついた眼鏡を素早くかけ、言われた通りのことを書き付けた。

「かしこまりました。ではこちらのご住所に、たしかに配送させていただきます」

「まだ観ていかれますか？」と尋ねてくれた横溝に笑って首を振り、画廊をあとにする。

　細い道を引き返していると、もつれるような足音を立てて追いついた圭介が横に並び、十センチ上からの目線で俺を見下ろした。

「一千万だぞ？　よかったのか？」

「あれは、河原林が俺らを介して久住茜音に贈ってほしかった絵だ。タイトルを見ただろう？」

「『I'm sorry』か。くっさいタイトル、よくつけるよ」

「親になれなかった男の、精一杯の謝罪と愛だろう」

「はっ。くだらねー。最後まで俺らをいいように使いやがって。追加報酬を請求してやろうぜ」

「やめとけ。車検も無事通せただろ」

「ああ。それで久住茜音からもらった報酬をほぼ使い切ったけどな。そもそもおっさんの請求額が安すぎんだよ。信じらんない。いいか？　今度から絶対、俺に価格交渉させろよ？」

俺は圭介の言葉を適当に受け流し、すっかりやわらかくなった風の匂いを嗅ぐ。

くしゃみが一つ、出た。

Order 3 追いかけたくて

どこからか雨漏りの音が聞こえてくる。

油染みのついた革のソファに沈んだまま、俺は薄目を開けて天井を見上げた。やたら高いそれは頑丈そうな鉄の梁(はり)に支えられているものの、屋根の形にそった骨組みが剝(む)き出しになっている。梁からぶら下げた電球の淡い明かりだと隅々までは照らせないため、耳で怪しい場所の見当をつける。

「圭介、パーティションの裏あたりにバケツを置いてくれ」

声をかけたが、返事がない。自宅兼事務所であるこのオンボロ倉庫のどこかにはいるはずだから、寝ているか、あるいはただの無視だろう。

圭介、ともう一度呼ぼうとしてやめる。腹に力が入らなかった。一日一食じゃ仕方ない。

梅雨入り宣言を聞き逃したまま、雨は陰鬱に降りつづき、仕事の依頼もからきし入ってこなかった。

このままじゃ死んじまう。あながち冗談でもなく思う。そっちの世界へ移る瞬間って、どういう心地なんだろうか。案外あっという間か。視線をさまよわせ、暗がりの中に答えを探すも、何も見えなかった。

俺は息を吐くように少し笑って、重い体を無理やり起こす。空腹と湿気でこれ以上ないくらい不快だが、バケツを探しに努めて早足で洗面所へ向かった。


車のブレーキ音が響いたのは、俺がバケツを置くのに一番効果的な場所を見つけた時だった。二カ所からの雨漏りを一つのバケツで受け止めるためには、一ミリの狂いも許されない。俺は慎重にバケツの位置を調整しながら、耳を澄ます。

トナカイ運送の事務所兼俺と圭介の自宅は、鉛色の海を臨む工業地帯の一角にある倉庫街だ。駅から離れていてコンビニ一つない不便な場所を、真っ昼間からうろつく部外者など滅多にいない。まして無数に並ぶ倉庫街の迷路をくぐり抜け、端の端にある俺らの倉庫に辿り着く者など――。

「お客だぞ」

弾んだ声が降ってきた。中二階から圭介が顔を覗かせている。やはりさっきの俺の言葉は無視していたようだ。バケツの位置をようやく決めて顔を上げると、倉庫出入口のシャッターに向かって泳ぐように進むやつの背中が見えた。

「用心しろよ」

一応声をかけたが、また無視される。

ガラガラとうるさい音と共に開くシャッターの下から、高そうな革靴とタイトなスーツを雨で濡らした客が、徐々に現れた。

シャッターが上がりきる前に、圭介が一歩さがる。俺より十センチ高い圭介を悠々と見下ろす、高身長の人間が立っていたからだ。スキンヘッドが僧侶のそれにしか見えないのは、涼しげな表情と細身のせいだろう。やけに赤い唇に目を奪われる。

「逃がし屋トナカイは、こちらでよろしかったか？」

男はボーカロイドのような喋り方で尋ねてきた。圭介がぴくりと眉を上げ、目をみひらく。倉庫の外に出した看板やチラシに載せている屋号は〈トナカイ運送〉だ。〈逃がし屋トナカイ〉はいわゆる裏稼業での呼び名だった。つまり、目の前の男は厄介な客ってことになる。返事をしあぐねているらしい圭介に、男はもう一度尋ねた。

「逃がし屋トナカイは、こちらでよろしかったか？」

「ああ、いいよ。あんたを逃がせばいいんですか？」

圭介に代わって、俺がパーティションから顔を出して叫ぶと、僧侶ボカロは不自然に首をかたむけ、様子をうかがう。伏せた椀の中のような静けさに包まれる倉庫で、雨音がバケツをリズミカルに打つ音だけが響いた。俺は全神経を集中させて、周囲に気を配る。誰のどんな気配もない。ただ嫌な予感だけがする。こんな雨の日に、場違いなくらい仕立ての良い服を着て——しかもその高そうな服が濡れても一向に気にせず——ここに来るヤツが、ろくな依頼を持ってくるわけがない。話を聞く前にお引き取り願うのが賢明だ。だがな、と俺はため息をついた。賢明な行動を取るには、俺らは飢えすぎている。

俺がデニムのつなぎの上半身部分を脱ぎ、袖を腰に巻きつけて結びながら圭介の隣に並ぶと、僧侶ボカロは待っていたように口を開いた。

「逃がしてほしい人物は、私ではない」

「じゃ、誰です?」

「Secret」

僧侶ボカロはネイティブな発音で短く言い切ると、左手に持っていたジュラルミンケースを地面に置き、俺らの方に蹴り飛ばした。口調の冷静さと、行動の荒々しさのバランスが取れていない。

「逃がしてほしい人物の安全は、我々が確保している。我々が逃がし屋に頼みたいと思うのは、後始末である」

圭介が俺に視線を走らせる。「我々」という言葉に反応したのだろう。一人称に複数形を用いる客に、ろくなヤツはいない。後ろで絡み合う組織や集団の地獄絵図が見えるようだ。慎重になった俺らに対し、僧侶ボカロは涼しげな顔を崩さないまま、一歩前に出た。

「住み手のいなくなったマンションを片付けたまえ。残っている物をすべて処分したまえ」

「それが、後始末？」

僧侶ボカロは目だけでうなずいた。俺は鳴りだした腹に手をあて、首を横に振る。

「たまたま運ぶ物が人間って時もあるだけで、俺らの仕事の基本は運送です。部屋の片付けや不要品の処分のみの依頼はちょっと――」

「後始末とは、あとに残った物をしかるべき廃棄場所に運んでもらうこと。運送の仕事だ」

一歩も退かない僧侶ボカロ相手に、俺も足の爪先に力を込めて言い放った。

「逃がす相手のことを知らないまま、仕事は受けられない」

沈黙が落ちた。感情の読めない僧侶ボカロは赤い唇を何度か嚙んだあと、俺らの足元に転がっているジュラルミンケースに視線を移す。

「七千万入っている。よろしいか？」

圭介がごくりと唾をのむ音が聞こえた。俺も無意識のうちにのんでしまったかもしれない。

「依頼を断り、七千万を逃がし、我々を失望させる。それでよろしいか？」

俺より早く、圭介がジュラルミンケースを拾い上げ、大股で僧侶ボカロに歩み寄った。

「〝よろしい〟よ。バイバイ」

胸元に突き返されたジュラルミンケースを見下ろし、僧侶ボカロは声を立てずに笑う。

赤い唇が左右に大きくひらき、尖（とが）った歯が見えた。

＊

翌日も雨だったが、ようやく仕事が入った。〈トナカイ運送〉としてのまっとうな――双子の一歳児の子守を含めた作業ではあったが――引越しの仕事だ。

久々の労働を終え、全国チェーン系のカレーハウスに入った。

「カレーがいいんだ、俺は。チェーン店が出す、しゃばしゃばのカレーを求めてんの、俺の胃袋が」

そう言い張る圭介に、寿司を所望していた俺が折れた形だ。片時もじっとしていない双子の赤ん坊の世話がいかに大変だったか、圭介はせつせつと訴えながらトッピングのチーズを山盛りにしたポークカレーを頬ばった。

結果的に、ここで腹一杯になっておいて正解だったと言える。少なくとも一時は幸せな気持ちを味わえた。

戻ってきた倉庫街で、港側の目立たぬ場所に停められた黒のハイブリッドカーに俺が気づくのと、倉庫のシャッターをあけた圭介が中に潜んでいたやつらに組み敷かれるのは同時だった。抵抗しようとした圭介は一度立たされたあと、丸太のように太い腕の重いパンチをみぞおちに食らって吹っ飛んだ。転がった先でもう一度立たされ、今度は胃のあたりに狙い澄ました一撃が打ち込まれる。せっかく食べたカレーがすべて床にぶちまけられた。夢中で駆け寄ろうとした俺は足をなぎ払われ、雨に濡れたアスファルトにしたたか顎を打ちつける。

斜めになった視界の中に、黒のハイブリッドカーが入ってくる。ナンバーは６６６。やはり、オーメンプレートだった。

――桜花連合のやつらの報復か？　今頃？

革靴の尖った爪先が体にめり込むたびに薄まる意識の中で、俺は考える。

桜花連合――正確には系列のヤミ金――への借金を抱えた女、久住茜音を俺らが逃がしたのは、三ヶ月も前の話だ。その後、茜音は代理人を介して膨大な借金を全額返済したが、一時でも踏み倒そうとし、その計画に俺らが逃がし屋として手を貸した事実は消えない。有能な代理人が盾となってやつらの目から完全に姿をくらませられた茜音と違い、こっちはネット検索でもすりゃ一発で居場所がばれる丸腰の運送屋だ。まんまと出し抜かれたことに腹を立てたやつらが乗り込んできても仕方ないと覚悟はできていた。

だが、なぜ、今？

「神さん」

鋭い叫びが、頭の中にたちこめた霧を晴らす。

「圭介？」

「頭と顔。ガードしろ。死ぬぞ」

言葉の意味がすぐにはわからず、顔を上げて周囲を見回す。太った男の腹にむしゃぶりつきながら、俺に向かって必死に叫んでいる圭介が見えた。他人の心配をしている場合かと俺が言い返す前に、圭介は首筋に手刀を食らって倒れ伏す。同時に俺の頬骨がガギッと鈍い音を立てた。焼き鏝をあてられたような熱さが脳天まで走り抜ける。それで、ようやく状況を把握した。磨き上げた革靴の先では物足りなくなったバカが、どこから角材を拾ってきたらしい。急所を狙って、角材が再び振りかぶられる。風を切る音がマンガの擬音のように大きく響いた。俺はとっさに両腕の間に頭を挟み、腹に膝を引きつけるようにして丸まる。膝に押された腹の中は熱くなり、たちまち胸がむかついてくる。視界が紫色に塗り潰されるやいなや、導火線を走る火花の勢いで吐き気が喉を突き上げ、俺は口をあけた。

何か叫ぼうとしたはずだが、何が言いたかったのか、もう覚えていない。叫びの代わりに飛び出したのがさっき食べたカレーだったことと、その反吐が相手のご自慢の革靴を汚したおかげで、角材が狙いを大きく外してアスファルトに叩きつけられ真っ二つに折れたこと、その二つの記憶を最後に俺の意識は途切れた。

荘厳なトロンボーンの音が聞こえる。天国とばかり思ったが、その音色が『もののけ姫』のテーマを奏ではじめたあたりで、我に返る。どうやら、まだ俗世にいるらしい。起き上がろうとして、椅子に縛られていることに気づいた。背もたれの後ろで固定された両手首に痛みを感じたので、首をひねって見下ろすと、結束バンドが食い込んでいる。俗世という名の地獄のつづきだ。

俺は六畳ほどの部屋を見回した。四方の壁はもちろん天井から床まですべて鏡張りだ。手入れはまったくされていないらしく、ひどく曇ったり指紋がべったりついていたりする。特に床面の鏡は傷だらけで、亀裂が入って何も映らなくなっているところも多々あった。

不穏なのは、天井からさがる鉄鎖とその先についた拘束具だ。むごい拷問が容易に想像出来てしまい、俺は目をそらした。その視線の先で、頭陀袋に目鼻がついたような男が鏡越しに俺を見つめてくる。それが他ならぬ自分だとわかるまで、少し時間がかかった。人間がサンドバッグになるとこういう感じか、と空元気で感心してみる。そして、この異様な空間にサンドバッグ人間は一人きりであることに気づき、声を上げた。

「圭介はどこだ?」

鏡面に跳ね返った声が、加工されたように響く。と、背後の鏡面の一部がドアとなって開いた。そこから覗いた男の顔を見て、つぶやきが漏れる。

「――そっちか」

「〝そっちか〟とは?」

鏡張りの部屋でますます声のボーカロイド味が増したスキンヘッドが、首をかしげた。

「何で桜花連合に恨まれたのか、ずっと考えてたんだよ。なるほど。あんたもお仲間か」

「我々は恨んではいない。困っているだけだ」

「こっちはもっと困った事態だ。見ろ。二週間は重い荷物なんて運べない体にされた」

男は相変わらず僧侶のように悟った顔つきで俺の前まで歩み寄ると、腰を折り、真っ赤な唇を近づけた。

「Sorry」

「圭介はどこだ? 無事だろうな?」

「彼は、ここより暗くて狭い部屋にいる」

「――圭介の苦手なモノを、なぜ知ってる?」

真っ赤な唇がめくれ上がり、尖った歯が覗く。俺の質問に答える気はなさそうだ。僧侶ボカロはふいに俺から離れ、壁際に立った。空間にふたたび静寂が戻ってくると、トロンボーンの音色がいつのまにか『となりのトトロ』に替わったのがわかる。

「さっきから何なんだよ、この音楽？」

「ジブリメロディは嫌いか？」

　声が後ろからする。振り向くと、さっき僧侶ボカロが現れた鏡のドアから、新しい男が入ってくるところだった。百四十センチに満たない低身長だが、細い口髭をたくわえた顔の大きさと胸板の厚さは、一般的な成人男性のそれと変わらない。自分の体型にあわせて仕立てたらしい、高そうなスーツを着ていた。僧侶ボカロも不気味だったが、こっちの凄(すご)みに比べたらかわいいものだ。鼻を宙に向けてすんすん鳴らしている口髭男に、俺はうわずった声で答えた。

「嫌いじゃないが、この部屋とはアンバランスだ」

「アンバランス！」

　はっ、と息を吐くように笑い、口髭男は手に持った葉巻で俺を指す。

「背徳的な行為に耽(ふけ)る際、アンバランスこそがバランスを保つ秘訣(ひけつ)となる」

「何を言ってるのかわからないが――とにかく、ここはどこだ？　俺らはどこに連れてこられた？　圭介は無事か？」

「ここは会員制バー〈ラバーズ〉──と言ったところで、どうせおまえは知るまい。一見お断りの高級社交クラブだからな。そして、おまえの連れだが――」

男は口髭に葉巻をこすりつけるようにしてにおいを嗅いでいたが、結局、吸わないまま戻した。それが合図だったかのように、僧侶ボカロが動き出す。俺の脇を通って、鏡のドアから外へ。やがて戻ってきた時には、圭介を引き摺っていた。小ぶりながら整った顔立ちも、モデル並に涼しげな立ち姿も、すべての愛らしさを台無しにする憎まれ口もそこにはなく、頭陀袋を飛び越えてボロ雑巾と成り果てている。俺は目を疑い、急に腹が痛くなった。

いや、痛いわけじゃない。熱いのだ。怒りの感情が放つ熱だと理解する。

「圭介」

呼びかけたが、目の前のボロ雑巾に反応はない。すると、僧侶ボカロが圭介の首筋にスタンガンを押し当てた。俺が叫ぶ間もなく、放電する。鋭い音と光が弾け、圭介の体が跳ね上がった。目は虚ろに開かれ、口角から粟粒のようなよだれが噴き出てくる。

「生きている。今はまだ」

口髭男は粘つく声で言ったあと、俺の髪に鼻を近づけ、嗅ぎ回った。

「矢薙圭介と粂野旭。二人が死という共通項で結ばれるのは、本意ではないだろう?」

ふいに飛び出した名前に、俺は激しくむせる。

「何で旭のことを、おまえが――？」

「この世のすべての人間関係において、対等は存在しない。そこに秩序を求めるならば、こちらが上に立つしかない。上に立つために一番合理的かつ迅速な方法は、対峙する他者をよく知ることだ。こちらが他者の弱点を握り、秩序を形成する。秩序は美しさを保つ」

「つまり調べたんだな、俺のこと」

「矢薙圭介のことも。やつの苦手とする所も、その理由も知っている。抜かりはない」

「――俺らの過去を嗅ぎつけたか」

苦しくなった胸をおさえようとしたが、手の自由はきかず、後ろでしばられた手首に結束バンドが食い込んだだけだった。

男は悠然と俺の髪のにおいを嗅ぎつづけ、満足げに口髭を震わせる。

「はて、おまえの過去とは？　十八年前、目釜市で起きた一家心中および放火事件のことか？　借金の取り立てを苦にした父親が家族を次々に刺し殺し、自宅に火をつけたあの事件で、親の愚行に巻き込まれた中学一年生の長男が、粂野旭。彼の幼馴染みが、神則道――つまり、おまえだ。おまえが逃がし屋なんて物騒な稼業から足を洗えないのは、なぜか？　罪悪感からじゃないのか？」

「やめろ」

「あの日、おまえは何をした？　いや、何をしなかった？　粂野旭を見捨てた？　助けなかった？　粂野旭のＳＯＳに気づかぬふりをした？　それとも――」

「やめてくれ」

俺はからからに乾いた喉を鳴らして唾をのむ。口髭男は片方の口角だけ上げて笑うと、僧侶ボカロに顎をしゃくった。

「久城、次だ」

久城という名で呼ばれた僧侶ボカロは、おとなしくスタンガンをポケットにしまい、代わりに反対側のポケットからライターを取り出す。

俺は舌をもつれさせながら、必死に叫んだ。

「やめてくれ」

「矢薙圭介が黒焦げになるのは見たくないと？　人間の皮膚が焼けるにおいは酷いものだからな。酷いからこそ、癖になるとも言われているが――」

俺の脳裏に、事件の翌日、立入禁止のテープをくぐって入った住居跡が蘇る。黒い煙がまだくすぶり、粂野旭の死臭が漂っている気がした。そこで、俺ははじめて旭の影と対面したのだ。黒々とした闇の目で悲しげに俺を睨む、すでにいないはずのやつを見た。

「やめろ！」

すべての毛穴から冷たい汗といっしょに生気が流れ落ちる。うなだれ、念仏のように

「やめろ」と繰り返す俺の髪をひっつかみ、口髭男は顔を近づけた。

「我々の仕事をするか、神則道？」

ムスクのきつい香りでむせそうだ。俺は腫れあがった瞼をなるべく開き、久城と口髭男を交互に見る。我々、か。唇を嚙み、頭を下げた。

「やる。逃がす相手を知らなくても、後始末でも何でも、やらせてもらう。だから――」

「久城」

口髭男に名を呼ばれると、久城は体温の低そうな目で俺を貫き、ライターをポケットにしまった。

「報酬は二百万。提示額の大幅な減額について、何か問題は？」

口髭男の目が光る。俺は力なく首を横に振り、つぶやいた。

「〝この世のすべての人間関係において、対等は存在しない〟。そうだろ？」

「なかなかのみこみが早い。あとのことは久城に聞け」

口髭男は背を向けて出ていく。もう俺のことも圭介のことも視界に入っていない。短い体躯(たいく)を自在に操る歩き方は、威厳と同時に不気味さも感じさせた。やつの姿が鏡のドアの向こうに消えたとたん、全身から力が抜ける。

今、俺ははっきりと安堵していた。

＊

一週間後、俺と圭介は白いウォークスルーバンを駆って、久城に指定されたマンションへと向かっていた。その一室に残った物をしかるべき業者に売り払うなり廃棄場所に運ぶなりの後始末をするためだ。取るものも取りあえず逃げ出した部屋の主については、相変わらず何も教えてもらえなかった。桜花連合とはかかわり合いのない筋と告げられただけだ。もちろん信じちゃいない。ずぶずぶの関係を表に出せないだけだろう。

完治不能と思われた顔や体は、いくつかの絆創膏（ばんそうこう）と節々の痛みが残るものの、重い物も運べる状態に戻っていた。

「あいつらは、どんくらいの力加減で殴れば、全治どんくらいのダメージを受けるかわかってんだ。プロのクズだよ。そんで俺らはそのクズに屈服した、クズ以下の運送屋」

助手席の圭介が瞼の横に貼った絆創膏を剝がしながら、本来の配置や大きさに戻った目鼻をこちらに向けた。ゆで卵のような肌も元通りだ。

「だいたい六本木のタワーマンションの住人なんて——依頼人はタ、カ、ギの仕事じゃないな、絶対。おっさんもそう思うだろ？」

俺はしばし考えてから、慎重に聞き返す。

避難した隙に、ストーカーは鍵をかけ籠城をはじめた。部屋主の個人情報が記載された物品と部屋の鍵が、まだストーカーといっしょに中にある」

「ださっ」という圭介の失礼なつぶやきが聞こえたはずだが、久城は微動だにしない。

「したがって逃がし屋、おまえ達への依頼を追加したい。何とかして部屋に乗り込み、ストーカーを放り出せ。部屋の後始末はそれからだ。よろしいか？」

「乗り込むって簡単に言うけど、駐車場のセキュリティすらこのクオリティだ。どれだけ厳重になってるか……あ、そうだ。管理人に頼んでスペアキーを――」

「騒ぎを大きくしたくない。事情を知る者は一人でも少ない方がいい。よろしいか？」

久城は温度の低い視線で俺を捉える。要は、鍵もないまま何とか潜り込めということだ。

「よろしくないね、全然。俺らはそのストーカーをだまくらかして、部屋に入らなきゃならないんだろ？　今のままの情報量で渡り合えるわけないじゃん」

そう言って口をとがらせたのは、圭介だ。俺もうなずいて同意を示す。久城は赤い唇を人差し指でぬぐいながらしばらく考えていたが、ふいに振り返り、コンクリートの太い柱に向かって「出てきてください」と声をかけた。ちょうど蛍光灯の光が届かない場所であるそこから、厚みのない人影が現れる。

しぶしぶといった感じで足を運び、時間をかけて久城の隣に並んだそいつは、フードをかぶり、サングラスをかけ、マスクをして、と、まるで正体がわからなかった。

「情報量を増やそう。こちらが部屋主――ビートニックの草月和垂さんであらせられる」

首をかしげる俺を押しのけ、圭介が前に出る。

「え。ビートニックって、あの？　テレビによく出てるアイドルグループの？」

久城を含めた俺ら全員の視線が集まり、完全防備の部屋主は大儀そうにフードとマスクとサングラスを外した。露わになった顔は驚くほど小さく、顔立ちは子リスのように愛らしい。なるほど、アイドルだ。圭介は飛び跳ねるようにして、歓声をあげた。

「やっぱりそうだ。俺、あんた知ってる！　見たことある！　芸能人じゃん」

「おまえのような不躾なファンの一人が、ストーカー化したのである」

久城が冷静に皮肉を言う。しかし興奮した圭介は部分的にしか耳に入らなかったようで、特に腹も立てず草月に近づいた。

「何だよ。部屋にいるのは、あんたのファンかよ」

「そうです。だから僕、怖いけど、警察に突き出すのはかわいそうで――」

「甘いこと言ってんじゃねーよ。狂信的なファンはきっちり線引きしとかなきゃ。次から次に襲ってくんぞ」

ファンとゾンビをごっちゃにしている圭介に説教されて、草月は「でも」とうなだれる。

「僕は〈トライブ〉の中でも下積みの長い方だから――人気がいかに水物かわかるんです。たとえどんなファンでも、むげには出来ません」

〈トライブ〉とは草月の所属する芸能事務所だと、久城が顔色一つ変えずに説明した。

そう言われて草月をあらためて眺めれば、人形のような顔立ちではあるが、肌や目の奥の色などにもう少年とは呼べない疲れがこびりついていた。圭介より年上かもしれない。

「追加依頼の料金は、別にもらえるんだろうな？」

圭介が久城の方を向いて切り込む。どうせ断れない仕事なら、せめて金をふんだくろうと考えたらしい。

久城は赤々とした唇をぺろりと舐めて、うなずいた。

「ストーカーを無事に部屋から出してくれたら、五百万円追加。また、諸々（もろもろ）の後始末に必要な費用は別途支払う所存だ。よろしいか？」

圭介が口笛を吹いて俺を見る。こうして、嫌な予感しかしない仕事が始まった。

依頼内容の急変に合わせ、ウォークスルーバンの荷台で俺はタケル運輸、圭介は加山急便の制服にそれぞれ着替える。トナカイ運送は逃がし屋の他に、大手企業の看板を背負ってブラックリスト掲載客対応の引越しや配送も請け負っている。この下請け仕事のおかげで、有名な宅配業者と引越業者の制服はだいたい揃っていた。加山急便はグリーンのポロシャツにネイビーのスラックスだ。

「加山って夏用にハーフパンツの制服もあるだろ。今度、アレを手に入れてくれよ。暑くてしゃーねーわ」

圭介がぶつくさ文句を言いながらスラックスに足を通した。長身で足も長い圭介は、スラックスの丈が短めになってしまうところも気に入らないのだろう。

タケル運輸のグレー地に黄色い縞の入ったシャツとパンツを着た俺は、グレーのキャップを掲げてみせた。

「こっちなんて、この蒸し暑い時期にキャップをかぶるんだぞ？　明らかに頭皮に悪そうだ」

「大丈夫だよ。禿げようがフサフサだろうが、おっさんのダサさに変わりはない」

「やめろ」

俺と圭介はそれぞれ適当な大きさの段ボールを抱えてバンをおりる。

仁王立ちの久城に、見送られるというよりは見張られながらエレベーター前のインターホンを押すと、すぐに応答があった。

――はい。

ずいぶんハスキーだが、間違いなく女性の声だ。俺は圭介を背に隠し、グレーのキャップしか映らない絶妙な角度でカメラの前に立った。

「こんにちはー。タケル運輸です。お届け物があって参りました」

――宅配ボックス、あるでしょ？　そこに入れておいて。

「すみませーん。クール便でして、手渡しでないと――」

しばしの沈黙のあと、ガチャリとロックのはずれる音がする。俺は相手がインターホンのスイッチを切ったのをたしかめてから、圭介と久城達に振り向いた。

「まずは第一関門突破ってことで」

「よろしい。我々はいったんこの場から離れる。成功したら連絡をくれるとよい。健闘を祈る。Go」

犬になった気分でエレベーターに乗り込み、一気に四十二階まで上がる。駐車場から一転して、エレベーター内は冷房がよく効いていた。引いていく汗を感じながら、ためしに各階のボタンを押してみたが、インターホンで話した相手の階にしか降りられないようになっていた。

「なっ。やっぱりカタギの仕事じゃなかったろ」

そう言ってから、圭介は何度か「タカギ？　カタギ？」と小さな声で言い直し、俺の視線に気づくと、あわてて鼻を上に向けた。

「ストーカーすら邪険にできないって、アイドルもなかなか狂った商売だよね」

「まあな。ただ今回の真の依頼人は、あのビート——ナントカ」

「ビートニックの草月和垂」

「そいつじゃないだろうな。久城に対する態度からして、草月本人が桜花連合と渡り合ったとは思えない」

「じゃ、誰が？」

「おおかた、草月から相談を受けた事務所が、桜花連合に騒動の後始末を頼んだんじゃないか」

俺の言葉を反芻(はんすう)するように、圭介は宙を睨む。

「でも、清く正しいアイドルを有する事務所が、ほぼほぼ暴力団みたいな組織とつながっているとバレても厄介だから、縁もゆかりもない下請けの俺らに実行役がまわってきたってこと？　あらかじめ仕組んだように痛めつけて、口をかたくしておいてから引き受けさせたと？　あー、クソ！　まんまとやられた」

憤る圭介の横顔を見上げたところで、四十二階到着のベルが鳴った。

圭介をエレベーターの前に待たせて、まずは俺一人で向かう。絨毯の敷かれた廊下を歩いて草月の部屋の前までいくと、シェードで完全ガードされた広いポーチがついていた。表札の名前は『鈴木』だ。草月の本名か、あるいは事務所の人間の名前だろう。

ふいに重そうなドアが開き、丸々とした年齢不詳の女が化粧っ気のない顔を覗かせた。俺が一人であることとタケル運輸の制服を確認すると、目を極端に細めて睨んでくる。眉は不格好に太く、頰はてらてらと脂ぎって、吹き出物が目立つ。首は顎の肉に埋もれていた。色気とかけ離れた各パーツの中で、厚めの唇の脇にあるホクロだけが妙な艶めかしさを醸している。下着姿の母親を見てしまった時のような、何ともやるせない、嫌な気持ちになった。意識してホクロから目をそらすと、グレーのキャップのつばに手をあてて、頭を下げる。

「こんにちはー。タケル運輸です」

「荷物、そこに置いといてください。あとで取りますから」

「あ、ちょっと待って。サインを――」

女がそのままドアを閉めようとするので、俺はあわてて声をかけつつ至近距離まで近づいた。女が呆気に取られている間に、ドアの細い隙間から部屋の中に素早く目を走らせる。大理石の広い玄関には、男物の革靴とスニーカーが何足か置かれていた。玄関からつづく板張りの長い廊下は静かで、特に荒れた様子もなく、変なにおいもしない。

怯えたように俺を見上げる女に、にっこり笑いかけた。こういう笑顔なら圭介の方が得意だろうが、まあ仕方ない。

「重いんで、玄関までお運びしますよ」

「いいってば」

感情が露わになると、ハスキーな声は急に幼くなる。俺の視線を払いのけるように首を振り、女はくっきり線の入った顎の肉を揺らして、俺を押し戻そうとした。

「帰って。今すぐ」

これ以上揉めると近所に勘づかれる、というところで、圭介がふらっと現れる。

「ちわーっす。加山急便っす」

「何なの、一体?」

俺と圭介を見比べ、瞼のたるんだ女の目が吊り上がった。

「『何なの』って、お届け物ですけど。草月さんはいないんですか?」

圭介があえて軽く口にした名前は効果覿面(てきめん)で、女の太い腕から力が一気に抜ける。ぽかんと口をあけて、俺らを見つめる目は大きくみひらかれていた。

「ウチは——鈴木です。表札に出てるでしょ?」

「えー。でも、草月さんが住んでいらっしゃいますよね。ほら、あの、アイドルの草月和垂さん。おっかしーなー。草月さんの家に何で他人がいるんだろう?」

圭介の大声に、女は明らかに動揺し、詰め寄る。

「他人じゃない!」

「え、でも、親族の方じゃないですよね?」

「親族です。まだ婚姻届を出してないけど、ウチは和垂と結婚して、妻になります」

女は言いきった。とっさに圭介と顔を見合わせてしまう。圭介の顔には（こいつ、ヤバイ）とはっきり書かれていた。

「婚姻届の提出が遅れているのは、和垂の職業のせいです。人気アイドルの結婚が、ファンや事務所の人の理解を得るのは大変だから――でも、みんなから祝福してもらえるよう、二人でがんばろうねって、和垂は言ってくれた」

瞳を潤ませ、憑かれたように語っていた女が急にうずくまる。丸まった背中を覆うカーディガンの生地がぱつぱつに伸びた。

「おい、どうした？」

「痛い。お腹が、痛い」

弱々しい声で呻く。そのこめかみには脂汗が滲んでいた。演技や気のせいではなさそうだ。俺は女の太い腕を取り、自分の肩にのせる。

「圭介、そっち持て」

「何するつもりだ、おっさん？　俺らの仕事は、ストーカーをこの部屋から出すことだぞ」

「苦しんでるやつを戸外に放り出せるか。とりあえず部屋に運んで休ませよう。いいよな？　入るよ？」

後半の言葉は女にかけてみたが、苦しげに目をつぶったまま反応しない。俺が玄関のドアに手をかけるのを見て、圭介は荒々しく舌打ちしたものの、反対側から女に肩を貸してくれた。

「重っ！」

「圭介！」

「悪い。魂の叫びがつい出ちゃった」

俺と圭介は死力を尽くして女を支え、草月の部屋に雪崩れ込む。

いかにも高級そうな家具が置かれた広いリビングに入ると、大きな窓とその向こうに広がる東京の景色がまず目に飛び込んできた。分厚い雲に覆われた梅雨空だが、みずみずしい緑がそここに目立つ。案外、都心の方が緑は多い。工場だらけの目釜市を思い出し、俺はため息を漏らした。とたんに圭介にどやされる。

「ぼーっとすんな、おっさん。こっちのソファに寝かせるぞ」

「ああ、すまん。了解」

俺は圭介と「せーの」と声をあわせて、豊満すぎる女を革張りの大きなソファに寝かせた。柔らかそうなクッションがブフォと音を立て、女の体が沈み込む。

「まだ苦しいか？」

「痛いの、お腹が」

女の訴えは一貫している。額にはますます脂汗が噴き出してきていた。俺はガラス製のローテーブルの上にあったティッシュボックスからティッシュを何枚か抜き取り、汗をぬぐってやる。

「腹痛の原因に、心当たりはあるのか？」

「食い過ぎだろ、どうせ」

「圭介！」

俺と圭介のやりとりに女の顔が歪む。怒りたいのか笑いたいのか泣きたいのか、こっちに伝わらないまま、女はしゃがれた声で小さく「赤ちゃん」とつぶやいた。一瞬、聞き間違いかと流しかけたが、女は腫れぼったい目で俺を見つめ、堰(せき)を切ったように喋りだす。

「お腹に、ウチと和垂の赤ちゃんがいるの。ねえ、どうしてこんなに痛いの？　赤ちゃん、大丈夫？　何とかして！」

俺は「わかった」と繰り返しながら、横目で圭介を見た。圭介は人差し指で鼻の下をこすりながら何か考えている。さっき女が草月の「親族です」と言いきった時の反応とは、顔つきが明らかに違っていた。

「絶対に妊娠か？」

圭介はさらに言葉をつづけようとしたが、何も言わずに口を閉じる。「本当に草月の子か？」という問いがのみこまれるのが見えた。

「救急車を呼ぶか」

俺がスマホを取り出すと、「やめて。和垂に迷惑がかかる」と女が必死の形相になり、自分のポケットから取り出したスマホを放って寄越す。やたら派手な手帳型ケースは薄汚れていた。

「病院に連絡して。スマホケースのポケットに診察券が入ってるから」

言われた通り取り出したカード型の診察券には、〈たまきクリニック〉と印刷されている。

「これって——目釜市のたまきクリニックか？」

「そう。和垂の事務所の人が紹介してくれたんだ」

俺は手の中の診察券をためつすがめつ眺めた。黒い毛皮をまとった中年女の庶民的な笑顔が浮かぶ。たまきクリニックの院長、田巻毬子はコメンテーターとしてテレビに出たり、著書も多数あったりする有名人で、俺らの依頼人でもあった。去年のクリスマスに彼女から頼まれ、逃がし屋の仕事をこなした記憶はまだ新しい。

「知ってるの、たまきクリニック？」

「ああ、ちょっと」

女は俺の目を見て「そう」とうなずき、苦しそうにあえいだ。

「すごくいい病院だよね――患者さんの中に親切な人がいて、ウチ、生まれてはじめて女友達ができた。彼女にたくさんおいしいものを食べさせてもらった。おかげで、看護師さんに怒られるくらい太っちゃったけど――赤ちゃんが産まれたら、今度は子どももいっしょに四人でランチしようねって約束していて――」

唇の脇のホクロがひきつれたように震える。相当激痛が走っているのだろう。その丸い腹の中に脂肪だけでなく命が詰まっているのだと知ったとたん、俺は焦りを感じた。

「わかった。もう喋るな。院長に直接電話してやる」

逃がし屋仕事の時に田巻からもらった連絡先を、迷わず選ぶ。おそらく私用の携帯番号だろうが、かまうものか。非常事態だ。

果たして、田巻はすぐに電話口に出た。

――トナカイさん？　どうしたの？

「悪い。なりゆきで急患と出くわした。あんたの病院の患者だ。すぐ診てやってほしいんだが」

――患者さんのお名前は？

きっといろいろな疑問が渦巻いただろうが、田巻からはまずその質問がくる。そこではじめて俺は女の名前を聞いていないことに気づいた。ソファで薄目をあけてこちらをうかがっている女に、口の形だけで（名前は？）と尋ねる。女はローテーブルにあったメモ帳に走り書きして、俺に見せた。

湯澤　華弥（ゆざわ　かや）

大きく書かれた名前（ふりがな付き）を、俺はそのまま電話口で伝える。田巻は「ちょっと待ってね」と断り、コンピュータのキーボードらしきものを打つ音が微かに響いてきた。やがて、少し早口になって喋りだす。

「湯澤華弥さん、確認出来ました。たしかにウチに来てる子ね。十七歳の女子高生。妊娠八ヶ月に入ったところ。で、彼女は今どんな症状？　本人は電話に出られる？」

十七歳だって？　まだ女子高生だって？　妊娠八ヶ月だって？　原色の情報の渦に巻き込まれ、俺はしばし絶句する。「トナカイさん？」と田巻に強めに促され、ようやくソファを見た。華弥はすでに目をつぶり、ぐったりしている。

「腹が痛いと——ものすごく痛いと言ってる。つらそうだ。あまり喋らせない方がいいと思う。今からクリニックに連れていっていいですか？　一時間弱で着く」

「わかりました。なるべく安全運転でね。あらゆる可能性の準備をして待ってるわ」

浮ついたところのない田巻の口調に、俺は少しだけ落ち着きを取り戻した。声を極限まで低めて、どうしても聞いておきたい質問をする。

「腹の子の父親は？」

電話口の向こうで、田巻が息を細く吐くのがわかった。その息がすべて吐き出されてから、押し殺したような声が返ってくる。

「不明よ。彼女、何も言ってくれない。クリニックにもいつも一人で来てた。父親が誰か、トナカイさんは目星がついてるの？」

「いいえ」

とっさに白を切っていた。田巻は電話口で黙り込み、やや遅れて「そう」と棒読みのような返事がある。

「じゃ、すぐ連れていきますんで。よろしくお願いします」

俺は目の前にいない相手に頭を下げて、電話を切った。

「ほれ」と後ろから紙袋が突き出される。振り返ると、電話中は姿の見えなかった圭介が立っていた。片手で紙袋を持ち、もう片方の手で毛布を抱えている。

「タオルとか洗面用具とかパジャマとか、とりあえず間に合わせの入院セットだ。全部男物――草月のものだけど」

ソファの華弥を気にしつつ、圭介は声を低めた。

「これらを掻き集めるついでに各部屋を見せてもらったけど、草月が女と暮らしてる形跡はないよ。やっぱりあいつ、押しかけ妊婦ストーカーじゃねぇの？」

「あいつって言うな。ちゃんと名前を聞いた。湯澤華弥――さんだ」

圭介は「呼び捨てでいいだろ」と嫌そうに眉を寄せながら、抱えていた毛布をどさりと床に投げる。

「毛布の両端をかためて丸めれば、簡易担架ができる」

「おお。すごいな、圭介」

「ネットで調べただけ。俺がすごいわけじゃないし。だいたい何で俺らがストーカーを救助しなきゃいけないんだよ」

「たとえ湯澤華弥が法を犯したストーカーだとしても、彼女の腹の子は、ただの子どもだ。何も悪さはしていない」

俺が毛布の端を丸めながら言うと、圭介は文句を押し込むように、ミントタブレットをざらざらと口に放り込んだ。

＊

住宅街にはあらゆる抜け道がある。それは主に住人達の使う路地だったりするが、宅配業者のドライバー達も知っている。日常的に過剰労働を強いられがちな彼らは、日々時間との戦いだからだ。必要は最上の学びをもたらし、門外不出の詳細な抜け道マップが作られ、時に会社の垣根を越えて出回る。むろんあくまで現場の人間達の間で、だ。

業界の底辺で飯を食っている俺らも、例外ではなかった。

バンの荷台で華弥の様子を見てくれている圭介が、上半身を隠せるほどの大きなマップを手に、的確な指示を出していく。

「次の信号を右に入って、団地の中を走り抜けろ。十五分ほど短縮できるはず」

現場の声が反映されたマップは最後まで裏切ることはなく、スマホアプリのカーナビに表示された到着時間より四十五分も早く、たまきクリニックに到着した。

「大丈夫か？」

俺が後ろを振り向いて叫ぶと、華弥の唸り声が返事となって戻ってくる。圭介が落ち着いた声で告げた。

「マンションにいた時よりは痛みの間隔があいてきた。相変わらずつらそうだけど」

俺は田巻に電話をかけ、到着したことと華弥の様子を知らせた上で指示を仰ぐ。田巻は冷静な口調で、車を建物の後ろにつけろと言った。

――職員通用口を使えば、待合室の他の患者に見られずにすむわ。妊婦さん達の心は繊細なの。苦しんでいる仲間の姿はなるべく見せたくない。

脂汗を流し腹を抱えている華弥をバックミラーで確認し、俺は「わかった」と答えた。サイドブレーキをおろして、ふたたびエンジンをかける。

薄桃色の壁に添ってぐるりとめぐって曲線的な建物の真後ろに来ると、大きなマスクをつけた二人の看護師が、ストレッチャーを左右から挟むように立って待っていた。

俺と圭介がウォークスルーバンの荷台のドアに手をかけると、華弥が「待って」と声を振り絞る。

「何だ？　どうした？」

「これ」と華弥が顔をしかめながらスカートの下から取り出したのは、体液にまみれたシリコン製のコップのような容器だった。

「何だよそれ？　おまえ、今、どこから出した？」

圭介の矢継ぎ早な質問には答えず、華弥はその容器に手を突っ込み、中からビニールで厳重にくるまれた何かを取り出す。ビニールをはずし、震える指先でつまんだのは、一枚の小さなシールだった。華弥はそれを俺に差し出す。

「預かってください」

「無理。俺らは〝運ぶ〟か〝逃がす〟のが仕事だ」

圭介が横からすげない返事をしたが、華弥は泣きそうな声で「お願い」と繰り返す。

その必死さに打たれ、俺はそのプリントシールを受け取った。顔に近づけてよく見てみる。

「おっさん！」と非難の声をあげる圭介の鼻先にシールを突きつけると、俺は華弥に向き直った。

「これ、どうやって守りきった？」

　華弥は手の中にあるシリコン容器をべこっと凹ませ、細長い形にする。

「月経カップって言うの。生理中、膣に挿入して、経血を受け止めるカップ」

「シールをカップに入れて、自分の――？」

　俺が言葉を選びきれずに口ごもると、華弥はたるんだ顎の肉を揺らし、うなずいた。

「そうだよ。自分の中に入れて、隠した。宝物だから」

「宝物？」

「これがあれば、赤ちゃんにお父さんとお母さんが愛し合って生まれたんだよって伝えられる。ウチは親から〝いらなかった〟と言われつづけて育ってきたから、自分の子にはちゃんと言いたいんだ、〝生まれてきてくれてありがとう〟って、絶対。それまでは誰にも盗られたくなかったし、絶対なくしたくなかった」

　華弥の腫れぼったい目から、涙が静かにこぼれる。その筋が唇の脇のホクロを濡らした。

「本当は和垂にも同じ言葉を赤ちゃんにかけてほしい。言ってくれると信じたいけど、和垂は味方だと最後まで信じてるつもりだったけど、何でだろう？　これを隠し持っていることは、和垂にも秘密にしちゃってたんだよね。ウチ、和垂のことを本当は――」

圭介が月経カップの本来の用途と華弥の使った方法を、ようやく理解したのだろう。

「マジか」と声をあげる。華弥は気にせず、俺にすがった。

「お願いします。ウチが赤ちゃんと会える日まで、これを預かっておいてください。それで、和垂や和垂の事務所の人に伝えてください。〝ウチから赤ちゃんを取り上げないで。あなた達を脅かすような真似は、この先ずっとしませんから〟って。お願いします。お願いします」

俺の手の中に宝物が渡って安心したのか、華弥は目をつぶり、急にぐったりした。あわてて呼びかけるも、返事どころか反応もない。異変を察知した圭介が、蹴破るように荷台の後ろの扉を開けた。すぐさま二人の看護師が車内に雪崩れ込む。看護師の間で専門用語が飛び交い、俺と圭介も手を貸して、どうにか華弥の大きな体を持ち上げ、ストレッチャーにのせた。あちこちの贅肉(ぜいにく)がストレッチャーの細い寝台からはみ出て、垂れる。

そのままストレッチャーを押して行こうとする看護師に、俺は声をかけた。

「俺達、ここで待ってますんで」

「ご家族でもないのに?」

一瞥をくれた看護師は、その瞳に宿った疑念と嫌悪感を隠そうともせず、尋ねてくる。

隣で圭介が「けっ」と小さく吠えるのを無視して、俺はうなずいた。

「湯澤さんと彼女の腹の子の無事を確認するまで、待ってます。田巻先生にそう伝えてください」

看護師はようやく体ごと向き直って、別々の宅配業者の制服を着た俺と圭介を見比べる。しばらく睨み合ったあと、「伝えます」と一礼して去っていった。

電気を消したように、静寂が戻ってくる。俺は荷台に落ちていた月経カップをゴミ袋に放り込むと、車内灯を点けてもう一度シールを眺めた。圭介が背後から覗き込む。

「ひょっとして、そのプリクラに写ってんのが――」

『LOVE』と落書きされたその小さなプリントシールには、キスをしたり抱き合ったり、若気の至り以外の何者でもないポーズをキメた若いカップルが写っていた。男の方は、草月和垂だとすぐにわかる。目の大きさや肌の質感の加工がむしろ邪魔に思えるほど、愛らしい顔立ちが際立っている。一方、草月に抱きしめられている女の正体はわかりづらい。目鼻立ちのしっかり整った丸顔の美少女に湯澤華弥の面影を見るのは、あるとっかかりがなければ不可能だろう。

俺が黙って少女の唇の脇のホクロを指さすと、圭介は「何てこった」と天を仰いだ。

「妊娠後〝看護師さんに怒られるくらい〟太ったと、本人が言ってたじゃないか。こっちが元の姿なんだろう」

「――ってことは、あれか？　ストーカーの妄想じゃなくて、本当に湯澤華弥は草月和垂の子を妊娠してると？　ストーカーの不法侵入じゃなくて、草月に招かれてマンションに出入りしてたと？　そういうことかよ？」

「誰の子かまではわからない。草月のマンションへの出入りがいつまで自由だったかも実際のところは不明。ただ、湯澤華弥が終始一方的に草月和垂を追いかけていたわけじゃないってのは、このプリクラで証明できるだろう」

俺は殊勝にうなだれていた草月を思い出す。部屋にいるのは「ファンか？」と圭介に聞かれ、何の躊躇もなく「そうです」とうなずいていた。華弥を「ストーカー」だと認め、「怖いけど、警察に突き出すのはかわいそうで――」と被害者の顔をしていた。しれっと嘘がつける人間も厄介だが、自分の都合がいいように事実をねじ曲げてしまえる人間は手に負えない。

俺の顔色を注意深くうかがっていた圭介が「おい」と低い声を出す。

「お節介焼くなよ、おっさん。桜花連合の依頼は、何とかして草月の部屋に入り、中にいるストーカーを放り出せ、だぞ。もうできたじゃん。残ってんのは、せいぜい草月のマンションの後片付け――何？」

俺が急に荷台の窓に張り付いたので、圭介は怪訝そうに言葉を切った。俺は答える余裕もなく、塀にそってたまきクリニックの正面玄関の方へと歩いていく女の背中を見つめる。

横顔が見えたのは一瞬だった。だが、忘れもしない。久住茜音のアパートで、盗聴器を仕込んだ回覧板を回してきた女だ。あの日は女子大生にしか見えないワンピース姿で、胡散臭さなど微塵も感じさせなかった。今日もまた、女は昼の光がよく似合う健全な後ろ姿でおっとり歩いていく。

「ちょっと、ここで待ってろ。田巻先生から連絡があったら、湯澤華弥と腹の子の容態を聞いといてくれ」

「どこ行くんだよ、おっさん！」

「説明はあとだ」

俺は荷台の後ろのドアを開け、飛び降りた。そのまま走る。女の背中がみるみる近づいてくる。

「すみません」

あの時はよくも、といきなり詰め寄りたい気持ちをおさえ、声をかける。じゅうぶん距離を取り、身構えて言った。そんな俺の警戒を嘲笑うかのように、女はのんびり振り返る。生成りのワンピースの裾が翻った。

たしか、あの春の日にもワンピースを着ていた。家柄のいい女子大生が着るような、きっちりウエストのマークされたワンピースだった。それに比べ、今日のワンピースは中で華奢な体が泳ぐほどゆったりして、風通しが良さそうだ。春はゆるく巻かれていた肩までの髪は、後ろで無造作にまとめてある。三ヶ月で一気に八歳くらい年を取った印象を受けた。何が変わったんだ？　俺はせわしなく女の全身を眺め回す。そして言葉を失った。

ワンピースの腹部が、はっきり膨れている。風を孕んだわけではなさそうだ。

女の顔とたまきクリニックをせわしなく見比べる俺を見て、女は微笑んだ。

「何かご用でしょうか？」

目尻がぐっと下がる。好感しかわかない笑顔。あの時の女で間違いない。ただ、女の口調や表情に、俺を認識しているそぶりは見当たらなかった。あの日の俺は、配管工事業者になりすますためクリーム色の作業ブルゾンとスラックスの上下で揃え、今日とはまるで違う制服だった。覚えていなくても不思議ではない。グレーのキャップをかぶり直す。

「タケル運輸です。たまきクリニックさんに集荷を頼まれたんですけど、あいにく私はこのコースがはじめてで――こちらの建物でよろしいでしょうか？」

「ええ。この建物がそうですよ」と女はうなずき、膨れた腹に手を置いた。幸せそうな妊婦そのもので、俺は混乱する。

「あたしも最初来た時、迷いました。こっちからだと、看板が見えなくてわかりづらいですよね」

ふわあっと花がほころぶように笑う。やわらかい印象に磨きがかかったのは、命を宿したからなのか。

それから俺は女と並び、たまきクリニックの塀にそって三十メートルほど歩いた。なるべく情報を聞きだそうとしたのだが、限界はある。わかったのは女が妊娠七ヶ月で、たまきクリニックには電車で通っていることくらいだった。

正面玄関が見えてくると、俺はあらかじめ考えておいた通り、顧客から電話がかかってきたふりをしてクリニックには入らず、その場で別れた。

女がドアを開きながら会釈したので、電話で話すふりをしながら、キャップのつばに手をかけて一礼しておく。その手が汗ばんでいることに、今さら気づいた。

女がたまきクリニックに入ったのを確認してから、来た道を走って帰る。

急に飛び出したことを圭介にどう説明したらよいか、混乱した頭で考えながらウォークスルーバンに戻ると、助手席に座った圭介はスマホをじっと見下ろしていた。顔を上げようとしない。ゲームでもやっているのだろう。俺は聞かれる前に、自分から話しかけた。

「なあ。前に西桃太の――」

「神さん」

圭介のあらたまった呼びかけに嫌な予感がして、俺は首から上だけ横を向いた。

「何？」

「田巻センセから電話があった」

「——それで？」

「赤ん坊、出てきちゃったって。死産だって」

上から黒い幕がおりてくるように感じ、俺は目をつぶった。そのまま尋ねる。

「湯澤華弥は？　無事か？」

「生きてる。だけど、ダメージがデカイんで、しばらく入院するらしい」

「ダメージって？　どこが？　体か？　精神の方か？」

「知らないよ！　神さんが自分で聞いてくれ。俺はもう嫌だね」

圭介は大きな声をあげた。肩で荒い息をつき、つづける。

「田巻センセがどこから電話をくれたのか知らないけど、聞こえたんだよ、あの女のかっすかすの悲鳴みたいな泣き声が。今にも舌嚙んで死んじゃいそうな泣き方で——なんつーか、すげー、なんつーか、嫌だった」

語彙の少ない圭介の「嫌だ」に含まれたいくつもの感情が、俺を刺激する。

俺は目を開いてブレーキに足をのせ、左手でサイドブレーキをおろした。エンジンがかかると、ウォークスルーバンが車体を震わせる。フロントガラスにぽつぽつと雨粒が落ちてきた。また降ってきたのだ、雨が。

「どこへ行く気だ、おっさん？」

「仕事に決まってる。まだ終わってないからな」

首をかしげる圭介に、俺は華弥から託されたプリントシールを掲げてみせた。

「赤ん坊はもういないんだ。湯澤華弥がこれを必要とする日も来ないだろう。だったら、草月の個人情報にかかわる物はしかるべき相手のトコまで運ばせてもらう。俺らは〝運ぶ〟か〝逃がす〟のが仕事だって、圭介が言ったんだろう？」

タイヤを軋ませバックする車内であわててシートベルトを締めながら、圭介が目を剝く。

「ちょっと待てよ、神さん！　あの女が死守した証拠を、桜花連合に渡す気か？」

「何か問題でも？」

「――全然。賢いやり方だ。俺も大賛成。きっと報酬額が増えるだろうよ」

言葉とは裏腹な顔で、圭介はミントタブレットをざらざらと口に入れた。

＊

会員制バー〈ラバーズ〉は、その名前も場所も写真も、ネット上には一切出まわっていない。まるで存在していないかのように、情報がきっちり統制されていた。

先日ここに連れ込まれた時は気絶していたが、体中の痛みに呻きながらの帰り道は、かろうじて記憶に残っている。俺はその道を逆走した。降りだした雨は弱いままだったが止む気配もなく、途中からワイパーを使う。

ラーメン屋やガソリンスタンドばかり目立っていた国道沿いに、〝回春〟や〝人妻〟や〝巨乳〟の文字が躍る怪しげな看板が並びはじめると、銀砂町だ。江戸末期の遊郭に端を発する歓楽街で、西桃太からは車で三十分とかからない。

店の前に呼び込みの男達が立つ細い道を抜けていく。いくつかの路地を経て、道はどんどん狭くなり、ついにどん詰まりの一角に出る。オレンジ色の光を放つ外灯にライトアップされたほぼ真四角の建物が、暗闇にひっそり浮かび上がっていた。周囲のけばけばしいネオンとは一線を画して、黒い壁に黒いドアと黒一色の佇まいがソリッドな印象を与える。呼び込みも立っていなかった。この静かな建物が、桜花連合の息がかかった違法ぼったくりバーだと気づける者は少ないだろう。

車を停める場所を探していると、店の前に軽のエコカーが横付けされた。骸骨のように痩せて不健康そうな若い男がスタンド花を持って降りてくる。やたら煌びやかなその花を受け渡す時だけ、黒いドアが細く開いた。中の様子は見えない。

「何だあの花？　趣味悪ぃ」と圭介が鼻を鳴らす。

「客から店の女の子への誕生日プレゼントだろう。キャバクラの風習みたいなもんだ」

「へー。お詳しいことで」

　俺が圭介の皮肉を浴びている間に、千鳥足の若いサラリーマン二人組が、ふらふらと黒いドアに吸い寄せられていった。

　エンジンを切って様子をうかがっていると、五分もしないうちに再び黒いドアが開き、先程の二人組が突き飛ばされて出てくる。雨の中、傘もささずに一人が威勢良く怒鳴った。

「何が会員制バーだよ。ただのキャバクラのくせに勿体付けやがって――」

　サラリーマンはまだまだ怒鳴り足りないようだったが、ドアから出てきたおそろしく背の高い男を見ると、口を閉じる。僧侶のようなスキンヘッドと読めない表情、そして赤々とした唇という組み合わせに、本能的な恐怖を感じたのだろう。

　その男――久城は勢いよく首をかたむけて尋ねた。

「文句は以上でよろしいか？」

　怒鳴ったサラリーマンが口を開かないでいると、久城はもう一度同じ質問をする。サラリーマンの広い額から、異様な量の汗が噴き出してくる。結局サラリーマンは、一言も発せないまま、連れの男に引きずられて去っていった。

その後ろ姿を最後まで見送らず、久城は部下からさしかけられた傘を払って、ウォークスルーバンの方に向かってくる。俺は車を降りて、待ち受けた。

久城は十分距離を取った上で立ち止まり、俺とあとから降りてきた圭介を見比べる。

「報酬をもらいに来たのだとしたら、あいにくだ。振込の約束のはずである」

「報酬？　気の早い話だな。俺らはまだ終わっていない仕事をやりに来ただけだよ」

久城はゆっくりまばたきした。

「不測の事態もあったが、結果的にストーカーをマンションから追い出せたのだから、成果はあがった。おまえ達がストーカーを連れて出たあと、我々の方であの部屋を片付けた。もう残留物はない。したがって仕事はない。終わりでよろしい」

「なあ、久城。その〝我々〟って誰なんだ？　おまえと桜花連合？　それとも、おまえと桜花連合と草月和垂？　いや、草月和垂を有する〈トライブ〉のトップか？」

久城はまばたきをやめた代わりに、今度は舌で赤い唇を舐める。返事がこないので、俺は勝手につづけた。

「ま、いいさ。俺らには関係ない。たとえどれほど一時であってもアイドルの正真正銘の恋人で、子どもまで宿した女子高生を、気味の悪い妄想ストーカーに仕立てて、恋愛や妊娠の事実をそっくり消してしまおうと画策したのが誰かなんて、知ったところで誰も得しない」

俺は雨が降り込まないよう、黄色い縞のシャツの胸ポケットをおさえる。中に、華弥から預かったプリクラが入っていた。

「あんたらがストーカーだと言い張る女から預かったブツを持ってきたんだ。彼女が死守した、草月と彼女の本当の関係を示す証拠だよ。まだそんなモンが残ってるって、あんたら知らなかっただろ？」

俺はあらかじめスマホのカメラで撮っておいたプリクラを画面に表示して、久城に見せる。久城はまばたきせずに長い間その画像を見つめていたが、本物だという確信が持てたのだろう。ついと目をそらし、赤い唇をまた舐めた。

「何が目的か？　報酬の引き上げ交渉か？」

慎重に尋ねてくる。圭介の視線を頭の後ろに感じながら、俺は首を横に振った。

「いいや。俺はプリクラの他に湯澤華弥からのメッセージも預かり、運んできた。これを草月に伝えたいだけだ。あんたらは余計なことをせず、黙って見ていてほしい。それでようやく、俺らの仕事が終わる。湯澤華弥に頼まれた仕事がな」

久城は姿勢よく立って俺らを見下ろしていたが、やがてスーツの内ポケットからスマホを取り出し、どこかに連絡を入れる。声が低くて内容までは聞き取れなかったが、時折投げる視線の鋭さに、俺は先週のリンチを思い出した。もう一回あれをやられて、俺は耐えられるだろうか？　どちらにも転ばず立っていられるだろうか？

答えの出ないうちに、黒いドアがひらく。久城がドアノブに手をかけ、顎をしゃくった。

「奥へ進むとよろしい」

俺はうなずき、圭介に顔を向ける。

「ここで待ってな」

「は？　何で？　俺も行くよ。決まってんだろ」

いきり立つ圭介の声が大きくなり、久城が眉を寄せる。これ以上揉めるのは得策じゃなさそうだ。俺は「わかった」とうなずき、そのままドアを抜けた。

低い音でジャズが流れる店内は、蒸していた。カウンターとボックス席に別れ、ボックス席には客の他に、1920年代に流行したフラッパー風のドレスを着た女達が三、四人ずつついている。客の男達は彼女らと談笑したり、彼女らのむきだしの二の腕や白い胸元に手を伸ばしたりしていた。幸い、目を覆いたくなるような行為に及ぶ者はいなかった。喫煙が自由らしく、壁紙はヤニで汚れ、室内は朦々と煙っている。葉巻を含めた多種多様な煙草のにおいが混じり合い、胸がむかついた。目も痛い。俺はなるべく鼻で息をしないようにして進む。通り過ぎながら薄目で覗けば、ごく普通に酒とつまみが出ている脇に、クスリらしきものが置かれたテーブルがいくつもあった。

やがて一番端のボックス席の後ろの壁に埋もれるようにして、壁紙と同系色のドアが見えてくる。ドアの両脇には、ただの店員にしては恰幅のよすぎる男が二人、さりげなく陣取っていた。紫煙が煙幕となって、周りの様子がわからない。俺はたまらず目をこすった。後ろで圭介の声がする。

「ガスマスクが必要だな、ここは」

振り返ると、いつのまにかマスクと花粉症用の眼鏡をきっちり装着していた。眼鏡には抜かりなく曇り止めも施してあるのだろう。

「俺にもマスクを」と手を差し出したら、ぱしんとはたかれる。

「甘いんだよ、おっさん」

圭介はそのまま俺の脇を通り過ぎ、門番の二人と睨み合った。

「草月の元に行きたい」

男達の一人が耳元をおさえて、口を動かす。おそらくインカムが仕込まれているのだろう。誰の指示を仰いだのかは謎だが、とにかくドアは開かれた。

ドアからつづく細長い廊下に立つと、スコールが上がったように、視界が鮮明になる。さっきまでの店内と違って、煙草の煙と匂いが一切なくなったせいだろう。室内の雰囲気も打って変わって実験室のような無機質さを醸していた。そんな空間に低い音で流れているＢＧＭは、今日もジブリメロディだ。天井は銀色のダクトが剝き出しになっており、蛍光灯の明かりは隅々まで影をくっきり浮かびあがらせていた。のっぺりした白い壁に左右から挟まれるようにして、歩いていく。灰色の床はリノリウムで、足音がよく響いた。

廊下の左側に規則正しく並ぶドアは金庫の扉のような頑丈な見かけだが、実際は安物の合板だろう。ドアの前を通りすぎるたび、明らかに行為の最中だと思われる喘ぎ声が丸聞こえだった。俺がリンチを受けた鏡張りの部屋も、ふだんはこういうことに使用されているのだと思い当たったとたん、天井から吊された拘束具やひびわれた鏡が、ちんけな小道具として蘇ってくる。ドアには番号のプレートがかかっていた。「0036」の隣に「1594」が来るような規則性のない——と俺には思える——番号の並びは、歩く者を混乱させる。

廊下を半分まで来ると、すぐ横のドアがふいに開き、ジブリメロディが大きくなった。「1039」のプレートがかかった部屋だった。

マスクと眼鏡をはずした圭介がびくりと肩を震わせる。ムスクの強い香りが鼻を刺し、見なくてもそこに誰が立っているかわかった。

「ブツはどこに?」

俺の目線のずっと下で、細い口髭が優雅に動き、低音の美声が響く。

高そうな深緑のスーツをぴったり着こなした、百四十センチに満たない男がそこにいた。小学生くらいの身長ながら、成人男性と変わらぬ胸板と顔がついている。そのアンバランスさが生む凄みに、俺は今日も圧倒されながら、懸命に姿勢を保った。胸ポケットを叩く。

「ここだ」

「ほぅ？」

口髭男は鼻を宙に向けてすんすん鳴らし、「嘘ではないようだな」とつぶやく。不自然なほど白い、形の揃った歯が覗いた。

「草月和垂に会わせてくれ。いるんだろ、ここに」

俺が言うと、口髭男は振り返りながらうなずく。室内から「吉栖君」と咎めるような声が上がった。吉栖と呼ばれた口髭男は、片方の口角だけを上げて声を立てずに笑う。

「町のゴミ箱を漁る運送屋です。あなたを強請る手段も頭もありません。どうぞ安らかに」

「しかし」

姿は見えず声だけが聞こえてくる状況に痺れを切らし、圭介が吉栖の脇からぐいと体をねじ込んだ。いや、圭介が入れるよう、吉栖が微かに横にずれたのを、俺は見逃さなかった。

「草月！　いるんだろ？　出てこいよ」

叫ぶ圭介を押しのけて、俺も室内に踏み込む。

シャンパンやブランデー、そしてマシュマロの盛られた菓子鉢がのったガラステーブルの周りを囲むように、革のソファが置かれていた。ソファには、色とりどりのワンピースを着た幼女——どう見ても、小学校にすらあがっていない年齢だ——が五人ほど座っている。表情のない幼女達の真ん中で、着物姿の老人が棒立ちになっていた。

「——何だ、ここ？　そのガキ達はどこの子だよ？」

圭介が真昼のＵＦＯでも見たように言葉をのむ。老人は気色ばんだ。

「出ていけ。すぐに出ていけ」

「枡さん、まあ落ち着いて。彼らは草月和垂さんを探しているのです。彼やあなたの会社に不利となる証拠を渡しに来てくれたらしい」

泡を食ってがなり立てる老人を、吉栖が落ち着いて諭した。その諭し方にはどこか人を食った調子があり、枡と呼ばれた老人も怒りで顔を赤くする。

「和垂は渡さんぞ。ようやく羽ばたきはじめた美しい蝶なのだ」

「蝶」と俺と圭介は同時につぶやく。吉栖はすんすん鼻を鳴らして、葉巻を一本取り出した。今回も火はつけず、においだけを楽しむつもりらしい。

スマホを弄っていた圭介がはたと動きを止め、枡を睨み据えた。

「検索できたぞ、枡佑次。あんた、〈トライブ〉の社長だな？」

「チンピラに答える義理はない」

そっぽを向いた枡はそのままソファにどっかり腰をおろす。わらわらと膝にのろうとする幼女達を乱暴に追い払った。

「やめろ。今はいい」

幼女達は特に悲しそうな素振りもみせず、おとなしくまた枡を挟んでソファに並んで座る。一切声を立てないところが不自然で不気味だった。

俺は一番近くに座ったブルーのワンピース姿の幼女に話しかけてみる。

「草月和垂を知らないか？」

幼女は表情を変えずに、隣の幼女を見た。隣の幼女はその隣を、その隣はまた——と次々に視線が流れ、枡を飛び越えて端っこの幼女までいくと、その幼女は黙って自分の座ったソファを指さした。

早速、圭介が枡と幼女達をどかせて、クッションの座面を剝ぐ。

すると下に棺(ひつぎ)のような空洞があり、草月が体をめいっぱい丸めて埋まり、隠れているのが見えた。

「見ぃつけた」

「ひいっ」

悲鳴にならない声をあげる草月の腕をつかんで引っ張り出す。草月は膝を震わせながら立ち、「痛い」だの「やめて」だの甲高い声で泣き叫んだ。

「あんたに湯澤華弥からのメッセージを運んできた。が、その前に渡す物がある」

俺が胸ポケットから出したプリクラを見て、草月の目が大きくなる。その黒々とした瞳は星のように光り輝いていた。どんな状態でも、アイドルはアイドルなのだ。

「どこでこれを――？」

「湯澤華弥が持ってたよ。文字通り、体を張って死守してたんだ」

そう言われても、草月は具体的な隠し方をまるで想像できないようだった。「だって」とうわずった声をあげ、枡に次いで入口に立ったままの吉栖を見る。その視線の移動を目ざとく見つけたらしく、圭介が人さし指で鼻の下をこすった。

「華弥自身を含めた証拠の隠滅は、桜花連合に頼んどいたのに、ってか？」

草月は後ずさる。壁際まで追い詰められ、横に逃げようとしたところを、圭介が壁に手をついて阻んだ。顔の横すれすれを圭介の掌がかすっていったため、草月は怯えて首をすくめる。その顔を、圭介はわざわざ腰を折って下から睨めあげた。

「こすっからい逃げ方を考えたもんだよなぁ」

「社長」と草月が喉をからして叫ぶ。「社長！　社長！　社長！」

ソファの脇に棒立ちになっていた枡は、その声で我に返ったように吉栖を見たが、吉栖は一瞥もくれない。手荒な真似をしそうな圭介を、止めようともしなかった。枡の表情がみるみる苦くなり、吐き捨てるように言う。

「そいつらの話を聞いてやれ、和垂」

「でも」

「うるさい。聞け。それで丸くおさまるのが、わからんのか」

草月が頭を垂れる。俺は珍しく自分より低い位置にある圭介の頭をぽんぽんと叩いて退かせると、草月と向き合った。つむじが二つある頭頂部を見つめながら、声をかける。

「やっぱり、まずは湯澤華弥のメッセージから伝えよう」

草月の顔が持ち上がった。自分のために流した涙で濡れた頬が光っている。

「〝あなた達を脅かすような真似は、この先ずっとしません〟――以上だ。よって、俺達もあんたや〈トライブ〉が彼女にした非道い仕打ちについて、今後一切口外しない」

「嘘だ」

「何？」

「コピーだのデータだのが実はちゃんと保管してあるんだろう？　金がなくなったら、また強請ってくるんだろう？　おまえらみたいなゴミは、みんなそうだ」

「何だとこの野郎」

白い歯と本性を剝き出しにした草月に対して気色ばむ圭介を抑え、俺は首を横に振る。

「そんなことをしたら、あんたの事務所とツーカーの桜花連合さんが黙っちゃいないだろう？　そのへんの人間関係の秩序ってやつは、わかってるつもりだ。俺は堅実派でね。少々のはした金より、安らかな日々を選ぶよ。このプリントシールが、あんたと湯澤華弥を結ぶ正真正銘、唯一の証拠だ」

白目の澄みきった草月の目は、それでもまだ疑いの光をぎらぎら放っていたが、呼吸は徐々に整っていった。と、いきなり腕を伸ばし、俺の手にあるプリクラを奪おうとする。俺が一歩さがったせいで、草月は大きく空振りした腕に身体を取られ、よろめいた。喘ぎながら言う。

「五十万」

「は？」

「各SNSでの俺のフォロワー数は、合わせて約五十万人だ。毎日、百人単位で増え続けている。今、この瞬間も増えている。ビートニックは、人気急上昇中なんだ。スキャンダルは困るんだよ」

声を震わせて叫ぶと、草月は俺に向かって掌を突き出す。

「早くくれよ、そのプリクラ。意地悪しないで――」

「湯澤華弥の腹の子の父親は、あんただよな？」

質問が唐突すぎたのだろうか。草月はきょとんと首をかしげた。俺は言い直す。

「彼女はそう言ってる。妊娠八ヶ月だった。知ってたか？　その子の父親は――」

「もういないんだろ」

草月は吐き捨てたあと、にっこり笑った。テレビやポスターで目にするそのまばゆいスマイルに、俺は一瞬言葉を失い、「いない？」と聞き返してしまう。

「そうだよ。腹の子は死んだって聞いた。万が一生きていたとしても、俺の子かどうかなんて知らない。もともとゆるいんだよ、あいつ。頭も下半身も。孕んだとたん『赤ちゃんのために栄養つけた方がいいって、プレママ友に言われた』とか『プレママ友とランチしてきた』とか何とか言ってぶくぶく太りだすし、マジきしょい」

圭介の動きを制するように、吉栖が口を開いた。

「そこまでだ、トナカイ。もう十分だろう？　おまえらがもぎ取ってきた証拠の価値分は、きっちり無礼を見逃してやった。聞きたいことの返答はもらえたはずだ。たとえその答えが意に沿わぬものであったとしても、だ。現実を理解することは、賢明な生き方に結びつく。速やかにブツを草月君に渡せ」

「それが秩序か？」

「いかにも。弱い者が秩序を乱せば、強い者にまた力でねじ伏せられるまでだ。この場合の弱い者は、私か？　おまえか？　答えは考えるまでもない」

吉栖が喋るのに合わせて生き物のように動く細い口髭を見つめ、俺は「そうだな」とうなずく。

そして草月に向き直り、彼の差し出した掌の上にプリクラを落とした。湯澤華弥の最後の砦(とりで)であり、希望であったブツは、すぐさま彼女が愛した男によって灰皿に移され、ライターの火で炙(あぶ)られる。全員の視線が集まる中、小さなプリントシールは音もなく真っ黒になって、瞬く間に焼け落ちた。

枡はその燃え滓(かす)に飲みかけのブランデーをかけると、すっかり威厳を取り戻した顔で重々しく告げる。

「出ていけ、チンピラども」

俺らのことはもう見ようともせず、隣の幼女とアルプス一万尺の手遊びをはじめた。

俺は今にも草月に飛びかかりそうな圭介を引き摺って、入口に向かう。

圭介が耳元で叫んだ。

「離せよ、神さん！　草月の野郎、どうせまた新居に次の女を引っ張り込むぞ。それでまた、なかったことにする。都合の悪いことは全部、事務所頼み。被害者面して、好感度を保って、泣くのは女だ。全然、懲りてないんだよ」

「わかってる」

俺はうなずき、吉栖の前で足を止めた。

「一つ質問があるんだが、いいか？」

吉栖は高そうな金色のカフスを弄りながら、「お好きに」と肩をすくめる。

「報酬の半分を返上したら、無礼をもう一つ見逃してもらえるだろうか？」

「――賢明とはいえない提案だ」

「ああ。だが、現実はちゃんと見てる。対等でない人間関係の秩序を一時的にひっくり返せるものがあるとすれば、金だろう？」

吉栖は指を曲げて俺をしゃがませ、髪をすんすんと嗅ぎ回った。そして、ついと横を向く。

「お好きに」

「どうも」

「神さん？」と不安げな声を出す圭介に向かって手をあげ、俺はつかつかと草月に歩み寄った。反射的に顔を覆ったのは、たいしたプロ意識だと褒めてやろう。

「大丈夫だよ。あんたの商売道具は傷つけない。お仕置きは――」

「え」

かざした手の指の隙間から、美しい瞳が俺を見ている。何百万という単位の人間の寵愛を得るために、いくらでも愛を踏みにじれる瞳だ。

「こっちだ、よっ」

俺は思いきり後ろにしならせた右足をそのまま振り上げ、草月の股間を蹴り上げた。

「アイドルはセックスしない――そんくらいの夢をファンに見せてやれよ」

悲鳴もあげられぬまま崩れ落ちた草月が、床を転げ回って悶え苦しむ。枡がおろおろと立ち上がり駆け寄る様を、幼女達が無表情に見つめていた。

俺は部屋のドアを開けると、圭介と並んで高らかに挨拶する。

「毎度ありがとうございました」

*

帰り道、助手席の圭介はずっと口笛を吹いていた。上機嫌だな、と言ったらきっと否定するか怒り出すだろう。だから、気づかぬふりをしておく。

「何でそんな顔してるんだよ？」

信号で止まった時を見計らったように、圭介が尋ねてきた。

「顔は――生まれつきだけど」

「違う。そういう意味じゃなくて、何か考え事してるだろ？」

圭介の噛んでいるミントタブレットのにおいが車内に満ちていた。俺は少し迷ってから、口を開く。

「草月和垂は知っていたよな」

「え？」

「湯澤華弥の腹の子が死産だったこと。俺らが伝える前に知ってた。誰に聞いたんだろう？」

「たまきクリニックの誰かだろ。もともと湯澤華弥は〈トライブ〉の人間からあの病院を紹介されたって言ってたじゃん。つながってんだよ、ぶっといパイプで」

「対等でない人間関係の秩序、か」

唸っていると、後ろからクラクションを鳴らされた。いつのまにか信号が青に変わっている。俺はあわててサイドブレーキをおろし、アクセルを踏んだ。夜の歓楽街のアスファルトが雨に濡れて光っている。傘を松明のように掲げて歩道や車道を行き来している酔っ払い達に注意しながら、慎重に車を飛ばした。

「湯澤華弥に仕事の完了報告をするか？」

圭介に聞かれ、俺は少し考えてから「機会があれば」と答えた。

華弥にとって、俺らは草月和垂の記憶と結びつく人間だ。忘れた方がいい記憶にまつわる者達は、彼女のこれからの人生に姿を見せないでいるに越したことはない。

「ま、報酬ももらってないし、報告の義理もねぇか」

圭介は察したように笑ってみせる。俺は運転しながら謝った。

「悪かったな、圭介。また報酬を勝手に引き下げちゃって」

「――いいよ」

いつもの攻撃的な言葉を覚悟していただけに、拍子抜けする。その安堵が思いきり表情に出てしまったらしい。圭介が横目で俺を睨み、舌打ちした。

「俺は少しでも報酬の高い仕事をしたい。もらえる金は全部もらいたい。ただ、今回はクライアントが悪すぎた。桜花連合の仕事なんて、本当はやりたくなかったんだ。報酬が高ければ高いほど、胸糞(むなくそ)が悪くなる。半分の額になってよかったよ」

そう言って、圭介はミントタブレットの容器を掌の上で何度か振る。あいにく空のようだ。俺は岬新町に向かう国道に出るべく、右折しながら聞いた。

「〈サンフラワー〉に寄って、ミントタブレット買ってくか？」

「うん」と圭介は素直にうなずき、白い歯を覗かせてあくびをした。眠そうな声で言う。

「明日は晴れるといいな」

「ああ」

——本当に、晴れるといい。

ワイパーで雨粒を薙(な)ぎ払ったフロントガラスから夜空を見上げ、俺は願う。

白い病室で一人、命のなくなった腹を抱えて夜を明かさねばならない女子高生が、明日の太陽を見られるようにと、心から祈った。

Order 4 コンビニエンス・ファミリー

業務用扇風機が唸りをあげる中、俺は氷を探して冷凍庫に首を突っ込んでいた。

——暑い。

言ってもどうにもならないから口にすまいと誓っている言葉が、頭の中いっぱいに広がる。

午後四時。西日に晒される倉庫の中は、蒸し風呂に近い状態になっていた。夏は塩飴と氷が手離せない。炎天下のグラウンド並にシビアな環境で、我ながらよく暮らしていると思う。暑さ寒さも彼岸までというが、この暑さが和らぐのを待っているうちに、供養する側からされる側にまわってしまいそうだ。

梅雨の明けた頃から、ほぼ一日中シャッターを開け放つようになった出入口の前に、誰かの気配がした。夕涼みがてらコンビニに行った圭介が帰ってきたのかと思ったが、違ったようだ。怒りを抑えた低い声がした。

「ちょっと神！　何て恰好してんの？」

「お、馬淵か。客じゃなくてよかった」

「私はよくない。公然わいせつ罪で訴えたいくらいよ」

「トランクスは穿いてるぞ」

「トランクスしか穿いてないじゃない。他人に嫌悪や不快を感じさせる行為は、立派な軽犯罪法違反です」

　馬淵真澄はVラインのノーカラージャケットの左胸に弁護士バッジを光らせながら、言い放つ。そして、俺がずっと我慢していた言葉をあっさり口にした。

「それにしても、ここは暑い。異常に暑いよね。毎年言ってるけど、エアコンつけなさい」

「今年は扇風機を業務用にしたんだぞ。リサイクルショップの掘り出し物だ」

　馬淵は騒音と呼んでいい風音を立てているそれを一瞥する。前下がりのショートカットが物憂げに揺れた。

「焼け石に風」

「うまいこと言うね」

　俺の賞賛にも馬淵は生真面目な顔を崩さない。提げていたビニール袋を持ち上げる。

「顧客からシューアイスをいただいたんだけど、一人じゃ食べきれないからあげる」

「おお、サンキューな。いっしょに食おうぜ。何味がいい？」

「ストロベリー」

最初から決めていたようにきっぱり答えた。笑いそうになった俺の顔を見て、「何かおかしい？」と首をかしげる。

「相変わらずイチゴ味が好きなんだなって。たしか中学の修学旅行先の京都でも――」

「ああ。みんながスタンダードな餡入り生八ツ橋をおみやげに買う中、私だけストロベリー味の生八ツ橋を買って笑われた事件ね」

「事件ってほど、たいそうなもんじゃないだろう」

「いいえ。自分が思う正しさが受け入れられなかった衝撃は大きかった。私の中では立派な事件だよ」

静かに言いきる馬淵を見ながら、俺はそのへんにあったTシャツと短パンを着た。それを確認した馬淵が、やっとスツールに腰掛けてくれる。俺は机を挟んで反対側にある革ソファに沈み込んだ。

バニラ味のシューアイスの冷たさと美味しさを堪能する。

「お盆だってのに仕事か？　弁護士も大変だな」

「トラブルは、盆も正月も関係なく起こるからね」

細い肩をすくめてみせた馬淵の顔に、憂いがよぎった。トナカイ運送と同じ岬新町に一人で事務所を構える馬淵は、弁護士費用はおろか生活費にも困窮するような顧客の仕事を優先して引き受けがちだ。圧倒的権力にねじ伏せられそうな市民団体や女性団体からの依頼も多いと聞く。弱い者の味方になることが、弁護士として正しいと信じているのだろう。そして、そんな正しさが受け入れられない時も多いのだろう。

「いつだって弱い者が被害者とも限らないしな」

俺が何気なくつぶやいた言葉に、馬淵はぎょっとしたように目をみひらき、シューアイスをのみこんだ。

「――神はマナブリッジって知ってる?」

かすかに聞き覚えのある単語だ。記憶を辿ると、甲高いアニメ声で脳内に再生された。

「ああ。たしかウチの客に、そこ出身の女の子がいたよ。自給自足のコミューンだっけ」

「そう。西桃太の奥地に〝園〟と呼ぶ広大な敷地を所有していて、大人と子ども合わせて三百人くらいで暮らしているらしいんだけど――子ども達を園から出さず、義務教育も受けさせてないらしいの。学校や役所の代表がいっても話にならないから法で裁けないかって、教育関係の団体から相談されたんだよね、今年の三月くらいに」

「三月?　けっこう前だな」

「うん。こういうのは何か事件でもない限り、長期戦になりがちで――」

馬淵は、俺が出した麦茶を一気にあおって息をつく。

「その間、対話と並行してマナブリッジについての調査も進めていたんだけど、子どもの数がおかしいの」

「おかしい？」

「役所に届け出られた人数より、多すぎるんだよ、明らかに。大半が無戸籍者なんじゃないかと、私は睨んでる。そうなってくると今度は、親の事情をヒアリングして戸籍を取得することも考えないといけないでしょう？　でも、マナブリッジ側のガードが固くて——」

今日も一人でマナブリッジに出向き、門前払いを食らって帰ってきたらしい。俺は「おつかれさん」と麦茶のおかわりを注いでやった。

馬淵は弱気を振り払うように首を振って、また一気に飲みほした。そのまま開け放った出入口を睨む。

「あそこ、ずっと開きっぱなし？」

「ああ」

「夜中も？」

「暑いうちはな」

馬淵は視線を落とし、麦茶のグラスについた水滴を指でなぞりながら言った。

「しつこいようだけど、エアコンつけなって。少しなら、お金貸してあげられるし」

水滴がテーブルにたれる。俺の視線を受けて、馬淵が目を上げた。

「桜花連合にマークされちゃったんでしょ？　物騒だよ。またあんな目に遭ったら――」

馬淵の言う「あんな目」とは、俺と圭介がここで桜花連合の久城達からボコボコにされたことを指しているのだろう。

「シャッターがおりていようが鍵が閉まっていようが、侵入してくるのが桜花連合だ」

俺は冗談めかし、「次にでかい仕事が入ったら検討するよ、エアコン」と請け合った。

「――あ、そうだ。子どもといえば、銀砂町の〈ラバーズ〉でも見かけたぞ」

「〈ラバーズ〉って――桜花連合が別名義で経営している会員制バーだよね？」

「さすが。よくご存知で」

「バーとか言ってるけど、実態は風俗店でしょう？　子どもってどういうこと？」

馬淵はぐいと身を乗り出した。中学時代、クラスで揉め事が起こるたび、すすんで渦中に飛び込んでいった委員長の顔が覗く。スーツに皺が寄って浮き出た体の線は、棒きれのようだったあの頃に比べ、ずいぶん女らしい丸みを帯びていた。

俺はさりげなく視線をそらし、麦茶で口を湿らす。

「悪い。別件でちょっと立て込んでいたんで、あまり注意して見られなかったんだが――幼稚園にも上がってなさそうな女の子達がソファにずらっと並んで、客と手遊びしてたよ。アルプス一万尺とか」

「――異様な光景だね」

「言われてみりゃ、そうだな。あの店はどこもかしこも異様な光景だから、麻痺してた」

「不当な労働で、ロリコン野郎の餌食になっていたら問題だよ」

馬淵は親指を顎につけて考え込みながら、ため息をつく。

「警察がもう少し、桜花連合に強く出られるといいんだけどね」

でかい借りがあるか、弱みを握られているか、おそらく地元警察と桜花連合もずぶずぶの関係なんだろう。

「絶望しかないな」

俺の言葉に馬淵は悔しそうにうなずき、ぎりぎりと歯を食いしばった。

「幹部連中の誰か一人でいいから、何かの現行犯として逮捕できれば、風穴があくと思う」

そこでふと言葉を切り、俺の腕を見つめる。

「神、どうしたの？　鳥肌がすごいよ。まさか寒いとか？」

「――いや、全然寒くない」

俺は首を振りつつ、意識がすうっと出入口に流れていくのがわかった。馬淵があわてて肩をつかみ、揺さぶってくる。

「もしかして、今もまだ粂野旭を見てるの？　ちょっとしっかりして、神！　神？」

その呼びかけはプールの底で聞く蟬の声のように遠く、意味をなさない。俺はぐらぐらと揺さぶられるまま、ぼんやりうなずいた。

見たくないのに見えてしまう。目で見なくても心に飛び込んでくる。あいつが間違いなくそこにいる。十二歳のままの姿で、俺を見ている。何も映していない黒々とした瞳で。

虚無をのみこんだ瞳に引きずり込まれると観念した瞬間、「ただいま」と生気にあふれた声がした。

「クソ暑いなあ、もう」

騒々しく帰ってきたのは、圭介だ。インスタントラーメンとミントタブレットでぱんぱんになったビニール袋を提げ、汗の噴き出した顔を歪めている。その熱を帯びた生命力に、粂野の気配は霧散した。

俺は鳥肌の消えた腕をこすって立ち上がる。目を凝らすと、圭介の後ろから肩を落として入ってくる者が見えた。俺の視線を受けて、圭介が顎で示す。

「客、連れてきたぞ」

「お客さんって――」

猫背の初老の男がごま塩頭を振り振り、首に巻いたタオルでこめかみや鼻の下の汗をぬぐった。

「どうも」

「南波(なんば)さん？　サンフラワーの？」

馬淵が眉を寄せて、スツールから立ち上がる。ごま塩頭の男は一瞬ぎょっとしたが、すぐ商売用らしき笑顔を作って頭を下げた。老眼鏡をかけておらず、コンビニの制服も着ていなかったが、間違いない。岬新町の駅前にあるコンビニ〈サンフラワー〉のオーナーだ。

「あ、馬淵先生も今日はこちらに？　お邪魔してあいすみません。出直して参ります」

「あ、待って、南波さん。いいのよ。私の用事はもう済んだから」

身を翻そうとするオーナーをあわてて引き留め、馬淵は白い革バッグを抱えた。

「じゃ、私はこれで。矢薙くんも南波さんも、冷凍庫にシューアイスがあるから食べて」

「差し入れあざーっす、真澄さん」

圭介の礼にうなずき、にこやかにオーナーに会釈をすると、馬淵は大股で去っていく。

その足音が聞こえなくなってから、俺はオーナーにソファをすすめた。圭介に言って、麦茶とシューアイスをテーブルまで持ってこさせる。

「今日はこんな時間にお邪魔して申し訳ございません。私、南波栄吾と言います」

はじめてオーナーのフルネームを聞き、俺も「神則道です」と名乗り返した。

「それで南波さん。俺達に頼みたいことって？」

「はい。実は、逃げたいと思いまして」

南波は握った拳を膝にのせたまま、単刀直入に言った。

「──何から？」

「娘の玲奈から、です」

声が消え入るように小さくなる。その依頼内容もさることながら、南波に子どもがいたことにまず驚いた。コンビニに行くたび何かしら世間話を交わしてきたが、子どものことは今までまったく話題にのぼらず、気配もなかったからだ。

「娘さんは同居されているんですか？」

「はい。あのコンビニの上の母屋にもうずっと──ずっといるんです。新卒採用で入った会社でつまずいて、引きこもってから十年以上経ちました。今年三十四になりますが、ほとんど家から出ません。出ないだけじゃなくて──」

南波が言葉に詰まって震えると、冷蔵庫の前で二個目のシューアイスを頬ばっていた圭介がやって来た。

「ほら。溶けちゃうから、早く食いなよ。うまいぞ」

　そう言って、南波の前に置かれたシューアイスの包みを開け、無理やり手渡してから、俺に向き直る。

「前から怪我の多い夫婦だなーとは思ってたんだ。いつも体のどこかに包帯を巻いてて、捻挫だの打ち身だの。聞けば仕事中の怪我だって答えるんだけど、どんだけドジっ子なんだよって」

「子どもから親への家庭内暴力――ＤＶか」

　圭介は南波を見ないようにしてうなずき、チッと舌打ちした。

「今日行ったら、奥さんが頭に包帯してんの。頭だぞ。打ちどころが悪かったらどうなると思ってんだよ。だからオーナーに教えたんだ、逃がし屋の仕事。そしたら、ついてきた」

　圭介が振り返ると、南波はテーブルにたれたアイスを懸命に首のタオルで拭いているところだった。俺らの視線に気づき、あわてて手を止めて頭を下げる。言葉が迸った。

「商売をする両親の背中を見せて、懸命に育ててきたつもりです。手をあげて殴ったことはありませんし、必要以上に甘やかしたりもしませんでした。会話だってありました。人並みの反抗期もくぐり抜けました。なのに、どうして？　何がいけなかったんでしょう？　いつから、こうなってしまったのか。情けない。今じゃ、実の娘が怖くて仕方ないんです。ひとつ屋根の下で、あと何年恐怖に耐えるのか考えたら、気が狂いそうなんです。私より慶子(けいこ)――女房への暴力がきついのも心配です。いつか本当に殺されてしまうんじゃないかと。親失格だってことはわかっています。でもお願いしたい。私と慶子を、玲奈から逃がしてください」

「家も商売も捨てていく覚悟、ありますか?」

俺の質問に、南波は苦しげにうなずいた。

「住むところと稼ぐ手段は、娘に残します。当面の生活費を入れた通帳も。私らが消えることで、あの子が自立できたらいいと願ってもいるんです」

十年以上社会との接触を断ってきた人間が、昨日の今日でコンビニ経営ができるとは思えないが、俺は黙ってうなずいておいた。

「神さん、引き受けるよな?」

「もちろんだ」

圭介に聞かれ、即答する。粂野旭の姿がちらつく依頼は、断る理由が見つからない。どんな相手のどんな依頼だろうが無下にはできない。

――また見殺しにするの?

そう責められているようで、いてもたってもいられなくなる。

圭介が今後の仕事の手順と必要な報酬を伝えると、南波は一も二もなく前金を支払い、夫婦の住む場所と仕事が見つかり次第、〝娘からの脱出作戦〟を決行することになった。

一週間もしないうちに、南波はペンションの住み込み管理人という恰好の仕事を見つけてきた。これで住む場所の問題も一気に解決だ。

俺と圭介はサンフラワーに三日通い詰め、他の客や玲奈にバレないよう南波夫妻と話し合い、脱出当日のルートと手順を決めた。それと同時に段ボールを渡し、新天地に持っていく荷物をこっそり作っておいてもらう。できあがった段ボールは、玲奈が絶対に入ってこない部屋にまとめておくよう指示した。玲奈の目に触れる家財道具はいっさい置いていくことにする。とにかく何の前触れもなく、ある日突然消えるのだ。あっさりと。

*

当日、俺と圭介はグレーの作業衣上下に身を包むと、黒いカバン型の電動工具セットをぶらさげて倉庫を出た。エアコン修理業者になりきるためだ。

玲奈がいる家の中をうろつくのに一番自然な職種を選んだつもりだ。南波夫婦も協力を惜しまず、この暑さの中、一昨日(おととい)からリビングのエアコンが壊れたことにして使っていないらしい。

「テレビが壊れたことにすりゃよかったんじゃね？　そしたらクーラーの効いた部屋で作業できたじゃん」

　ぶつぶつ文句を言う圭介の背中を押して、ウォークスルーバンに乗り込む。

「現地に着いたら、帽子を忘れんなよ。今日、俺らはサンフラワーの常連ではなく、エアコン修理業者だ」

「わかってるよ。くそっ。頭皮が蒸れる」

　コンビニの裏にバンを停めると、事前の打ち合わせ通り、建物の脇にある外階段を上がった。二階の玄関チャイムを鳴らす。

　――はい？

「ノギワ電器です。エアコンの修理に伺いましたー」

　――はい。はいはい。ノギワ電器さんね。エアコン修理ね。お待ちしておりました。

　慶子の声が裏返る。わざとらしいまでの繰り返しで、三階に自室があるという玲奈も来客があることくらいは気づいただろうか。鬱陶しがってヘッドホンで音楽でも聴いておいてもらえると、作業がしやすいのだが。

　玄関のドアが開き、慶子のこわばった顔が覗く。一昨日までは頭に包帯を巻いていたが、今日は取っている。医者の許しが出たのだろう。俺はうなずき、明るい声をあげた。

「毎度どうも。暑いですね、毎日」

「本当に。エアコンが使えなくて地獄だったわ。お願いしますね」

「おまかせください。もう大丈夫ですよ。万事うまくいきます」

最後の一言に実感を込めて伝えると、俺は圭介と目配せを交わして家に上がり込んだ。

ここで慶子には一階のサンフラワー店内に降りてもらい、すでに待機中の南波と合流させる。俺らが荷物を運び出し、バンに積み込んだら、コンビニの正面に車をまわし、そこで二人を拾っていく段取りになっていた。サンフラワーの自動ドアにはすでに〝臨時休業〟の札がかかっている。

玄関にほど近い客間に積み上げられた段ボールは、全部で三十箱強あった。圭介がミントタブレットを嚙みながら舌打ちする。

「多くね？　家財はほとんど置いていくんだろ？」

「何十年と住んで、商売もやってきた家だからな。捨てきれない物が多いんだろ」

取りなしたが、圭介は不満そうに口を尖らせたまま、比較的軽そうな段ボールを二つ重ねて持ち上げた。

俺も三箱ほど抱えてつづこうとすると、圭介が「何やってんだよ」と押し殺した声をあげる。立ち止まり、段ボールの脇から顔を覗かせてみれば、下に降りたはずの慶子が三階への階段を上がろうとしていた。

「ごめんなさい。あの、私、忘れ物があって――」

「何？　そんなに大事な物？　娘に見つかる危険を冒して、戻らなきゃいけないほど？」

圭介の詰問に、慶子はおろおろと涙ぐんでいる。俺は圭介に声をかけた。

「行かせてやろう。ここで揉めてる方が不自然だ」

「――勝手にすれば」

荒々しい舌打ちと共に、圭介は玄関から出て行く。俺は慶子に目で（早く）と合図し、圭介につづいて玄関を出て階段をおりた。ウォークスルーバンの荷台を開け放ち、家から持ち出した段ボールをどんどん積んでいく。ここは死角で、南波家の窓から覗かれる恐れがないことは確認済みだったので、比較的ゆとりを持って作業できた。

積み込み作業を十五分で終わらせると、出番のなかった電動工具セットを持って南波家を辞し、バンに乗り込む。まずは帽子をむしり取った。二人とも作業衣の背中は汗で色が変わってしまっている。

「あっちぃ。死ぬ。クーラーつけて。クーラー！」

圭介が風呂上がりのように濡れている髪をごしごし擦って飛沫（しぶき）を飛ばした。俺がエンジンをかけ、クーラーのスイッチを入れると、横から手を伸ばしてきて風量を最大にする。車内の温度が一気に下がることはないが、冷風を顔で受けると、ひとまず気持ちいい。

「干涸（ひから）びて、ミイラになるかと思った」

ぬるくなったスポドリを一気飲みして、圭介はがっくり首を垂れた。

俺はバンを静かに移動させ、サンフラワーの正面入口に横付けする。

待ちかねたように自動ドアがひらき、南波がコンビニのロゴが入った上着を着たまま飛び出してきた。圭介が助手席の窓を開けて叫ぶ。

「後ろにまわれ。荷台から乗るんだ」

南波が両手を挙げて、「待ってください」と泣きそうな声で言った。

「女房が来てません」

圭介がつぶらな目をみひらき、俺に振り返る。

「やられた」

俺はバンの天井を仰いで呻いた。

慶子のおどおどと階段を見上げていた表情が蘇る。こうなることを心のどこかで予想していた気もするのに、最後に荷物を運び終えて南波家を出る際、慶子が三階に残っていないかどうかの確認を怠った。完璧な計画を実行するのは、いつだって不完全な人間達だという見本だろう。

後悔と反省はひとまずそこでやめて、俺はこれから対応できそうな逃亡経路を五パターンほど考えた。そして、さっきバンの中に放り込んだばかりの電動工具セットを再び抱え、汗で湿った帽子を深くかぶり直す。

「慶子さんは何か忘れ物をしたとかで、三階に上がりました。心当たりの部屋はありますか？」

「心当たりも何も――三階には、私らの寝室と玲奈の部屋しかありません。階段を昇って突き当たりが、玲奈の部屋です。」

　南波の顔色が蒼白になっていた。一番まずい想像をしてしまっているのだろう。俺は腹に力を込めて、低い声を出す。

「わかりました。戻って見て来ます。車はここに停めておくんで、南波さんは荷台に乗っておいてください。圭介は運転席に来い。交代だ」

　俺がバンをおりると同時に、圭介も助手席のドアを開けて出てくる。すれ違いざま、俺は小声で告げた。

「ことによると、南波さんだけ連れて逃げてもらう。俺からの連絡があったら、東京駅まで一気に飛ばせ」

「わかった」

　圭介は短く答える。つづけていくらでも出てきそうな言葉を抑えるように、ミントタブレットをざらざらと口に放り込んだ。

「ごめんください。ノギワ電器です。申しわけありません。先ほど修理完了のお認めをいただくのを忘れてしまいまして——」

玄関のドアを開けて放った俺の声が、しんとした室内に吸い込まれていく。玄関に飾られたパッチワーク、色褪せたスリッパ、ドアに貼られた八月のカレンダー、さっきはほとんど見る余裕のなかった家の細部が目についた。

「南波さーん」と呼びかけながら、俺は靴を脱ぐ。いざとなれば、この靴は残して靴下のまま外に飛び出せばいいと覚悟した。電動工具セットも捨てていこう。圭介には怒られるだろうが。

三階へつづく階段を上がる。古い階段は一段上がるごとにみしみしいった。まずいなと思う間もなく、ドアがひらく。荒々しい足音がして、階段の上に誰かが立った。

「誰?」

俺は帽子のつばを持った手で顔が隠れるように調整しながら上を向く。

「ノギワ電器です。本日はエアコン修理で参りました。奥様に認め印をいただきたく——」

「うるさい。出ていけ」

鋭い声がして、俺の顔の脇を何かデカイものがよぎっていく。階段の下に落ちてけたたましい音を立てたそれは、目覚まし時計だった。明らかに俺を狙って投げていた。

俺は階段を駆け上がり、廊下をうろうろしながら次に投げる物を物色している女の前に立った。遠慮なく真正面から見つめてやる。

「お嬢さんですか？」

いきなり至近距離に来た俺から後ずさり、化粧気のない青白い顔をそむけたのは、玲奈で間違いないだろう。自分で切ったらしい不揃いな髪が顎の下で揺れ、鼻の頭にはそばかすが散らばっていた。その顔つきは南波とも慶子とも似ていない気がする。

「近づくな」

「奥様はどちらに？」

「来るな」

俺が一歩踏み出すごとに、玲奈は奥の自分の部屋へとじりじりさがっていく。そうだ。その調子。こもっちまえ。天岩戸（あまのいわと）のようにドアを閉めて、こっちのことは放っておけ。

あと数歩で、俺の願い通りになるという時だった。廊下の途中にあるドアがひらく。南波夫婦の寝室のドアだろう。腹の底が一瞬で冷えた。

果たして、ドアから慶子が何かを抱えて出てくる。

「奥様――」

俺がどこまで芝居をつづけるかはかりながら声をかけると、慶子はつかつかと歩み寄り、「どこにサインすればいいかしら」と聞いた。

俺はあわてて屈み、電動工具セットの入った黒いカバンの中からバインダーに挟んだボールペンと用紙を取り出す。

　俺が差し出したそれに当たり前のように『南波』とサインすると、慶子は俺の目を覗き込み、ゆっくり首を横に振った。

「ご苦労様でした」

「あの――」

　俺の声にはもう反応せず、慶子は玲奈に近づいていく。

「玲奈、お母さんね」

「来るな」

「ごめんなさいね。もうどこにも行かないから」

「は？」

「逃げたりしないから。もう大丈夫だから。この家にいなさい、ずっと、いたいだけ」

　玲奈はおそらく慶子の発言の意味がわからなかっただろう。ただ、自分にすがってくる母親を不気味に思い、どこか恩着せがましい言葉に嫌悪を覚えたに違いない。

「うるさいんだよ」

　金切り声で叫んだかと思うと、母親の両肩をつかんで思い切り突き飛ばした。俺がとっさに抱きとめなければ、慶子はまた仰向けに転んで頭を打っていたかもしれない。突き飛ばされた拍子に、慶子が抱いていた物が床に散らばる。古いアルバムだった。何冊もあった。開いたページを見てしまう。

満開の桜の下で、若い南波夫妻が幼稚園生くらいの玲奈といっしょに写っていた。三人とも笑顔だ。桜のようにほんのりと色づいた幸せを滲ませ、笑っている。

荒々しい足音が去り、ドアが力まかせに閉められる。玲奈がまた部屋にこもったのだ。

最後のチャンスだ、と俺は声をひそめて慶子に話しかけた。

「行きましょう。今ならまだ――」

慶子は這いつくばるようにしてアルバムを掻き集め、胸に抱いた。そのまま背を丸め、むせび泣く。

「嫌。私は行けません。娘を捨てるなんて、やっぱり無理です。主人に〝一人でどうぞ〟とお伝えください」

とっさに、南波のごま塩頭が浮かんだ。「一人でどうぞ」だと？　あの男が女房を残して一人だけ逃げるわけないだろうが。胸に浮かんだ言葉はあれど押しとどめ、俺は「わかりました」とだけ答える。

忘れていた暑さがどっと戻ってくるのを感じた。汗が噴き出す。全身がだるく、足を上げるのすら億劫だ。それでも帰るしかない。逃げるも逃げないも、依頼人の意志がすべてなのだ。

暴力と情で縛りつけられた女を一人残して、俺は去った。

その中に地獄があると知りながら、古い家のドアを閉めるしかなかった。

*

一週間後、ふたたび南波が俺らの蒸し風呂もとい事務所を訪ねて来た。

あの日、待たせていたバンの中で慶子の言葉を伝えると、案の定、南波は計画の中止を申し出て、サンフラワーの店内に戻っていった。そして何事もなかったかのように、コンビニの営業を再開した。骨折り損となった俺達に南波は何度も詫び、報酬を払ってくれようとしたが、俺と圭介で相談し、前金にキャンセル料をいくらかプラスして貰うことで恨みっこなしとしたのだ。

俺らが口を開く前に、南波は立ったまま告げた。

「女房が鼻を折られました」

「――南波さん」

「お願いです。お金は払います。もう一度、私達夫婦を逃がしてもらえませんか？」

早口で願うと、頭を下げたきりになる。そのごま塩頭のつむじに向かって、俺は静かに切り出した。

「南波さん、頭を上げてください。そして、申し訳ない。無理です」

「どうして？」

「慶子さんに逃げる気がないからです」

「あいつも今なら――」

「わかりませんか？　慶子さんは囚われてる。家に。娘に。囚われた人間は、そう簡単に変わらない。変われない。また同じことの繰り返しになる。そしたら次は、鼻の骨じゃ済まないかもしれない」

目の奥が痛い。俺は目をつぶって眉間を揉んだ。圭介の動く気配がする。俺の方を向いたのだろう。

「珍しいな。おっさんが一度引き受けた仕事に二歩進むなんて」

「――それを言うなら、二の足を踏むだ。二歩進んだら、おおいに前進じゃないか」

「うるさいな。どうでもいいよ。俺が聞きたいのは、何でサンフラワーの奥さんが逃げられないって決めつけるんだ？　ってこと」

ぽりぽりと、圭介がミントタブレットを噛む音がした。

――一緒に逃げてくんない？

十二歳の粂野旭は、俺にそう言った。全身で「生きたい」と叫んでいた。なのに俺は――。

「目を見ればわかるんだ」

「目なんか――」

「わかるんだよ、俺には！」

――どこへ？　世界の果てとか？

旭の澄んだ瞳に映った俺の顔。友の願いを冗談にして流した狡い顔。

十二歳の俺の目は語っていた。

逃げるなんて「無理だ」「怖い」「自分の居場所を捨てられない」と。

かりそめの平和に囚われたあの時の自分の目を、今でも忘れることができないでいる。

俺は眉間を揉んでいた指を離し、目を開けた。引きつった顔で押し黙る圭介が見える。

ソファに座った南波はうなだれたまま動かない。その後ろにあるキッチンの隅の暗がりに、旭が見える。黒々と濁ってしまった目で俺を見ている。いや、睨んでいる。

――勘弁してくれ。もうたくさんだ。

もう一度目をつぶって頭を振ると、俺は南波に話しかけた。

「弁護士の馬淵真澄、知ってますよね？　事務所が国道沿いの雑居ビルにある――あいつ、中学の同級生なんです。弁護士云々の前に、人間として信頼のおけるやつです。DVの相談もたくさん受けている。どうでしょう？　次の手段として、法律の力を借りてみては？」

南波の顔が上がる。ぼんやりと焦点の定まらない目でどうにか俺を捉え、首をかしげた。

「家族間で法律を持ち出すのは――何だか少し怖いような」

「家族を捨てて逃げるのと、大差ないですよ」

「神さん」

圭介の声が低く割り込んでくる。その響きははっきりと俺を非難していた。だが、俺は振り向かない。剣呑な雰囲気を察したのか、南波があわててうなずいた。

「わかりました。そうしてみます」

「お願いします。馬淵には連絡しておきます」

俺はさっさと立ち上がり、南波の退場を促す。最低だと知りながら、最低なふるまいをした。もはや圭介は何も言わず、こちらを見ようともしない。

南波が丸い背中をますます丸めて帰ったあと、俺は馬淵に電話して必要最低限の会話をし、南波のことを頼んだ。それが終わると、圭介に行き先も告げず、まだ明るい空の下に飛び出す。真夏の太陽がじりじりと脳天を焦がしたが、暑さは感じなかった。

この時間から飲める店を探したら、銀砂町に辿り着く。俺はガード下の立ち飲み屋に入って焼酎を頼んだ。

何杯飲んだかわからなくなって、はじめて人心地つける。瞼が重い。

「もう一杯」と挙げた手がどうしたものか、グラスをなぎ倒し割ってしまう。店主のあからさまに嫌そうな顔を見て、俺は腰を上げた。会計を頼んだら、財布の中に入っている金のほとんどがなくなった。

ガード下から出る。視界がやけに黒ずむと思ったら、陽が落ちているのだった。少し日の入りが早くなった気がする。暑さのやわらぐ気配はないが、着実に秋が近づいているのだろう。

まっすぐ歩けない。嘔吐物とヘドロの臭いが漂う川沿いを這うようにして進んだ。どこからか虫の声が聞こえてくる。場違いな情緒に、少し笑えた。声変わり前の澄んだ笑い声がかぶってくる。地面に落とした視線の先に、薄汚れた上履きが見えた。爪先を覆う緑のラバー部分にマジックで名前が書いてある。クメノアキラ。あいつは自分の苗字だというのに「粂」の漢字が書けず、時々「旭」も怪しくなり、習字でも何でもカタカナで乗り切っていたことを思い出す。

「足があるっていうのは、どうなんだ？　ユーレイの定義として」

俺はつぶやき、旭の足元から徐々に視線を上げていく。あいつがどんな目で俺を見ていても、酒浸しになった今なら受け止められる気がした。

「ユーレイじゃないわ」

やわらかい声がして驚く。目をこすって二度見すると、旭の上履きが、赤いパンプスと細い足首に変わっていた。いつのまに、と目を上げてふたたび驚く。

「あんた――」

「こんばんは。初対面じゃないって、もうバレてるよね」

髪をねじり、カールさせ、盛りに盛ってアップにした女の腹の辺りを、俺は凝視してしまう。ほんの二ヶ月前は冗談のように膨れていた腹が平らになっていた。体の線を際立たせるマーブル柄のミニのワンピースは、髪型やメイク同様あの時のナチュラルさとは正反対の印象を、俺に与える。自分の着心地より他人の――主に男の――視線を集めることを重視した結果だろう。

つまり目の前にいるこの女は今、色を売るサービス業に携わっている人物にしか見えなかった。

「ブランシャトー西桃太、たまきクリニック、それからここ銀砂町の路上――会うのは三回目で合ってるか?」

「すごーい。女子大生バージョンも覚えていてくれたんだ?」

目尻をぐっと下げて笑う顔は屈託がなく、すべての壁を壊してこちらの心に寄り添ってくる。

「どれが本物だ?」

「うふふ。さあ?　どうでしょう?」

「妊娠してなかったのか?」

「うふふ。さあ? どうでしょう?」

「桜花連合とつながってるんだな?」

「うふふ。さあ? どうでしょう?」

人の好い笑顔のまま、女はとぼけつづけた。

「食えないやつは嫌いだ」

俺はそう言い捨てて背を向ける。颯爽（さっそう）と歩き出すはずが、酒のせいでよろけてしまう。

地面にへたりこまずに済んだのは、女が俺の腕にしがみついて支えてくれたからだ。

「〝食えないやつ〟って、なあに? ダブルミーニング?」

俺を見上げ、女は笑った。香水のにおいと体半分に密着した熱くてやわらかな刺激に、俺は圧（お）される。息遣いが一瞬乱れる。その隙に手を入れてこじあけるように、女は言った。

「お腹空いちゃった。一緒にごはん食べない?」

「金がない」

「ご馳走（ちそう）したげる。行こ」

腕を引っ張られる。いくらでも振り払うことのできる、ごく弱い力で。しかし、俺は抗（あらが）わなかった。

銀砂町の外れにあるステーキハウスに連れて行かれた。『深夜2時まで営業』とイラストの牛が誇らしげに胸を張る看板を見上げ、しばし佇んでいると、ドアを開けて待っていた女が首をかしげる。

「どうかした？」

「同伴なんてまだるっこいことせず、あんたの店に直接案内してくれたっていいんだぞ。どうせラバーズあたりで働いてるんだろう？」

この言葉を受けて、女はひとしきり笑ったあと、あっさり言う。

「言ったでしょう？〝お腹空いちゃった〟って。それ以上も以下もないわ。これでも人を見る目は、結構確かなのよ」

「こんな貧乏人、自分の顧客にする価値はないと？」

「うふふ。さあ？　どうでしょう？」

女はそのまま店に入ってしまう。俺もあとにつづいた。

入口近くのレジに座っていた唇の厚い店員が、値踏みするように俺らを見比べる。

「いらっしゃいませ」も言わぬまま、ただ顎で奥を示した。

店内は黒光りする木製のブースに分かれ、半個室で食事ができるようになっている。土地柄なのかそういう店なのか、同伴出勤らしき男女がいたるところに見受けられた。

ミニのワンピースから露わになった太ももを気にすることもなく、女はメニューを俺の方へと押し出す。

「チーズハンバーグが、私のおすすめだよ。ボリューム満点」

「腹は減ってない。むしろ気持ち悪い」

「あら、そう」

女は慣れた調子で店員に呼びかけ、チーズハンバーグとライスの大盛り、そして黒ビールのジョッキを二人分注文した。

最初に運ばれてきた黒ビールで無理やり乾杯させられる。

「何の乾杯だ？」

「んーと、商売繁盛を祈って？」

「やなこった」

俺はジョッキを鳴らさないまま、黒ビールをあおった。女の目が細くなる。

「ひょっとして、お仕事で何かしくじっちゃった？」

「別に」

「運送屋の方の仕事？　それとも、逃がし屋の方？」

「うるさいな」

「──逃がし屋ね。顔に書いてある」

細い顎を突き出すようにして、女は笑った。俺は席を立とうとしたが、料理が運ばれてきてしまう。

黒い鉄板の上で、ハンバーグがぱちぱちと肉汁を飛ばしていた。テーブルに置かれたそれは、巨大な肉塊そのものだ。上にのったスライスチーズが溶けて、雪崩を起こしている。見ただけで満腹になる俺とは対照的に、女は嬉々(きき)としてナイフとフォークを握った。

「いただきます」と大きめの一口を頬ばり、肉汁で唇を光らせながら俺に笑いかける。

「おいしいよ」

「言っただろ。腹は減ってない」

「ふーん」

女は余裕の笑みを浮かべたまま、また大きくハンバーグを切り分けた。がっついている印象はないが、とにかく食べるのが早い。巨大な塊があっという間に腹におさまっていく。

「なぜ、今のお仕事を選んだの？」

「――消去法だ。資格も技術も経験も特技も愛想も資金も要領も何もない中卒の坊主にあったのは、体力だけ。ヤバイ引っ越しの荷物だろうが、不法投棄の粗大ゴミだろうが、身元不明人の遺品だろうが、〝何でも運びます〟って言うしかなかった。――まさか、逃げたい人間まで運ぶことになるとは考えてなかったけどな」

「逃がし屋稼業は、偶然はじめた感じなのね」

「ああ。必要に迫られて、仕方なく」

俺が天井を見上げて息を吐くと、女は「あっ」と小さな声をあげる。

「私、あなたが最初に運んだ〝逃げたい人間〟がわかっちゃったかも」

俺は天井を見たまま、「そうか？」ととぼけた。

「うん。なるほどね。だから、彼はあなたとずっと一緒に——」

女は言葉をのみこみ、うふふと笑った。

「あなた、よい人間だ」

「何だよ、それ」

俺が目を戻すと、女は涼しげに目を細め、黒ビールのジョッキを揺らす。

「それからずっと〝逃げたい人間〟を運びつづけているのは、条野旭を逃がせなかった後悔ゆえ？　あなたのお仕事って懺悔の一種？」

「——待て。何でその名を？」

俺の問いかけに、女は笑みを濃くした。

「私のお仕事は、調べることだから」

「桜花連合の指示なんだな？　黒幕はあの吉栖ってやつだろ？」

「粂野旭とは家も近所で、幼稚園からずっと一緒だったんでしょ？　仲良しだったのね？」

　俺の質問に質問で答え、女は一人で話しつづける。

「あなた、ひょっとして中学に上がる頃にはわかってたんじゃない？　粂野旭の父親が日常的に息子にひどい暴力を振るっていたってこと。たとえ粂野旭が何も言わなくたって、痣とか傷とか表情とか、あなたはきっと見逃さない人よね。大好きな友達を助けたくて、悩んだでしょうねえ。他の大人に言うべきか、自分で何とかするべきか——でも結局、あなたは何もできなかった」

　頭ががんがんする。悪酔いだ。両手で顔を覆った俺を、女の言葉が締め上げた。

「その罪悪感から、何もかも捨て鉢になっちゃったの？　成績はよかったのに高校にも進学せず、就職もせず、親と揉めて、家出同然で飛び出して——まるで、自分で自分を罰してるみたい。未来をどんどん潰しちゃったね」

「俺がいなきゃ、あいつは——って、いい気になってた報いだ。旭が死んで、気づいた。本当に頼っていたのは、俺の方だったたと」

　たまらず傷口を開いて見せると、女は肉汁でてらてら光らせた唇を、俺の耳に近づけてささやく。

「泣いていいのよ」

「あいにく涙は枯れたんだ、ずっと昔に」

俺の返しに、俺女は笑みを濃くし、話題を変えた。

「私ね、トラウマって言葉が昔からすごく嫌いなの。だから、何となく虎と馬も嫌いで、動物園でも虎と馬の檻(おり)の前は素通りしてた」

発言の前半から後半へのつながりがのみこめず、「は？」と声を漏らす。女は喉をひくつかせてハンバーグを嚥下してから、澄まして言った。

「でも最近知ったの。虎と馬は、トラウマとまったく無関係だって」

こちらをからかっているのか？　圭介並みの語彙力なのか？　バカなのか？　曖昧にうなずく俺の目を覗き込み、女はうなずき返した。

「もったいないことしたよ。だって私、本当は動物全般大好きなんだもん。動物園で虎と馬、じっくり見たかったなあ」

白けている俺に構わず、女は「だから」と顔の横で人差し指を立てる。

「事実を知るって大事なの。たとえば、昔の事件の真相とか」

見当外れの方角に投げられた棒きれが、実は刃のついたブーメランだったと気づいたが、もう遅い。俺は自分の背中に向かって刃をきらめかせながら戻ってくるそれを、素手でつかむしかなかった。

「何が言いたい？」

「粂野一家無理心中事件の捜査資料を見る機会があったんだけど、粂野旭の死因は刺殺になってた。推定死亡時刻もちゃんと割り出されていて、それによると学校から帰ってすぐに刺されたみたい」

脳裏で、旭の黒い目がまばたきをする。女はフォークの背にハンバーグをのせて「ねっ」と微笑んだ。

「だからあの日、どうあがいても、神則道くんは粂野旭を助けようがなかったのよ。どう？　少しは楽になった？」

「――あんた何者だ？」

かすれた声しか出ない。ＵＦＯ公園で待ちぼうけを食らっている旭の姿が、俺の脳裏から薄らいでいく。そもそも、旭は来られなかった。逃げる前に殺されていた。

それが真実だったとしても、旭に対する俺の後悔はなくならない。ただ少し、ほんの少しだけ、真っ暗な道に光が射した気がした。

そんな俺の表情を注意深く観察したあと、女はニンジンのソテーにフォークを突き刺した。そのまま腰を上げ、向かい側の席から俺の隣へと移動してくる。

「体が資本のお仕事でしょ。野菜くらい食べたら？」

差し出されたニンジンから俺が顔をそむけると、女は肩を揺らして笑い、黒ビールのジョッキを傾ける。

「ねえ。私のこと、好きでいてね。ずっとね」

返事をする前に、女は俺の頬に手をそわし、そのまま唇を押しつけてきた。ひらいた唇から熱い黒ビールが流し込まれる。俺の口から溢(あふ)れた分は、筋になってテーブルに落ちた。

激しくむせる俺を見て、女は楽しそうに笑い、体を離す。香水なのか体臭なのか、やけに甘ったるい匂いが脳天を貫いた。

「ごめんね」

何のことだ？　と聞き返そうとしたが、口がもつれる。目が回る。落ちてこようとする瞼を懸命にこらえるも、すでに視界は二重になっている。ガード下の酔いがぶり返したか、と頭を振ったら、めまいを起こした。

がくりと首が前にさがる。あやうく額をテーブルの縁にぶつけそうになったが、女が支えてくれた。その手に頭を預けたまま、俺はテーブルに伏せる。

闇がおりてきた。

肩を揺さぶられ、頬を叩かれ、耳元で「お客さん」と何度も呼びかけられて、ようやく俺は目を開ける。蛍光灯の白い光がやけにまぶしかった。

「閉店の時間です」

店員の男が分厚い唇を斜めにして、俺を見下ろしている。入店した時、レジに座っていたやつだ。もともとよくなかった愛想がさらに悪くなっているのは、俺が手間をかけさせたからだろう。

「今、何時？」

「ウチは二時で閉店です」

だから今は二時に決まっているだろうと言いたげに、店員は音を立ててテーブルにのったままの鉄板を片付けはじめた。

冷めきった鉄板に油がこびりついている。驚いたことに、鉄板もライスの皿も二人分空になっていた。付け合わせのインゲン一切れすら残っていない。

「食べきったのか？」

女の細い体を思い出す。あの平たい腹の中に、山のような肉塊がすべて収納されたとは信じがたいが、そういうことなのだろう。

「えっと——俺といっしょにいた人は？」

「帰りましたよ、ずいぶん前に」

俺があわてて財布を入れたポケットに手をやると、店員は瞳に侮蔑の色をにじませた。

「盗られました？」

「いや——ある」

「でしょうね。ちなみに、お代も全額払って帰られましたよ」

「あ、そう」

まあ、俺は何も食べなかったしとつぶやきかけ、口移しで飲まされたビールの味を思い出す。同時に女の匂いと唇の柔らかさも蘇ってきた。

店員にじっと覗き込まれていることに気づいて、俺はあわてて姿勢を正す。まだ少し頭はふらふらしたが、足にはちゃんと力が入るようだ。

「長居して悪かった」

俺がブースから出ると、「お客さん、忘れ物」と呼び止められた。汚れた鉄板と皿で両手をいっぱいにした店員が顎で座席を示す。

引き返すと、ブースの奥にスマホが転がっていた。俺は拾い上げてポケットに突っ込み、すでに厨房（ちゅうぼう）に入りかけていた店員に「助かったよ」と声をかける。

店員は振り返り、分厚い唇を歪めて奇妙な表情を作った。軽蔑と同情と共感と嫌悪がないまぜになった顔だ。そして、その表情に俺が目を留めたと知るやいなや、顔をそむけて厨房に入り、二度と出てこなかった。

＊

その夜の一件もサンフラワーの一件もクソ暑かった今年の夏も、すべて過去に向かって流れはじめていた二ヶ月後、十月中旬のある日、馬淵から電話が入った。挨拶もないまま、ため息まじりの第一声が響く。

——勘弁してよ。

「どうした？」

——南波夫婦に卓袱台を返されたわ。神か矢薙くんが何か吹き込んだわけじゃないでしょうね？

「濡れ衣だ。馬淵に頼んでから、俺はサンフラワーで買い物すらしてないぞ」

その返事を聞いて、少しクールダウンできたらしい。馬淵は電話口で一度大きく深呼吸したあと、手短にこれまでの経緯を話してくれる。

南波夫妻——特に慶子——の説得を辛抱強くつづけ、やっと先日、次に玲奈から暴力を受けたら刑事告訴をする約束を取り付けられたとのことだった。

——夫婦の安全確保第一で、警察関係者への根回しとか書類の準備とか前倒しで進めてたんだよ。それなのに。ついさっき電話で「何もかも片付きました。お世話になりました」って強制終了宣言されちゃった。

「片付いた？」

——怪しいでしょう？ 私もどう片付いたのかって電話で食い下がったんだけど、要領を得なくて。というか、わざと曖昧にしてる印象を受けた。

馬淵の後ろが急に騒がしくなる。

「今、外か?」

——うん。ちょっと拘置所で接見予定の被疑者がいて。

馬淵は無念そうにいったん言葉を切ると、忙しなく付け足した。

——神、申し訳ないけどお願いできる?

「オーナー夫妻の様子を見に行ってこいってか」

——私も神も、そこまでする義理はないよ。わかってる。でもやっぱり、気になるじゃない?

馬淵に対しては、南波夫妻の件を押しつけてしまったという後ろめたさが拭えない。

俺に断る選択肢はなかった。

「わかった。買い物がてら、サンフラワーを覗いてくる」

——恩に着るわ。じゃ。

馬淵は誰かに呼ばれたようで、「はい、今行きます」とはきはき返事をしたあと、電話が切れた。

「真澄さんから?」

背後で声がして、俺はもう少しでスマホを取り落としそうになる。

「圭介。いるなら、もう少し気配出せよ」

「電話中だったから、遠慮したんだよ」

圭介は露骨にむっとした顔で吐き捨て、ミントタブレットをざらざらと手に出した。

「サンフラワーに行くのか？」

「──ああ。馬淵に頼まれて。その前に圭介、オーナーと最近、何か喋ったか？」

「何かって、何？」

圭介の目が細くなる。怒りを爆発させるタイミングをうかがっている目だ。俺はあわてて両手を胸の前まで挙げた。

「いや。オーナーが急に馬淵への依頼を取り下げたらしくて。サンフラワーによく通っているおまえなら、その理由について何か知ってるかな、と」

「知らねーわ。よく行くったって、おっさんが逃がし屋の職務を放棄したから、オーナーにとって俺はもはやただのコンビニの客だ。挨拶か世間話くらいしかしてないよ」

圭介は容赦なく皮肉を言う。俺は頭を低くして、すべて受け止めた。その従順な態度に拍子抜けしたのか同情したのか呆れたのか、圭介はふっと息をつくと、ウォークスルーバンの鍵を放って寄越した。

「俺にリサーチしてる時間があったら、直接サンフラワーのオーナーに聞くのが早いだろ。会えば、気まずさも少しは薄れるだろうし」

俺は受け取ったバンの鍵を指に引っかけて回し、うなずく。

「正論だ。ぐうの音も出ない」

「ぐうって何？　腹の音？」

圭介の問いには答えず、デニムのつなぎに着替えて外に出た。圭介も当然のように同じ恰好をしてついて来た。

いつのまにか、デニムのつなぎを着ても汗を掻かない季節になっている。

南波はコンビニの客として店に入ってきた俺らを、朗らかに迎えた。

「いらっしゃいませ」

圭介はミントタブレットを、俺はコーラと週刊誌を、それぞれ抱えてレジに向かう。レジでは「お久しぶりです」と南波の方から話しかけてきた。他の客はいない。だから俺も前置きなしに尋ねる。

「馬淵から電話があったんだけど――」

「ああ、はいはい」

ごま塩頭を掻いて、南波はへらりと笑った。

「実は、玲奈が引きこもりを脱却しましてね。暴力もなりを潜めました。しかも、仕事を見つけたから家を出て自立するって言うんです。となると、我々夫婦が家を出る必要もなくなりますんで、馬淵先生にご連絡した次第です」

　俺と圭介が顔を見合わせると、南波は「本当ですよ」と声をうわずらせる。

「何もかも、お友達のおかげなんです」

「友達？」

「はい。ネットで知り合ったらしいんだけど」

　南波は俺の品をすべて手提げのビニール袋にまとめ、圭介にはタブレットのケースにシールを貼って手渡す。

「男か？」と圭介が鼻を鳴らして尋ねた。

「いいえ。女の子ですよ。人の好さそうな笑顔がかわいい、玲奈よりずっと若い娘さん。夏の終わり頃からかな？　ウチまで車で迎えに来て、玲奈をちょこちょこ遊びに連れ出し、仕事先まで紹介してくれて——本当に助かりました」

　俺はビニール袋と釣り銭を受け取りながら「助かりました」と南波の言葉を繰り返す。

「南波さん、あんた本当にそう思ってんのか？」

　顔を近づけると、老眼鏡の奥の南波の目は簡単に泳いだ。立て付けの悪くなった古いレジスターの引き出しを必死で押しこもうとする。

「たまたま現れた人間が都合良く、厄介な問題を完璧に片付けてくれるなんてこと、本当にありえると？」

「――私も女房もありがたいと思ってます。玲奈のことで、ずいぶん疲れました。心も体も痛めて、老いました。もう余計なことは考えたくないんです。だから」

「どんなにやばそうな裏があっても見たくない、か」

「トナカイさん。一度断った仕事に、首を突っ込まないでいただきたい」

南波は顔を紅潮させ、思い切ったように言った。その勢いで腕に力がこもったのだろう。レジの引き出しが大きな音を立てて閉まる。南波ははっと息をのみ、あわてていつもの調子で「毎度ありがとうございました」と腰を折る。そのまま、圭介に促された俺が店を出ていくまで、顔を上げようとしなかった。

ウォークスルーバンに戻りエンジンをかけた途端、「どこへ行く?」と圭介が尋ねてくる。

「南波玲奈を探す」

「何で? オーナーじゃないけど、聞きたいね。一度断った仕事にどうして首突っ込む? あそこの娘、三十四歳だよ。立派な大人だ。自分の行動に責任持たせりゃいいんじゃね?」

「圭介は不自然だと思わなかったか?」

俺はハンドルを回しながら叫ぶ。心臓が跳ね上がっていた。

「南波家の実情を誰かが知って、親の弱みにつけ込んで引きこもりの女を買い取り、危ない仕事をさせている——そういう風には考えられないか？」

「どうやって実情を知るんだよ？　——おっさん、南波玲奈の〝お友達〟とやらに心当たりでもあるのか？」

　圭介の声が低くなる。俺は迷った末、力なくうなずいた。そしてまだ夏だった二ヶ月前の夜、自棄（やけ）になった俺が出くわした女の正体や、その女とステーキハウスに行ったことを打ち明ける。圭介は話の途中からいらいらと舌打ちをはじめていたが、俺が口を閉ざすのを待ちきれず、怒鳴った。

「その時だよ。間違いないね。睡眠薬でも盛られて、おっさんが暢気（のんき）に眠りこけてる間に、その女はおっさんのスマホから顧客情報を抜き取ったんだ」

「あ、スマホ——そういえば起きたら、ポケットから落ちてた」

はいビンゴ！　と叫んで、圭介がダッシュボードを蹴り上げる。

「おっさん、スマホに鍵かけてないだろ？」

「パスワードか？　うん、設定してない。すまん」

　俺が平謝りすると、圭介は「個人情報ダダ漏れ」と重々しく腕組みした。

「おっさんの最近の通話やメールの記録からサンフラワーに当たりをつけて、南波家の家庭事情を調べてみたら、金蔓（かねづる）が見つかったってところか」

俺はただうなだれて拝聴するしかない。圭介の目が冷たい光を宿して細くなる。

「そこまであっさりおっさんをたらしこめる女だ。南波夫婦ともうまく交渉したんだろうよ。〝ウチに任せてくれたら、この家から娘さんを自立させますよ〟ってな具合に。我が子を桜花連合に売ったという事実にギリギリ目をつぶれて、罪悪感を覚えずに済むくらいの、うまい説得をしたに違いないね。ま、目をつぶったところで、事実は事実だけど」

けっして目を合わせようとしなかった南波の顔を思い出し、俺は力なくうなずく。あの女なら、きっとそういうやり方を選ぶはずだ。親近感のわく笑顔で、人の心の弱みにそっと寄り添い、距離を詰めてくる。「この人が悪人のわけがない」と信じたい気持ちにさせる絶妙な笑顔。

「親を攻略したら、あとは玲奈を騙すだけだ。十年以上引きこもって、ネットで頭でっかちになってる世間知らずだもん。チョロかっただろうな。SNSで承認欲求でも満たしてやれば、あっという間に〝お友達〟のできあがりだ」

――私のこと、好きでいてね。ずっとね。

この二ヶ月の間、ふとした拍子に耳の奥で響きつづけた女の声を遮断するように、俺は頭を振った。

「南波玲奈本人に会って、これからどうしたいか尋ねよう。必要なら手を貸すし、本人が放っておけと言うなら、そのまま帰ればいい。騙された形のまま見捨てることだけは、避けたい。それだけだ」

フロントガラスを見つめながら宣言すると、圭介は諦めたようにため息をついた。

銀砂町のラバーズから少し離れ、物陰になるところに、バンを停める。地図で確認すると、ラバーズは俺が女に声をかけられた地点から川一本隔てただけの場所にあった。あの日、女はやはりこの店に向かう途中で俺を見つけたのだろう。だったら今度は逆に、俺がここで張りこみ、女を見つけだすまでだ。

果たして車の中で三十分が経った頃、女はようやく路地に姿を見せた。誰かと電話で話しながら大股で歩いてくる。会うたびに印象を変えてくる女だが、今日はスリムデニムにオーバーサイズのパーカーを合わせたカジュアルな恰好で、顔にも化粧気はなく、髪は高い位置で無造作にまとめてあった。今までで一番地味だ。誰の目も意識していない分、これが女の素に近いのかもしれない。

——南波玲奈をどこへやった?

すぐにでも詰め寄りたい気持ちをおさえ、俺は動かないハンドルをぐっと握りしめる。そのまま様子をうかがっていると、ラバーズから人影が現れた。スキンヘッドの高身長と別の生き物のように動く赤い唇が、離れていても目に飛び込んでくる。

「久城じゃん」

圭介が吐き捨てるように言った。男性アイドルのスキャンダルを揉み消すという、桜花連合絡みの仕事を請け負った際、俺達をサンドバッグ代わりにしたやつだ。忘れようったって忘れられたものではない。

その久城が女に恭しく頭を下げた。女の到着の報を聞いて、出迎えるためにわざわざ店の外に出てきたようにも見える。女の方はあまり意に介さず、久城の開けたドアをくぐって店の中に入っていった。

「あの女、店のナンバーワンか？　あんまりそうは見えないけど」

敵意のある言い方だった。返事をしないでいると、圭介は鼻を鳴らしてつづける。

「南波玲奈もここで働いてるんかね？　三十四歳って、いわゆる一般的な風俗嬢適齢期からは外れてるよな？」

「嗜好(しこう)は人それぞれだ。熟女とか人妻とか、いくらでも需要はある」

「さすが。詳しいな、おっさん」

圭介の茶化しには応じず、俺は声を低くした。

「もっとも、働いているのがこの店とは限らない。もっとヤバイ職場かも——。あの女に一刻も早く口を割ってもらわないと」

そこで言葉を切る。店の前に横付けされたエコカーから、がりがりに痩せた若い男がスタンド花を持っておりてきたからだ。

若い男は店の前に久城が立っていることに気づいて、ひるんだ様子を見せた。久城自身も少し表情を変える。が、二人の動きが止まったのはほんの数秒で、すぐに若い男が久城に近づき、スタンド花を差し出した。

久城は周囲に視線を走らせ、黙って受け取る。サインもしているようだ。そして財布から出した万札を七枚数えて支払い、若い男を追い払った。自分はスタンド花を持って店に入っていく。

「――あのスタンド花、久城宛？　店の女の子でなく？　何で？　誰から？」

圭介の矢継ぎ早の質問を聞きながら、若い男の姿を目で追う。たしか、以前も見かけた男だ。あの不健康そうな顔色と虚ろな表情には見覚えがある。前に見た時は気づかなかったが、エコカーはただの自家用車で、店の名前などがペイントされているわけでもなかった。念のため車のナンバーを控え、圭介にスタンド花の相場を調べてくれるよう頼む。

圭介はすぐにスマホを取り出し、難なく要求に応じた。

「ピンからキリまであるけど、客がキャバ嬢に贈るなら、一万五千から三万円くらいかな。五万出すのは相当な思い入れがあるか、金が余ってるやつだ」

「なるほど。だったら、さっきの支払いは異例だな」

俺は久城が男に支払った七万という額を告げる。圭介は眉をひそめ、おもむろにシートベルトを外した。

「ちょっと行ってくる。神さんはここで待ってて」

「おい！」

あわてて追いかけようとする俺をジェスチャーで押しとどめ、圭介は助手席から降りると、まっすぐエコカーの元へ向かう。

何か異常があればすぐに駆けつけられるよう、ドアに手をかけて待つこと十数分、圭介は顔を腫れあがらせることもなく戻ってきた。

「やっぱりクスリだった。覚醒剤の売人」

「確認したのか？」

「うん。〝買いたいんだけど〟ってカマかけたら、べらべら喋りやがったよ。使い走りみたいだから、いざとなったらムカデのしっぽ切りされるんだろうけど」

トカゲな、と心の中で訂正しつつ、話の先をうながす。

「〝今は金がない〟と言ったら、次ここに来るのは三日後だって」

「つまり、三日後に再び久城に？」

「きっとまたスタンド花にクスリを忍ばせて、受け渡しするんだろ」

「よし。俺らも出直そう」

頭の中に浮かんだ計画を検討しつつ、俺はエンジンをかけた。

*

そして今晩、俺らは再び同じ場所で車内に待機している。三日前と違うのは、この細い路地に、俺らの他に数名の人影があることだ。

「あいつらが——？」

「そう。警察だ」

俺がそちらを見ずにうなずくと、圭介は鼻を鳴らした。

「バレバレだっつーの」

たしかに、中途半端な距離感で立ち話をしている若い男女のカップルも、電柱の陰に隠れるようにして新聞を読んでいる初老のサラリーマンも、店先で仁王立ちしてはぬかりなく辺りを見回している中年サラリーマンも、人々が享楽を求めてそぞろ歩くこの場所にはそぐわず、逆に目立ってしまっている。日本の警察は、いつからこんなに張り込みが下手になったのだろう。

——幹部連中の誰か一人でいいから、何かの現行犯として逮捕できれば、風穴があくと思う。

いつぞやの雑談中に聞いた馬淵のこの言葉を思い出し、俺は一つの賭けに出ていた。桜花連合系列の会員制バー〈ラバーズ〉で本日覚醒剤の取引があると、売人の特徴と共に警察に匿名でたれこんでおいたのだ。

「頼むぞ、国家権力。しっかり務めを果たしてくれ」

祈る思いでつぶやくと、組立て前の段ボールを一つ脇に挟んで車からおりる。同じデニムのつなぎと赤いキャップで揃えた圭介と一緒に、ラバーズへ向かって歩き出した。

オレンジ色の光でライトアップされたほぼ真四角の黒い建物の前に立つ。ドアノブをつかもうとしたら、内側から開いた。立ちふさがったのは予想通り、高身長で僧侶のようなスキンヘッドの久城だ。俺らの頭から爪先まで、分解の仕方を考えているように眺める。

「――我々は今、おまえらに仕事を依頼していない」

「わかってるよ。これから気の重い仕事が控えてるんだ。金は払う。一杯飲ませてくれ」

緊張しているせいか、久々に聞く久城のボカロみたいな声と翻訳調の喋り方に懐かしさすら感じた。久城は黙って赤い唇を舐（ねぶ）っていたが、おもむろに俺と圭介の胸ぐらを左右それぞれの手でつかむ。筋骨隆々とは正反対の体格をしているくせに、その力はやけに強かった。圭介の横顔が引きつるのを視界の隅に捉える。この男が率いる一団から受けた圧倒的な暴力の記憶が蘇ってくる。それは頭ではなく体に直接蘇ってくる記憶で、怯えないでいる方が難しい。現に俺の体も意志とは関係なく、震えだしていた。

——粘れ！

俺は脇をしめて組立て前の段ボールを挟み直し、圭介に向かって心の中で叫ぶ。同時に、自分にも言い聞かせた。粘れ！　もう少し、きっとあと少し——。

「ここは選ばれし者の集う社交場だと、おまえらは承知している。承知しているにもかかわらず来た。入れないとわかっていて来た。目的は何かと聞こう。よろしいか？」

「目的はさっき言った通り、仕事前の景気づけ——」

「Shut up」

喉を締め上げる久城の力が強くなる。俺の体が一瞬宙に浮いた。

「職場でふざけられるのは、好きではない」

「神さん」

苦しげな圭介の声が聞こえた。懸命にそちらを見ると、圭介の右手がゆっくり上がる。その拳は握られ、親指だけが立っていた。

背後で車が停止する。スライドドアの開閉音がつづいた。耳の裏が脈打つのがわかる。心臓の鼓動が激しくなると共に、脈も速くなってくる。

「こんちは。どうも」

ぬるっとした声がして、久城の力が少し弱まった。

「いつもの花です。お代とサインをいただければ――」

状況を読まず、話も聞かず、マニュアル一辺倒に仕事をこなそうとする相手に、久城は小さな声で何かつぶやいた。たぶん、「Fuck you」や「Shit」あたりだろう。

「取り込み中だ」

俺と圭介の胸ぐらから手を離した久城は、スタンド花を受け取り、サインする相手からボールペンを貸してもらう。その時だ。俺は全神経を集中させていた背中で、不揃いな足音が駆け寄ってくるのを聞いた。その数が、下手な張り込みをしていた刑事達の人数と同じであることを確認し、動き出す。久城の脇の下をくぐって、黒いドアから店の中へ飛び込んだ。ほとんど同時に背後で「警察だ。動くな」という声があがる。

店内の配置はまだ記憶にあった。ジャズが低く響いて、紫煙で視界が遮られているのも前と同じだ。店の外で繰り広げられている覚醒剤所持の現行犯逮捕という喧噪(けんそう)は、まだ店内に届いていなかった。

今回は俺も圭介の用意周到さを見習って、煙草のきつい煙に対抗すべく、マスクとサングラスをつける。おかげで鼻喉は快適にフロアを突っ切ることができた。

一番端のボックス席が空いていたのをいいことに、土足でソファに駆け上がり、後ろの壁でカモフラージュされた隠しドアへと突進する。本当にヤバイやつらは、このドアの向こうにいる。

両脇から風神雷神のように恰幅のいい男達が現れるのも、前回の経験で織り込み済みだった。俺はさっき久城が俺らにしたように、目の前の男の胸ぐらをつかむ。体格がよすぎてぶら下がる形になってしまったが、気にしちゃいられない。耳元に口を寄せて叫んだ。

「サツが来たぞ。クスリを隠せ」

男はもう一人の——圭介から同じ内容を耳打ちされたと思われる——男を見た。タイミングよく黒いドアが蹴破られる。煙でよく見えないが、入口近くにいた客の怒号や女の悲鳴が切り裂くように響き、風神雷神も事態を悟ったようだ。俺らを放りだし、フロア中央付近のボックス席に走り出す。二つの巨体が一糸乱れず機敏に動く様は目立った。

「ここにクスリがあります」と大声で叫んでいるようなものだ。

「おっさん、行こう」

圭介の言葉で我に返る。俺は圭介につづいて、壁紙と同系色のドアを抜けた。マスクとサングラスを外し、妙に澄み切った空気の中を進む。細長い廊下に今日もジブリメロディが響いている。またもや忌まわしい記憶が蘇りかけたが、身が竦む前に張りぼてめいたドアを片っ端から開けていった。

「サツが来たぞ。クスリを隠せ」

従順な鸚鵡のように同じセリフを繰り返す。中では裸の人間達――男女の部屋もあったが、女に対し男がやけに多い部屋や男に対し女が多い部屋、男同士や女同士の部屋も同じくらいあった――がベッドあるいは床から跳ね起きて、何か叫んだり、あわてて服を着ようとしたりした。俺は臆せず視線をめぐらし、女と玲奈の姿を探す。だが、いない。圭介にも探してほしかったが、暗かったり狭かったりする部屋には頑として足を踏み入れようとしないので、結局、俺がほとんどの部屋を確認した。

とうとう一番奥まで来てしまう。最後のドアノブに手を伸ばしたところ、内側から勝手にドアが開いた。むせかえるムスクの香りと共に、きっちりスーツを着込んだ吉栖が現れる。百四十センチに満たない身長と、ボディビルダー並みの胸板というアンバランスな体型にあわせてしつらえられた今日のスーツは、深い光沢のある紫色だ。

「珍客の登場と警察の介入が同じ日なんて偶然、私は信じない。それは必然であるべきだ」

細い口髭が動き、低い美声が奏でられた。紡がれる言葉はまどろっこしい。この男が桜花連合の中でどれくらいのポジションにいる人物なのかは知らないが、いつも底が知れず圧倒された。

「探している人がいる」

「夕花ならここにいるが」

ゆうか、という聞き慣れない名前があの女のものだと、俺は瞬時に理解する。悪い予感を振り切って、吉栖が脇へ退いてできた空間に顔を出した。

偶然か必然か、そこは俺がいつか連れ込まれ、いたぶられた、鏡張りの部屋だった。ところどころ鏡が割れた安っぽい部屋には見覚えがある。あの時はちゃちなインテリアのように天井からぶら下がっていた拘束具だが、今日はしかるべき用途にそってきちんと使われていた。

黒いテープで目と口をふさがれ、ロープで全身を縛られ、白い肌を赤くしたあの女が、海老反りになって天井からぶらさがっていた。全裸で。これほど〝恥辱〟という単語が似合うポーズもないだろう。

「もっと前に出て、よく見たらどうだ？　特等席もある」

宙で揺れる女の下に、一人掛けのソファとサイドテーブルが置かれていた。テーブルの上にはブランデーらしき琥珀(こはく)色の液体が入ったグラスがある。

「ちょうど一人で、概念としてのエロティシズムを堪能していたところだ」

「ずいぶんと高尚なご趣味で」

「——久城はどうした？」

低い位置から爬虫(はちゅう)類のような視線で貫かれる。冷汗が背中をつたった。

「さあ？　現行犯なら捕まっててんじゃない？」

　横で圭介が悪びれず答える。吉栖は俺と圭介を交互に眺めていたが、ふと視線を床に落とし、細い口髭を震わせた。はじめは、怒りで震えているのかと思った。次に、まさか泣いているのかと疑った。けれど、吉栖は笑っていた。予想だにしない反応に、俺と圭介の喉仏が同時に上下する。

　吉栖はひとしきり声を立てずに笑ったあと、美しい低音を響かせた。

「おまえらは案外、使えるやつらだ。使えるやつというのは、同時に使いたくないやつにもなり得るのだ、久城のように」

「――邪魔だったのか、久城が？」

　吉栖は俺の質問には答えず、すんすんと鼻を鳴らした。

「そろそろ警察がここへの扉に気づく頃だな。では、頼んだ」

「何を？」と圭介が眉を上げる。

「私が安全に立ち去れるまで、ここで時間を稼げ。警察を引き留めておけ」

「冗談じゃない。この女も置き去りか？　俺ら全員捕まったらどうすんだ？」

「その時は――私の部下を警察に売り、女に恥をかかし、店を混乱に陥れた代償を、正規の手段で払ってもらう」

　吉栖は冷たく光る目で、わざとゆっくり鏡張りの部屋を見回した。

「もう一度同じ目に遭って、おまえらの心と体がもつのか、興味がないこともない」

言葉を失う俺らを残し、吉栖は体を左右に振りながら部屋を出ていく。どこから逃げるつもりなのか、聞いたところで教えてはくれないだろう。

吉栖の姿が消えると、俺は圭介に向かって「女をおろすぞ。急げ」と叫んだ。

拘束具はちゃちに見えて、ロープの結び方がしっかりしているせいか、夕花という名の女を自由にしてやることがなかなかできなかった。時間がないと焦るあまり、宙吊りになった裸体に勢いあまって何度か触れてしまったりもしたが、夕花は恐ろしいほどに何の反応も返さない。苦しかろうと目と口を覆っていたテープを剝がしてやっても、皮膚を赤くし、口紅の剝げた唇を結んだまま、特に喋ろうとしない。

手首に近いロープの結び目を解いている時に、夕花の頰に涙の筋がついていることに気づいた。果たしてどんな感情で流れたものなのか、考えるのはやめておいた。

その点、圭介は容赦ない。まだロープが解ききれず、全裸で恥ずかしいポーズを取っている夕花に向かって、淡々と話しかけた。

「南波玲奈、知ってるな? あんた、〝お友達〟なんだろ? 彼女をどこへやった? この店のどこかにいるなら、早く知らせてやらないとサツが――」

「大丈夫。玲奈ちゃんは今ちょっと動けない体になっていて、私の家にいるから」

夕花がはじめて口を開き、南波玲奈とのつながりをあっさり認めた。俺は思わずロープから顔を上げる。ちょうど最後の結び目と格闘しているところだった。

「あんたの家に？」

「うん。帰る家もお金もないっていうから、とりあえず」

結び目が解ける。重力にそって落下する夕花の裸体を二人がかりで抱きとめ、床におろす。夕花は特に体のどこを隠すでもなく、おろされた姿勢のままぼんやり床に座り込んでいた。俺は部屋の片隅に散らばった衣服をすべて拾い、彼女の前に投げる。

「まずは服を着ろ。そしたら、外に出る。無事に出られたら、連れていってくれ、あんたの家に。南波玲奈と話したいことがあるんだ」

俺の一方的な言葉に、夕花は唇を突き出すようにして問うた。

「玲奈ちゃんのご両親に頼まれたの？」

俺は圭介とすばやく目を合わせる。沈黙に受け取られないよう「ああ」とうそぶいた。

「会わせてくれ。何かを強要するつもりはない。本人の気持ちを確かめるだけだから」

言いながら、俺は段ボールを組み立てる。目を丸くして見守っている夕花の前で、その箱の中に入れるものを探して、部屋中に目を走らせた。しかし、この特殊な部屋の中で、ちょうどいい物はなかなかない。結局、さっきまで夕花を縛っていたロープと吉栖が残していったグラスにした。意味不明の取り合わせだが、やむをえない。

琥珀色の液体を床の鏡面にぶちまけ、グラスを箱の底にしまう。次に、その周りを固定するようにロープを収めた。圭介がデニムのつなぎのポケットから出したガムテープでもって、蓋をしっかり閉じる。

夕花が仕事用の衣装らしき薄手のロングワンピースを一枚羽織ってパンプスに素足を突っ込み、俺と圭介がたいして重くもない段ボールを二人で抱えたところで、ちょうど刑事達が雪崩れ込んできた。


せっかく貼ったガムテープを、段ボールの中身を見せるために剝がすことになるのは想定内だったが、ロープとグラスの用途について尋ねられるとは思っていなかった。口ごもってしまった俺の横から、「そういうプレイがあるんです。刑事さん達はご存知なくて当然でしょう。必要なら実践してみせます」と言って可憐に微笑んだ夕花の助け船は、実に的確だったと言えるだろう。刑事達は納得して押し黙ってしまった。

そのあと、軽い身元確認と「念のため」の薬物検査があり、いずれもクリアした俺らと夕花は晴れて自由の身となった。吉栖について聞かれることもなかった。あくまで、たまたま荷物を引き取りに来て騒ぎに巻き込まれた業者と、その応対をしていた下っ端の女子従業員として見なされたようだ。警察を相手に猛(たけ)り狂う桜花連合関係者と鉢合わせしないよう、刑事の護衛付きで外に出ることさえできた。

ウォークスルーバンに乗り込む。俺が運転席、家までの道を教えてくれる夕花が助手席、その夕花を見張るため、すぐ後ろの荷台に圭介、という配置で車を発進させる。

夕花のマンションは、西桃太から特急で一駅の砂羽良の高層マンションだった。三十階まである建物の七階に住んでいるらしい。

「中途半端な高さじゃね？」と失礼な質問をぶつける圭介に、夕花は怒るでも呆れるでもなく、淡々と答えた。

「私は吉栖が用意してくれた部屋に住んでいるだけだから。窓には一日中ブラインドをおろして外を見ることはほとんどないし、七階だろうが一階だろうが三十階だろうが関係ないの」

十五分ほどの道のりで、俺らが夕花と交わした会話は、そんなどうでもいいことだけだ。聞きたいことと聞きたくないことが絡み合って、俺は迂闊に口を開けなかった。

一方、文字通りあらゆるところを見られてしまった夕花の方は、圭介にミントタブレットをせがんだり、ウォークスルーバンの中をあれこれ見回したりと、いたって普通の調子だったように思う。

マンション前に車を停め、〝配達中〟の札をフロントガラスに見えるように置いて降りる。住民に会った時に不審がられないよう、ロープとグラスの入った段ボールも一応持っていく。夕花のカードキーで二重ロックを難なく抜け、七階までエレベーターで上がった。以前入った草月和垂の高層マンションに比べると、内装とセキュリティのグレードが下がっていたが、夕花と同世代の一般会社員が己の給料で住めるマンションではなさそうだ。

長い共用廊下を歩いて真ん中あたりまで来ると、〝吉栖〟の表札が出ていた。そこに釘付けになる俺の視線に気づいて、夕花がうふふと笑う。

圭介が「そういえばさ」と口を開いた。俺が聞くのをためらっていた質問をまっすぐ投げつける。

「南波玲奈が働けない体って、どういうこと?」

「あ、えっと、会えばわかるんじゃないかな」

夕花はさらりとかわして、ドアを開ける。ギイとかすかに錆びた音がして、煌々と灯りのついた室内が覗いた。廊下はなく、いきなり部屋らしい。玄関口の狭いスペースの左右に、それぞれトイレと洗面所および浴室のドアがついている。

夕花はパンプスを投げ捨てるように脱ぐと、「ただいまあ」と部屋に入っていった。

「今日は、お客さん連れてきたの。玲奈ちゃんと話がしたいって」

夕花につづいた俺は、その部屋のあまりの寒々しさに声を失う。広いリビングには、家具らしき物が何もなかった。目に入ってきたものは、寝袋と雑誌数冊、床に置かれたカップラーメンの空の容器やミネラルウォーターのペットボトル。あとは口のしばってある透明なゴミ袋が一つ——それは部屋の隅にじかに置かれていた。圭介が忌憚のない意見を述べる。

「家の中でキャンプかよ」

「家って、どういうものなのかわからなくて——あ、キャンプ場もよくわからないんだけど、こんな感じなの？」

淡々と問い返す夕花の目を、俺は思わず覗き込んだ。ふざけているわけではないらしい。話し声で目覚めたのか、寝袋からむくりと起き上がる者がいた。一度顔を合わせたことのある南波玲奈だ。南波家で会った時より、顔色が悪く、顎が少し尖った気がした。

「あ、玲奈ちゃん、起きた？　具合は？」

「最悪」

そう言うと、玲奈は枕元にあったコンビニ袋を手に持ち、おもむろにもどした。耳を塞ぐ間もなくえずく音を聞かされ、酸っぱいにおいを嗅がされ、心底うんざりする。

夕花は玲奈の近くまでいき、嘔吐物の入ったコンビニ袋を甲斐甲斐しく処理した。

鼻をつまんだまま、圭介が言う。

「ゴミ箱くらい買ったら？　何か捨てるたび縛ってあるゴミ袋の口を解くのは、不衛生だし、めんどくさいだろ」

「ゴミ箱——どこで買えるの？」

「どこでも、だ。スーパーでもホームセンターでもデパートでも。出歩く暇がなけりゃ、ネットで探せ」

「なあにそれ？　何を言ってるのか、よくわかんない。あなたが買ってきてちょうだいよ」

「はあ？　何で俺が？」

「私を好きにしていいから」

「嫌だね」

「本当よ。何しても、かまわないのよ」

「近寄るな。気持ち悪い」

　圭介に蹴る真似をされた夕花が俺を見たが、無視して玲奈に向き直り、話題を変えた。

「体、どうしたんだ？」

「赤ちゃんができた」

　玲奈は不健康そうな顔色で、こともなげに答える。息をのんだ俺に挑戦するよう、言い添えた。

「父親は不明。お客の中の誰かだと思うけど」

「客を――取っていたのか？」

　売春ということになる。俺はどんな顔をしてしまったのだろう？　玲奈は嘲笑うような、同情するような、複雑な笑みを浮かべた。

「労働にふさわしい対価を支払ってくれる、いいお客さんばかりよ。妊娠は予想外だけど、店はこういう時のフォローもしっかりしてくれるっていうから、夕花ちゃんに任せてる」

背後で、圭介がため息をつくのがわかる。

「腹の中に赤ん坊がいるのに、布団もない家でカップラーメン食ってる場合かよ」

「悪阻がひどくて、どうせ何も食べられない時期だもの」

言ったとたんまた気持ち悪さがぶり返したのか、玲奈は後ろを向いてビニール袋を探す。再びえずく音を聞かないで済むよう、俺は話しつづけた。

「あんたはもうとっくに大人だ。倫理観とか主義主張に反論する気はないよ。ただ、これだけ確認させてくれ。あんたは、この女に騙されたんじゃないのか？　裏で桜花連合が仕切っている風俗店に勤務するって、最初から知っていたか？　知って、家を出たか？　父親のわからない子どもを身ごもった今でも、紹介された仕事に納得しているのか？」

「その答えを聞いて、どうするの？」

背中を向けたまま、玲奈が尋ねる。

「ここから連れ出して、家まで送りとどけてやる」

俺は夕花の視線を意識しながらも、きっぱり言いきった。親子で話せる場所に戻してやる。そのつもりで来たのだから。しかし、玲奈は背中を揺らして笑った。

「家？　家って、あの人達のいる？　冗談でしょう？　やっと逃げられたのに」

「逃げる？」

逃げたかったのは、親の方じゃないのか？　そんな問いをのみこみ、俺は玲奈の背中を見つめる。

夕花がふたたびゴミ袋を持って、玲奈に走り寄った。さっきと同じように嘔吐物を片付けた際、ちらりと俺に視線を流す。ガラス玉のように何も映していない瞳だった。

「親が自分を厄介だと思って、邪魔だと思って、恥だと思って、それでも罪滅ぼしのように世話を焼いてくる家。あの世界にしか居場所がないのは、本当につらかった。ストレスが溜まって親を殴り、殴ってしまったことでまたストレスが溜まる。この負のサイクルをどうしていいかわからなかった。このままだと、いつか彼らを殺してしまうんじゃないかと怯えていた時、夕花ちゃんが声をかけてくれたんだ。負のサイクルを断ち切ってくれた」

俺は頭を抱える。〝暴君〟というレッテルを貼っていた相手の傷が、今やっとはっきり見えた。最初からこの傷に気づいていれば、もっとやり方があったはずだと思うのは傲慢だろうか。

「さっきの質問の答えは、イエスよ。店のバックについてる組織も仕事内容も、私は夕花ちゃんから聞いていた。その上で決めたの。何年も引きこもってきた中年の自分を受け入れてくれる社会があるとわかって、即決した。だって仕事があれば、自立できる。家を出られる。親から離れられる。最高じゃない？」

そう言うと、玲奈は俺の方を向き、まだほとんど目立っていない腹を撫でた。

「彼らも今頃ほっとしているんじゃないの？　お互いによかったのよ、これで。私達は家族だけど、家族だからこそ、いっしょにいると不幸になる――うん。家には帰らない」

沈黙が部屋を満たす。言葉を探している俺に、圭介が静かに、けれどきっぱり言った。

「帰ろう、神さん」

親も子も、もう大人だ。大人の選択に、第三者が口を出すものではない。俺はうなずき、再び背を向けてしまった玲奈と、はじめからこうなることを予想していたかのように落ち着き払った夕花に頭を下げ、何もない部屋から去った。

＊

倉庫までの帰り道、サンフラワーに寄った。圭介のミントタブレットと、明日のパンを買うためだ。

会計してもらっている間、俺らは何も喋らなかった。南波も何も聞いてこなかった。

――娘は自立して、どこかで元気に暮らしている。

その幻想を抱えて生きることに決めたのだろう。自分が子どもを憎み、疎んじた過去は、なかったことにするのだろう。

「毎度ありがとうございました」

「お世話さま」

ありきたりな挨拶を交わし、外に出る。

バンを発車させると、圭介がさっそく新しいミントタブレットの包装を破りながら言った。

「新しくなってたな」

「何が？」

「おっさん、気づかなかったのかよ？　鈍いなあ。レジスターと商品棚が新品だったろ」

「ああ、そういえば――レジの引き出しがスムーズに開閉してたような」

圭介は大きく舌打ちして、ミントタブレットをざらざら放り込んだ。

「娘を売った金で店を新しくして、心機一転だ」

「南波玲奈自身がくれてやったのさ」

俺の言葉に、圭介は大きく息をついた。そして気持ちを切り替えるように、座り直す。

「この一件、真澄さんに聞かれたら何て伝える?」

「南波玲奈は友人の助けを借りて自立した、とだけ。嘘じゃないだろう?」

「うん。真実には足りないけど」

赤信号で停まったので、俺はあらためて圭介と目線を合わす。

「真実をすべて知ったら、馬淵は自分が思う正しいさに従って動かずにはいられなくなる。相手が桜花連合だろうが何だろうが」

「ああ、真澄さんはそういうタイプだな。たしかに」

「ん。だからもう、ここで幕引きだ」

馬淵の安全のために。馬淵の正しいさをいたずらに挫かないためにも。

ふいに夕花の海老反りになった白い裸体が瞼の裏に浮かび、俺はあわてて頭を振る。あの女から引きずり出される真実もまた、すべて知ろうなどと思ってはいけない。幕引きにしなければ。これは、俺のために。

信号が青に変わる。

俺は落ちていく夕日を追いかけ、アクセルを踏んだ。

Order 5　子どもたちの行進

十一月の日暮れは早い。そんなことをしみじみ思うのは、電気をつける時間が長くなってきたからだ。もうまもなく暖房器具も使わざるをえなくなるだろう。水道光熱費がバカにならない季節の到来だ。仕事のない時は、タイムスケジュールを前倒しにして、早々にふとんにくるまるに限る。

というわけで、俺はまだ夕方と呼んでいい時間帯に晩飯を作っていた。そこへ耳慣れたスマホの着信音が響く。フライパンを振りながら、圭介に声をかけた。

「出てくれ」

「えー」

予想していたことだが、不満げな声があがる。

「おっさんの携帯にかかってきた電話だろ？　プライベートの意味わかってる？」

「俺のスマホは半分備品みたいなもんだ。トナカイ運送のチラシにもその携帯番号を載せてあるし——電話に出るだけなら、ロックを解除する必要もない。目の前のテーブルで鳴ってるんだから、出てくれよ。仕事の依頼は逃したくない」

「ゼロ歳企業の悲しき公私混同だな」

それを言うなら、零細企業だ。訂正を口にしたい気持ちをぐっとこらえていると、ようやく油染みのついたソファから身を起こす気配が伝わってきた。

「へー。公衆電話からの着信だぞ。――あー、もしもし？　トナカイ運送社長、神則道の携帯ですけど、どちらさん？」

愛想の欠片もない圭介の口調を、電話相手はどう感じたのだろう？　耳をすませていると、圭介の声がどんどん大きくなった。

「そうだよ。だから、トナカイ運送だよ。え？　何？　聞こえない」

火を止め、仕上げに胡椒をかけて振り返る。圭介のつるんとしたゆで卵のような顔が歪んでいた。

「もしもーし？　何のご依頼ですかー？」

俺はソファの前にまわりこんで、いらつきを隠そうとしない圭介の前に手を差し出す。声には出さず、口だけ動かした。

（代わろう）

「あ、今、社長に代わるんで」

仏頂面の圭介からスマホを受け取ると、愛想よく話しだす。

「どうもお待たせしました。トナカイ運送の神です。お電話ありがとうございます。我が社は移送でしたら、何でも引き受けますよ。急な日程、限られたご予算内でも、誠心誠意、前向きに検討致しますので、まずはご相談いただけると幸いです。いかがでしょう?」

電話口の向こうはしんとしていた。けれどスマホを耳に押しつけると、かすかな息づかいの合間に「イソウ?」とつぶやくのが聞こえる。そのカタカナ発音の単語が「移送」のことだと思い当たった時、再び耳元で声がした。

——移送って、運んでくれるってこと?

その声があまりに幼くて、俺は言葉を失う。ほんの一瞬のことだったが、電話の向こうの相手を怯えさせるには十分だったようだ。

——あ、違う? 間違えた? ごめんなさい。

「いや、何も間違ってない。だから、落ち着いて。まず、名前を教えてくれるか?」

知らぬ間に、幼い者に話しかける言葉遣いになっていたらしい。圭介が目を剝き、(ガキか?)と口の動きだけで聞いてきた。俺はうなずき、手真似でメモとエンピツを所望する。電話口からは再び沈黙が流れていたが、どこかの店のロゴが入ったメモ用紙とちびたエンピツを圭介が持ってくるのを見計らったように、すっと息を吸い込む音がして、幼くたどたどしい声が届いた。

——名前は、小日向比呂。

「小日向君ね。よし。それで、小日向君は何を運んでほしいの？」

——小日向比呂。

ぽつんと落ちた言葉に、俺は姿勢を正し、次の質問は慎重にする。

「君自身ってことか？　小日向君を、どこからどこへ、運べばいい？」

——どこでもいい。ここから遠い場所なら。ここの大人がいない場所なら。

「〝ここ〟って？」

——俺らは〝園〟って呼んでる。でも外の人は〝マナブリッジ〟って。

「マナブリッジ——」

聞き覚えのある名を繰り返した俺の横で、圭介が立ち上がった。

——あ、俺、そんなに長くは話していられなくて。もう帰らなきゃ。あと、またどこかで百円玉を拾わないと、次の電話もかけられない。

残りの通話時間を気にしてか、比呂は早口になる。

——とにかく助けにきてください、トナカイさん。

頼りなげな丸投げを最後に、電話は唐突に切れた。金がなくなり自動的に切れたのか、誰かに見つかりそうになって自分で切ったのか、よくわからない。俺はスマホを掌にのせたままたっぷり三分待ってみたが、公衆電話からの着信音が再び響くことはなかった。

本当に一度きりのチャンスに賭けていたらしい。

キッチンに移動していた圭介が、フライパンから直接箸で食べながら舌打ちする。

「またモヤシだけ炒めか。他の具材はないわけ？」

「ちゃんと仕事して報酬をもらえたら、何でも入れてやる。ピーマンでもニンジンでもベーコンでもウィンナーでも豚バラでもスパムでも」

俺もキッチンへ行き、フライパンを取り上げる。圭介に皿を二枚持ってこさせ、そこにだいぶ冷めてしまったモヤシ炒めを取り分けた。

「じゃあ、金になる仕事を選ぼうよ。ヤバイ依頼とかガキの依頼とか、無視してさ」

並んで立ち食いをしながら、横を向く。目を伏せ、膨れっ面でモヤシを頬ばる圭介の横顔は、五年前の夜とまるで変わらない。身長は三十センチ以上伸びたが、全体の印象は不思議なくらいそのままだ。だから俺は、圭介の中に今もいるであろう、あの夜の痩せた少年に向かって話しかけた。

「電話をかけてきたのは、小日向比呂という名前の少年だ。まだ声変わりしてなかったから、あの時の圭介より年下かもしれないが——圭介と同じ依頼をしてきた」

ハムスターのように頬を膨らませたまま、圭介が俺をじろりと見下ろす。

「同じ依頼って？」

「ここから遠い場所、ここの大人がいない場所に逃がしてほしい、と。彼の〝ここ〟は家庭ではなくマナブリッジという自給自足のコミューンらしいが」

俺は圭介の顔から視線を外して待つ。モヤシ炒めは塩加減がうまくいったおかげで、うまかった。俺が食べ終わるより先に、圭介が空になった皿をシンクに置く。鼻を鳴らしてつまらなそうに言った。

「しばらくモヤシだけ炒めがつづきそうだな」


比呂の電話があった次の日、さっそく俺は馬淵の事務所を訪ねた。

俺が暮らしやすいくらいだから、岬新町は治安がいいとは言い難い町だ。馬淵真澄法律事務所は、そんな町の国道沿いに建つ雑居ビルに入っている。国道をトラックが行き交うたび揺れているような古いビルだ。何年もかかって司法試験を突破して、せっかく弁護士になれたんだから、もう少しまっとうな町に小綺麗な事務所を構えたらいいのにと思わなくもないが、馬淵に言わせれば「大きなお世話」らしい。

雑然として座る場所もないオフィスで、俺は立ったまま事情を説明させられた。いいかげん喉の渇きを覚えた頃、ようやくお茶が出てくる。といっても、500㎖ペットボトルに入ったままのお茶だ。本や書類に浸食され、埃をかぶった小さなキッチンを見やり、俺はやむなしと小さくため息をついた。

ペットボトルを傾けながら部屋をじろじろ眺めまわす俺にはかまわず、馬淵は事務机の上に山積みになっていた書類の束や分厚い本や地図帳を、無造作に脇へ押しやってスペースを作る。腰に手をあて、睨むように俺を見た。

「私が担当してるマナブリッジの案件はね、前に神に話してからほとんど進展がないんだ。役所の管轄になったとたん、子ども達の無戸籍問題もペンディングされたままだよ。行政の上の方から何らかの圧力がかかっているのかもしれない。役所の人間達が単に面倒がっているだけかもしれない。とにかく今の状態はよくないから、どうやって切り込むか考えていたところだったんだ」

そう言うと馬淵はきびすを返し、同じような色と形のファイルが並ぶキャビネットから、迷いなく一冊のファイルを取り出してくる。机の上にできたスペースに広げてみせた。

「小学校からお借りした名簿よ。当然、部外者には見せちゃいけないんだけど——」

「もう十分、渦中にいる」と言って名簿を取り上げようとする俺の手を押さえ、馬淵は澄み切った大きな目で覗き込んできた。

「信じてるからね、神」

その唇がかすかに震えているのを見て、馬淵が自分の正しさの基準を壊せない人間だったと思い出す。資料を部外者に見せることなど、馬淵の中では正しくないことに決まっている。俺は大きく深呼吸してから言った。

「まかせろ」

気持ちは通じたらしい。馬淵の監視するような目がやわらぎ、俺の手を押さえていた力が抜ける。

三十分後、地元の公立小学校六年三組に〝小日向比呂〟という名の少年が在校していることが確認できた。少し離れた場所で別のマナブリッジ関連の資料をめくっていた馬淵に声をかけると、ぼんやりした顔で振り返る。

「こっちの資料によると――その名前の子、これまで何度か警察に保護されては、マナブリッジに戻されてる」

「どういうことだよ？」

俺が眉を上げると、馬淵は手に持っていた資料を机に放り投げ、肩をすくめてみせた。

「神の話とあわせて考えれば、小日向比呂君はずっと逃げたがっているんだろうね。でも、マナブリッジ側から警察に〝未成年者の家出〟と届け出られてしまう」

「なんで家出したくなるのか？　その理由を警察がもっと突っ込めば――」

「警察の民事介入は難しいのよ。まして、いつも家出の届けを出しているのが、彼の両親じゃあね」

「実の両親？」

「もちろん。明らかな虐待や育児放棄の事実が認められない以上、親が十二歳の子どもを探していれば、警察は引き渡すしかない」

「だけど——子どもに〝逃げたい〟と思わせてしまう両親だろ？　何も問題がないとは言えないんじゃないか？」

「個人的には〝そうだね〟って言いたい。でも、弁護士的には〝ケース・バイ・ケース〟としか言えない」

馬淵は悔しげに言って、唇を噛んだ。つらそうな表情のまま言葉を押し出す。

「ただ一つ言えるのは、ここまで〝外〟の世界を求めている子どもはたぶん、マナブリッジ内で相当異端——問題児扱いだろうってこと。居心地は悪くなる一方でしょうね」

「だから警察に見切りをつけて、ウチみたいな怪しげな業者に電話してきたのか？〝助けにきてください〟って」

「きっと、あんた達が配ってるチラシを、どこかで拾ったか見たかしたのよ」

馬淵は小さくため息をついて「やるの？」と俺に尋ねる。

「ああ。依頼を受けたからにはな」

「マナブリッジ——きっと厄介な相手よ。ただの自給自足コミューンとは違う気がしてる」

俺が黙ってうなずくと、馬淵はすっと目をそらした。

「たった一人を助けるために何だってやれるんだよね、神は」

私だってそういう弁護士でいたいのに、とつぶやく馬淵に俺は言う。

「猫が豚でないように、弁護士は運送屋じゃない。適材適所で働くだけの話だ。待ってろよ、馬淵。おまえの出番までつないでやる」

馬淵は黙って聞いていたが、首筋から耳たぶまで一気に赤くなったかと思うと、いきなり背を向けた。俺はその背中に向かって、中学生の時に言えなかった言葉をかける。

「イチゴ味の八ツ橋、本当は俺もみやげに買って帰ったんだ」

「え？」

「うまいよな、あれ。そう思ってたのに、みんなと一緒になって笑って、悪かった」

「それ、本当の話？」

「ああ。馬淵、俺から見りゃ、おまえはいつだって正しい。自信持って進め」

馬淵は「バカじゃないの」と笑ってくれた。


日が暮れて倉庫に帰ると、「おっさんとは別のアプローチでマナブリッジに迫ってみせる」と大見得を切ったはずの圭介は、ソファに寝転がってスマホゲームに夢中だ。

「晩メシにするか」

独り言になることを覚悟してつぶやき、冷蔵庫を開ける。が、もうモヤシすらない。ただの冷えた箱だった。

「晩メシ作んの？　ちょっと待って」

　スマホから目を離さずに、圭介が言う。かまわず棚をあけ、おかずになりそうな缶詰を探していると、ソファから起き上がり「なあ」と声を荒げた。

「待てって言ってんじゃん」

「どうして？」

「それは――」と言葉を切って結んだ唇を、そのまま尖らせる。

「そんなことよりさ、おっさん、俺に聞かないの？　〝マナブリッジの情報は何かつかんだのか？〟って」

　自慢げに小鼻をぴくつかせている圭介の顔を見て、俺はようやく合点した。そしてつい、先回りして口を滑らせてしまう。

「つかんだんだな？　よくやった！」

　圭介が世にもつまらなそうに鼻を鳴らした時、倉庫の出入口で声があがった。

「こんばんは。どなたか、いらっしゃいますかあ？」

　耳を直撃する甲高い声に目を剝いた俺の反応は、今度こそ圭介の望み通りだったらしい。小鼻が膨らんだ。

　いろいろ聞きたい気持ちを抑え、ドア代わりのシャッターを開ける。果たして、頭に浮かんだ人物がそこにいた。

「久住茜音――さん？」

「お久しぶりです」

「えっと、ここへは、圭介に呼ばれて？」

「はい。今までも時々メールをくださっていたんですが――」

「余計なことは言わなくていいから」

　圭介があわてて口を挟む。さらに俺に聞こえるよう「人脈として使えると思って、つないどいただけだし」と言いわけめいた言葉を口にしたが、俺はあえて振り返らなかった。ただ、口元がゆるんだ。

　茜音は「ふえっ」と懐かしい声をあげ、ツインテールを揺らす。

「えっと、今回の件に関しては、わたしもトナカイさんのお仕事を手伝えると思って――」

「今回の件？」

「マナブリッジに侵入するんですよね？　わたしのいた頃と配置や通路を大きく変えたりはしてないと思うんで――園内部の抜け道とか教えられると思います。とりあえず見取図を作ってきました」

「そうか。ありがとう。助かるよ」

　礼を言われたのが照れくさいのか、茜音はうつむいてへらりと笑う。そして「あ、でも、その前に」と急にまた真顔に戻った。

たじろぐ俺の前で、茜音は両手にぶら下げたエコバッグを持ち上げてみせる。

「夕飯一緒に食べましょう。そろそろお鍋のおいしい季節だと、矢薙さんが言ってましたので、材料を買ってきました」

「満点。よくできました」

圭介に褒められ、茜音は尻尾を振る勢いで倉庫の中へ入ってくる。俺と目が合うと、圭介はにやりと笑った。

「なっ？　晩メシの支度はちょっと待って正解だったろ？」

「元クライアントにたかるな」

「あの時にもらいそこねた報酬の一部だと思えば、安いもんだろ。それに——あいつ、今まで生きてきて一度も鍋を囲んだことがないって言うからさー」

俺の視線から逃れるように、圭介はそっぽを向いて早口で言った。

＊

白菜と豚バラ肉に塩とだしの素を投入するだけのシンプルな鍋で腹ごしらえが終わると、茜音は背負ってきたリュックからバカでかい模造紙を取り出した。テーブルに広げて見せてくれる。

　上から覗き込んだ俺と圭介は同時に呻き声をあげた。俺はそのまま腕組みし、圭介がかすれた声でつづける。

「まさか、これが――」

「マナブリッジ内部の見取図です。わかりませんか？」

「まったくわかんねぇよ」

　俺が止める間もなく、圭介が吐き捨てた。鼻白んでいる茜音には悪いが、圭介の言うことは間違っていない。

　あちこちしわが寄った模造紙に書かれていたのは、幼児が落書きした線路――にしか見えなかったのだ。茜音は河原林元という高名な画家の落とし胤のはずだが、そっち方面の才能はまったく受け継いでいないらしい。

　俺はすばやくパーティションの裏にまわり、その存在を忘れかけていたホワイトボードを持ってきた。

「あ、それに見取図を大きく描き直せばいいですか？」

　きらりと目を光らせた茜音を押しとどめて言う。

「いや、久住さんは説明に集中してもらって――描くのは圭介にやらせる」

「俺かよ？」

圭介は最初こそ面倒くさそうな声をあげたが、すぐに深くうなずいた。

「ま、このメンツで絵心があるのは、俺くらいか」

そして茜音の説明を聞きながら、田んぼと畑と雑木林に囲われた広大な敷地の中に、指定されたいくつかの建物をすらすらと描きいれていく。

格段にわかりやすくなった見取図を前に、茜音が左上の角を指した。

「園をぐるりと囲んでいる壁は、手作りのウッドフェンスなんですけど、このあたりの何枚かが外せるようになってます」

「よく知ってんね」

圭介は茜音の指定箇所に丸を描いて黒く塗り潰し、矢印を引っ張って〝出入り自由〟と書き込む。茜音は気まずそうにツインテールを弄くった。

「ええまあ。わたし自身が脱走したくて作った――というか、細工したので」

俺と圭介の視線を受けて、茜音はうつむく。

「ちょうどフェンス作りの担当になれたから、わたしの他にもきっと脱出したい子がいるだろうなと思ってこっそり――すみません」

「謝んなくていいよ。実際、逃げたいやつはいたし、そいつを助けることになった俺達も利用できる。大助かりだ。なあ、おっさん?」

圭介に問われ、「そうとも」とうなずきながら、俺は茜音を見た。細い体に、弱々しい表情、甘く幼い声。生命力に溢れているとは言いがたい女だが、自分の人生を歩きたいという意志は、父親と同様に強いのだろう。

茜音の鮮明な記憶に助けられ、俺らは園内にまつわる多くの情報を得られた。

書き込みがだいぶ増え、黒くなってきたホワイトボードを眺め、圭介が確認する。

「じゃ、小日向比呂は、他の子ども達といっしょにこの〝小学生宿舎〟にいるんだな」

「おそらく。もしくは――」

茜音は左上にある小学生宿舎の建物から斜め下へと指を滑らし、鶏舎の横のエサ置き場と並んで小さく描かれた〝反省室〟をノックするように叩いた。

「こっちに隔離されているかも」

「お仕置き部屋みたいなもんか？」

「ええまあ。園の大人は意地でもそうは呼びませんけど。マナブリッジの理念を理解できない子ども、つまり、脱走を試みる子や園の労働をさぼる子を何日も放り込んでおく部屋です。――地獄のような部屋です」

茜音自身、過去に何度も反省室に入れられたのだろう。ぶるりと震え、身を竦ませた。

「建物内に照明はなく、そもそも人のいる建物からだいぶ離れているから、夜は本当に真っ暗になるんです。伸ばした手が見えないくらいの黒い膜が視界に張ってしまう。あんな恐怖は、他になかなかありません」

「そりゃ、たしかに地獄だ」

狭いところと暗いところを苦手とする圭介の熱のこもった相槌で、茜音は気を取り直したらしい。すっきりした顔を俺に向け、ツインテールを揺らした。

「トナカイさん達が侵入する地点からは〝小学生宿舎〟の方が近いので、まずはそこを見て、いなければ〝反省室〟という順番でいけばいいと思います」

「その他の場所に連れて行かれてるってことは、ないんだな？」

「よほどの緊急事態に当たらないかぎり、ないです。園の子にそんな自由ないですから」

俺は見取図が完成したホワイトボードをスマホのカメラにおさめ、それを拡大して見ながら尋ねる。

「なあ、マナブリッジ内に象徴みたいなもんはないか？」

「ふぇっ？」

目をしばたたく茜音に、言葉を変えて説明した。

「毎朝祈る彫像とか、神聖視されてる鶏とか、何でもいいんだけど」

茜音は舌を軽く嚙んでしばらく考えていたが、右上に描かれた公園を指さした。

「ここに生えている桜の木かな。園の創始者がこの木の下で眠っていたら、マナブリッジの理念の完成形を夢で見たとかで——園の人達は〝マナの木〟と呼んで、大切にしてます。朝会や集会はこの木を中心に行いますし、毎朝、子ども達が当番制で水をかけるんだけど、その水はわざわざ敷地外の井戸水を汲んでこなきゃならないんです」

「井戸？」

「はい。昔は園内にも井戸があったんですけど、干上がってしまっているのと方角が悪いから使えないとかで、わざわざ方角のいい井戸水を。バカみたい」

茜音は甲高い声で吐き捨てた。それから、おずおずと俺を見上げる。

「象徴って、こういうのでいいんですか？」

「十分だ。お釣りがくるくらい、十分だよ。ありがとう」

俺は力強くうなずき、馬渕から聞いて以来ずっと気になっていたことを質問した。

「ところで、久住さんがマナブリッジにいた頃、戸籍のない子どもはいたか？」

「戸籍――ですか？」

茜音は首をかしげた。

「うん。親がいないとか、就学通知が来なくて学校へ行っていないとかの特徴があったと思うんだが」

「園の中では親と子は別々の宿舎に暮らして滅多に会わないし、外の学校には――戸籍のあるなしに関わらず、誰も通ってないです」

茜音は気まずそうに打ち明けてくれる。

「小中学校に通ってないの？　義務教育なのに？　――ま、俺もほとんど通ってないけど」

そんな圭介の言葉に少し頬をゆるませ、茜音はホワイトボード中央の建物を指差した。

「〝学校〟と呼ばれる場所が敷地内にあって、園の子はみんな、そこで教科書にそった勉強をしてたんです。教科書以外の農作や畜産の授業もあったけど」

子ども達全員を等しく家族や外の世界から隔離していたのだとすれば、少なくとも内部で戸籍のあるなしは問題にならなかっただろう。俺が「そうか」と話を終わらせようとすると、茜音はいつもよりさらに甲高い声を発した。

「あ、でも、たまに、子ども達ばかりの集団が入園してくる時がありましたよ。赤ちゃんから二、三歳くらいまでの小さい子達が十人くらい、いっぺんに」

「一度に十人も？　養護施設の子ども達を引き取ったんかな？　おっさん、どう思う？」

「ん――養護施設は、たやすく子どもを引き渡したりしないだろう。まして個人家庭ではなく、マナブリッジのような組織相手におおぜい預けるなんて考えられないな」

圭介と俺のやりとりを聞いて、茜音が遠い景色を見るように目を細めた。

「たしか――子ども達を送ってくる側の顔ぶれは毎回同じで、怖そうな男の人達でした」

「強面（こわもて）の男どもが子どもを引率？　一般的に考えると、珍しい光景だな」

圭介の何気ない言葉に、茜音がはげしくうなずく。

「そうなんです。小さい子とは縁がなさそうな人達ばかりで――あ、別に、いかつい風貌への偏見で言ってるわけじゃないですよ。実際、赤ちゃんが泣いてもあやそうとしないし、子どもを物みたいに扱ってたから」

茜音の頼りなげな瞳の奥にたしかな憤りがあった。

「そんな男達が園内をずかずか歩いたら、他の子ども達だってビビるんじゃないの？」

「園の責任者達が外まで出ていって子ども達を引き取っていたから、男の人達が園内に入ったことはありません。わたしはウッドフェンス担当だから、作業中に外にいる男の人達を見かける機会が何度かあって、その異様さにちょっとびっくりしたというか――」

茜音はいったん言葉を切ると、脳内で再生される当時の光景を追うように宙を見つめて固まる。そしてふいに、「ああ、そうだ」と朗らかな声をあげた。

「その中で一番偉そうな男の人、こびとみたいに小さかったんですよ。それがすごく印象的で、記憶に残ってたんだ」

俺と圭介は同時に身を震わせた。〝一番偉そうな〟〝こびとみたいに小さ〟な男と言われ、俺らの頭に浮かぶ人物は一人しかいない。

「その男達って、ひょっとして――」

圭介に勢いよく肩をつかまれ、茜音は後ずさった。その表情を見て、圭介は我に返ったらしい。茜音から手を離し、「何でもない」と背を向けた。俺は胸を撫で下ろし、こっちをちらりと見た圭介に小さくうなずいてみせる。

俺達の顔色が変わったことをどう受け取ったのか、茜音は恐縮したように頭を下げた。

「すみません。漠然とした情報ばかりで」

「いや。すごくいい情報をもらったよ。ありがとう」

俺は自分の声が空々しく響くのを聞きながら、茜音に笑顔を向けた。圭介も「よくやった」と茜音を褒め称えている。たぶん俺らは同じ気持ちだ。ようやく借金から自由になった茜音に、桜花連合の名前を出して再び怖い思いや余計な憂いを抱えさせたくない。

その夜遅く、茜音は「明日も仕事だから」と最終電車に乗って帰っていった。

別れ際、俺と圭介があらためて礼を言うと、茜音は嬉しそうに頬を染めた。彼女がこの先、鍋を囲むこと以外にもたくさんの〝自由〟や〝楽しみ〟を知れるといい。

＊

決行日と決めた十一月最終週の月曜日は、朝から晴れていた。

前日までに園の周囲を車や徒歩で下見した感じでは、さほど見張りを強化している気配はない。外との交流もゆるやかに存在するようだ。園で取れたらしい農作物を、正門近くで外の人相手に販売しているところを見かけた。買い物をしていた人達にあとから聞いたのだが、郵便配達員や宅配業者は正門から敷地内に堂々と入っていくらしい。

「閉ざされた門ってわけではなさそうだ」

「近所に疎まれすぎても、やりづらいだろうしな」

俺の言葉にうなずいてから、圭介は洗濯したばかりのデニムのつなぎに袖を通した。

「じゃ、案外うまくいくかもよ？　俺らの計画」

「油断禁物だぞ。完璧な計画を実行するのは、不完全な人間達なんだから」

「わかってるよ。おっさんはことわざが好きだな」

「別にことわざではないんだが」

俺の訂正を軽々と無視して、圭介は口笛を吹いた。その上機嫌さは、緊張の裏返しだ。やがて緊張に耐えきれなくなったのか、何枚ものチラシとスマホをテーブルに並べて考えている俺の後ろから、「なあ」と少しかすれた圭介の声がかかった。

「マナブリッジは、本当に桜花連合とつながっていると思うか？」

茜音の目撃談から俺らが想像した通り、桜花連合が戸籍のない子ども達をマナブリッジに引き渡しているのだとしたら、間違いなく「つながっている」だろう。俺が黙っていると、圭介は勝手に察して、小刻みにうなずく。

「そりゃつながってるよな。吉栖が出張ってくる案件だもの。ずぶずぶだよな」

「どうやら俺ら、桜花連合と御縁があるらしい」

「腐れ縁かよ？　俺は嫌だね。絶対嫌だね。そんな縁、切ってやる。今回ですっぱり切ってやる」

　圭介は息巻いてみせたが、ミントタブレットを口に放り込む手ははっきり震えていた。

　事前の準備を終えて、マナブリッジの近くに車を停めたのは十七時過ぎだ。十一月の太陽はすでに落ちていた。

　俺と圭介は茜音が細工したという外せるフェンスに一番近い雑木林に、ひとまず身を隠す。

「しずかだな」

　薄い色の夜空にいくつか光っている星を眺め、圭介がささやく。そのしずけさを何かの予兆に思うのは、ナーバスすぎるだろうか。俺はなるべく明るい声で「このへんは西桃太の僻地(へきち)だからな」と笑い飛ばした。息はまだ白くないが、日が落ちて、気温が一気に下がっていくのがわかる。

　圭介がデニムのつなぎのポケットからスマホを出し、時刻を確認した。

「そろそろか？」

「だな」

俺の声にかぶさるように車のエンジン音が近づき、雑木林の前を通り過ぎていく。国道をおりてマナブリッジの正門へとつづく舗装道路はここだけだ。つまり、マナブリッジに用事のある車は、すべて俺らの前を横切ってくれるため、見落とさずにすむ。

「〈風来軒〉通過」

車体に書かれた店名を読み上げ、圭介はスマホのメモ機能で作ってある表にチェックを入れた。表には十ばかりの店名が書き込んである。いずれもこのエリアへの配達が可能な宅配店ばかりだった。

「〈フラワーショップあいざわ〉通過」

「――なんて読むのかわからない店の車が通過」

「Sole di domenica(ソーレディドメニカ)だよ。たしかイタリア料理の惣菜(そうざい)屋だったはず」

「へー。あ、〈おしくら寿司〉通過」

中華料理の〈風来軒〉を皮切りに、間を空けることなく一台また一台と、車やバイクが通っていく。日本の宅配業者は優秀だ。各店が提示した到着時間の読みは、だいたい正しかった。おかげですべての宅配が、ほぼ同時にマナブリッジに到着してくれる。

車のラッシュが一段落して、俺らは耳をすませた。かすかに、マナブリッジの方から複数の大人達の声が聞こえてくる。外に出ている人間が増えてきているのだろう。本来は、ほとんどの者が宿舎にいる時間だから、これは異例と言えた。異例の原因はもちろん、いきなりやって来た宅配業者達だ。ひいては、マナブリッジの名を騙って各店に注文をした俺らのせいだった。

「宅配のみなさんには悪いことをしてるな」

俺がつぶやくと、圭介が「まだ言ってるし」と舌打ちする。

「二人でしつこく考えて、この計画しか突破口はないって納得したはずだろ？　この仕事が終わったら、注文分の代金を各店にこっそり届けるんだろ？　それでいいじゃんか」

「それでも――」

「あーはいはい。うるさい。うるさい。今のうちに突入だ」

圭介はおもむろに立ち上がり、赤いキャップを目深にかぶると、用意しておいた平たい箱をいくつか抱えて雑木林を抜け出た。俺も揃いのキャップをかぶり、あとにつづく。

根元に目印代わりの小石が置かれたフェンスを左右に揺らすと、簡単に地面から抜けた。そこから音を立てずに忍び込む。茜音の助言通りにまずは小学生宿舎に向かう途中、圭介は「走りづらい」と文句を言い、抱えていた箱のほとんどを俺に持たせた。

茜音の話では、小学生宿舎にいる大人は〝オブザーバー〟と呼ばれる男女一名ずつだけらしい。

俺はあらかじめ決めておいた分担通り、圭介をドアの前に立たせて脇へ隠れる。圭介は俺の腕から平たい箱を二つ取って、ドアをノックした。

「ちわっす。〈ピザホット〉でーす」

徐々に色を濃くする宵に、圭介の白々しいほど明るい声が響く。

ドアが開く。そこまでは想定内だったが、次に聞こえてきた言葉に耳を疑った。

「ピザなんて頼んでないぞっ」

絶叫に近い怒声だ。見つかるのも厭わず一歩前に出ると、圭介が男性オブザーバーによって羽交い締めにされているのが見えた。わざわざ本物を入れて持ってきたピザの箱は床に落ち、中身が飛び出してしまっている。玄関の奥がすぐ食堂になっているらしく、子ども達が目を丸くしてうかがっていた。

「どうやってここまで入りこんだ？　さてはおまえが店屋物騒ぎの首謀者だなっ」

正解です、と圭介がバカ正直に答えるわけない。

大人が彼一人しかいないことをたしかめ、俺は夢中で駆け込んだ。男の後ろにまわりこみ、腕の自由を奪う。

「あっ。何だ？　仲間がいたのか？　くそっ」

俺を振り払おうと、男がもがく。力は男の方が断然強く、俺は男をおさえているのか、振り落とされないようつかまっているのか、よくわからない体勢になってしまった。そのまま叫ぶ。

「プランBだ！」

「了解」

　俺の言葉に気を取られて一瞬力が抜けた男の腕を解き、圭介が逃げだす。そのままドアを抜け、闇の中へと消えていった。

　プランBといっても、たいした作戦ではない。最初にやろうとしたプランAとは逆に、圭介が反省室、俺が小学生宿舎を担当することに変更したというだけだ。けれど時として、もったいぶった言い方は、相手の精神状態に負荷をかけることができる。

「もしかして——他にも仲間がいるのか？」

　男の顔が引きつり、力がさらに弱まった。その隙に、俺は男を地面に突き倒し、結束バンドで腕と足をすばやく拘束する。文字通り手も足も出なくなったのを確認してから、食堂へと駆け込んだ。横開きのドアを閉じて、暖炉の脇に積んであった薪何本かでつっかえ棒をしたあと、子ども達の方を振り返る。色とりどりの野菜とうまそうなにおいがする肉が並んだ食卓につい注意がそれる俺を、子ども達の目がいっせいに捉えた。

「あ、すまん。食事中に騒いで申しわけない。小日向比呂君、いたら返事をしてくれ」

　俺はキャップを取って、子ども達に謝りながら呼びかける。反応はない。同じ言葉を二回繰り返すと、一番近くの席に座っていた眼鏡の少女がおずおずと口を開いた。

「今、ここにはいません」

「じゃ、反省室か？」

眼鏡の少女は黙り込む。やけに事情通の不審者に恐れを抱いたのかもしれない。すると、少女の隣からいがぐり頭の少年が身を乗り出し、鋭い目で俺を見上げた。

「何者だ？」

「逃がし屋トナカイ。小日向比呂から電話をもらって、やって来た」

一か八か正直に答えてみる。いがぐり頭はしばらく考え込んでいたが、急にその目が丸くなる。何か言いたげに、短く息を吸い込んだ。

「どうした？」と聞く前に、耳の後ろをしたたか殴られていた。視界がぐにゃりと歪み、たまらず床に突っ伏す。

「みんな静かに。立ち上がって、食堂の隅に移動して。今、応援を呼びます。強盗には絶対近づかないで。ほら！　早く立ちなさい」

女の甲高い声がした。もう一人の大人のオブザーバー登場か。食堂のどこかに隠れていたらしい。女は手に持っていた薪を遠くに投げ捨て、スマホを取りだした。暖炉用の薪は棍棒（こんぼう）代わりにもなるのかと感心したとたん、耳の後ろから後頭部にかけて激しい痛みが襲ってくる。

「あ、もしもし、こちら――」

電話がどこかにつながり、女が話しだす。俺は観念して目をつぶったが、次に聞こえたのは俺を突き出す言葉ではなく、「ぎゃっ」という女の低い悲鳴だった。

あわてて目を開くと、女が額から血を流して、俺と同じように床に倒れている。俺は自分の痛みも忘れて身を起こし、叫んだ。

「おい、大丈夫か?」

乾いた音を立てて薪が転がる。そちらを見ると、さっきのいがぐり頭の少年が目を丸くみひらいたまま、肩で大きく息をしていた。女性オブザーバーを殴った張本人らしい。

「大丈夫か?」

今度の「大丈夫か?」は、いがぐり頭に向けて言う。さっきよりずっとしずかな声で慎重に聞いてみた。いがぐり頭は俺と視線を合わせ、ゆっくり口を開く。

「死んじゃった?」

「――いや。額から血は流れているが、生きてる。この血もじきに止まるはずだ」

俺は女の呼吸が規則正しいことを確認してから、つなぎのポケットに入っていた大きめの絆創膏を額の傷に貼り付けた。絆創膏はすぐに血で赤くなったが、溢れてくるほどではない。正直、生死の保証なんて専門外だ。ただ、いがぐり頭のためにも、女には生きていてほしかった。

「な?」とわざと軽く言ってみせると、いがぐり頭はほっとしたように息を吐く。そして真剣な目で俺の前に進み出た。

「トナカイさんに電話したの、俺なんだ」

「え？」

「小日向比呂を助けてほしくて、電話した。あいつは、俺の友達だから」

俺は目の前のいがぐり頭の声を反芻する。言われてみれば、声変わり前の幼い声には聞き覚えがあるような気もした。

「本当に来てくれたんだね」

「引き受けた仕事はちゃんとやる」

いがぐり頭は何度もうなずき、両手を顔の前で合わせた。

「ねえ、比呂と一緒に俺達も逃がしてくれない？」

「俺達？」

女性オブザーバーに言われるがまま、食堂の隅にかたまっていた子ども達に、いがぐり頭の視線が飛ぶ。

「ハーメルンの笛吹き男になれってか」

「お願いします。ここで暮らしていると、学校にも行けないんだ」

「——わかった。一緒に逃げよう。ただし、ここを出られたら、みんな別々の施設に入れられることは覚悟しておけよ。それと、ハードな逃げ道だから、ちゃんとついてこい」

　俺はそう言って、茜音が教えてくれた情報を元に考えてあった脱出経路を見る。十一月でよかった。もう少し寒くなっていたら、ここは熱すぎてとても通れなかっただろう。

「まずは、この暖炉の煙突をのぼって屋根に出るぞ」

　ひるむかと思ったが、子ども達は「はい」と律儀に返事をして、暖炉の前に並びはじめる。言った俺の方がむしろ動揺してしまった。いがぐり頭にささやく。

「おい。小さい子もいるけど、大丈夫か？」

「ふだんの労働でもっと暗いところも、もっと狭いところも、もっときついところも、のぼらされてるから大丈夫」

　いがぐり頭は淡々と答えた。その口調には、悲しみも憤りもない。ただ事実として、日常の過酷さが告げられる。俺はしばし言葉を失ったが、気を取り直して「じゃ、行くぞ」と声をかけた。

　俺がしんがりを務め、途中で力尽きた小さい子らは肩車で押し上げながら暖炉の煙突をのぼってゆく。幸い煙突の幅が狭く、内側に凹凸のある細工が施されていたため、アスレチックの要領で両手両足を突っ張って、少しずつのぼることができた。煙突の掃除が行き届いていたことも幸いし、思ったほど煤だらけにならずにすむ。

煙突の口を跨いで屋根におりる。スレート屋根で、傾斜はさほどきつくない。俺は子ども達に四つん這いになるよう指示して、小さい子らを自分の手が届く範囲にかたまらせた。

　足を滑らせないよう用心しながら時間をかけて屋根の上を移動し、雨樋をつたって建物の裏におりると、俺は子ども達に例の抜け道を教え、「雑木林の中で隠れているように」と指示した。小さい子らは不安そうだったが、眼鏡の少女が率先してなだめ、まとめてくれる。

　いがぐり頭だけは「比呂を探すのを手伝いたい」と志願して残った。

「園のことを知ってるやつがいる方が、トナカイさんもいいでしょ」

「ああ、助かる。よろしくな」

　俺はいがぐり頭と並んで一路、反省室へと向かう。なるべく陰を選んで、暗闇の中を進んだ。

「小日向君はずっと反省室にいるのか？」

「うん。全然出してもらえない。俺、このまま比呂が死んじゃったらどうしようって――」

　いがぐり頭は細い腕でぐいと目をこすった。俺はその肩に手を置き、さすってやる。

「しかし、どうして電話で小日向比呂の名前を騙った？　ややこしくなるだけだろう？」

「だって、トナカイさんに名前を聞かれて——俺は持ってないから」

「持ってない？　名前がないのか？」

「うん。園の人達は〝ミツル〟って呼ぶけど、本当の名前じゃない。苗字もない。俺には親がいないから」

無戸籍者か？　俺はいがぐり頭の顔をまじまじと見つめた。いがぐり頭はくすぐったそうにそっぽを向き、「だから俺、比呂が考えてくれたあだ名を名前にしてる」と言う。

「何て名前？」

「悟空（ごくう）」

「え」

「悟空。強いやつの名前だって、比呂が教えてくれたから」

「あ、ああ。まあ。そう——だな」

俺があわててうなずくと、悟空は満足げに笑った。そして、俺らはようやく反省室のある建物に辿り着く。

見張りがいないかたしかめるため、建物にへばりついて正面玄関をうかがう悟空の背中に、俺は問いかけた。

「親から名前をもらえなかった子どもは、ここに何人くらいいるんだ？」

「ん、百人くらい？　園にいる子どもの半分はそうだよ」

予想以上の数字があっさり飛び出し、俺は息を詰める。桜花連合は一体どこからそんなに大勢の無戸籍者を集めてくるんだ？　めまいがした。

「ラッキー。見張りがいないよ。今なら正面突破できそう」

言いながらすでに走り出している悟空を追いながら、俺はまず小日向比呂の救出に集中しろと自分に言い聞かせる。先に乗り込んでいるはずの圭介の行方も心配だ。

玄関から堂々と反省室に入ったが、本当に誰の姿もなかった。店屋物騒ぎの——ひょっとしたら小学生宿舎の惨状にも気づいて——対応に追われているのだろう。照明器具のついていない暗い廊下が長々とつづく。夜目がきく悟空は物音を立てず、躊躇することもなく、すいすい歩いた。廊下に並んだ木のドアを順番にノックしていくが、いずれも反応がかえってこない。とうとう最後まで人の気配を感じられずに終わった。

「小日向君も圭介もいない。どこに連れていかれたんだ？」

俺が混乱していると、悟空は地面に目を落とす。

「もしかしたら、あそこに——」

言うが早いか走り出した。ちょっと待て、と声をかける暇もない。闇に慣れていない俺は、つまずきそうになりながらよく見えない目をしばたたいて追いかける。

悟空は、廊下の突き当たりの壁の前で待っていた。すぐ後ろが二階への階段になっているため、上方が斜めに切り取られたデッドスペースに見えるが、壁には小さなドアがついている。小学生でもしゃがまなければくぐれないほどの小さなドアだ。

「物置？　それとも部屋？」

俺が尋ねると、悟空は生真面目な顔のまま「懺悔室だよ」と答えて、ドアを開ける。暗い廊下に目が慣れてきていたはずだが、ドアの向こうはさらに漆黒の闇だった。何も見えないと言おうとして、奥の方に薄ぼんやりと闇の濃度の違う箇所があることに気づく。そこを視線でなぞると、細い長方形が浮かび上がってきた。

「あそこは――窓？」

「そう。覗き窓。マナの木が見えるでしょ？」

マナの木とは、たしか公園に植わっている桜の木の別称だったはずだ。園の創始者がその木の下で夢を見て、マナブリッジの構想が固まったらしいが、覗き窓の向こうにひょろりと立つそれは、桜の木以上でも以下でもなかった。

一段階濃い闇にようやく慣れると、天井が斜めに下がった懺悔室の小部屋に小さなローテーブルを挟んで座布団が二枚置かれているのが見えた。懺悔する者と聞く者が向き合うのだろう。

「オブザーバーに懺悔するのか？」

「違う。懺悔は自分自身にするもの。みずからのセキニンを問いつづけるんだって」

悟空はおそらく大人から聞いたままの言葉を、理解することなく言い放つ。そしてテーブルの下から何かを取り出し、かぶった。それは黒一色に塗り潰された般若の面だった。小さい子なら、それだけで泣いてしまいそうなビジュアルだ。

「このお面をかぶった大人が聞いてくれる。というか、罪も秘密も何もかも聞き出すまで、懺悔室から出してくれない。お面の中は園の大人のはずなのに、俺ら自身のペルソナだって言い張ってる。サンタクロースはいないけど、ペルソナはいるんだって」

悟空はそこで面を放り投げ、「まったく意味がわかんない」と言い捨てた。

「俺もだ」

心からの同意を示すと、悟空は「絶対逃げてやる、こんなところ」とつぶやき、ローテーブルを端に寄せる。床下収納庫のような扉が現れた。

「懺悔が足りなかったり、反省が足りなかったりすると、ここが最後の場所になる」

「この地下が?」

「〝地下牢〟だよ。トナカイさん、いっしょに持ち上げてくれる? この扉、すごく重たいんだ」

俺はすぐさま手を貸す。たしかに扉は重く、なかなか開かなかったが、歯を食いしばり、どうにか持ち上げた。湿気と黴（かび）の匂いがむわっと広がり、俺は反射的に鼻と口をふさぐ。そのまま身を引いてしまいたい気持ちを抑えて、〝地下牢〟と呼ばれる場所を覗き込んだ。

そこは、ただの穴だった。簡易的に掘っただけの、泥と虫と黴に覆われた暗い穴。拭っても拭っても、俺の頭に「土葬」の二文字が浮かんできてしまう。

「神さん？」

穴の下から、圭介の弱々しい声がした。

「圭介！　大丈夫か？」

「――バカか、おっさん。大丈夫なわけないじゃん。俺は閉所恐怖症と暗所恐怖症なんだよ。助けに来るのが遅すぎるっつーの」

圭介は精一杯いつもの調子で軽口を叩いたが、その声は震えている。手を差し出そうとする俺の横から、悟空が身を乗り出した。

「比呂！　生きてるか、比呂！」

「僕なら平気。お腹が空いてるだけ」

穴の奥から、変声期の少年特有のひしゃげた声が響く。

「比呂、俺の肩に乗れ。先に出してやる」と圭介が担ぎ上げてきたのは、病的に痩せ細った一人の少年だった。俺はあわてて抱きとめたが、その体があまりにも軽くて不安になる。

「一体何日いたんだ、この中に？」

「んー。十日かな。地下牢で昼夜がよくわかんないけど」

「まさかその間ずっと、何も食べてないとか？」

「水は飲めたよ。好きなだけ」

比呂ははきはきと答え、目の奥の力も失われていなかったが、少し話しただけで息切れを起こした。つづいて自力で出てきた圭介が、泥だらけのつなぎをうらめしげに見下ろし、俺を急かす。

「よーくわかったろ？　ここのやつら、まともじゃない。さっさと逃げよう」

その言葉が終わらぬうちに、入口の方から複数の声が聞こえてきた。何を言っているかまではわからなかったが、ところどころ「小学生宿舎」「侵入者」などの単語が聞き取れた。俺らの仕事がバレたらしい。

「どこから逃げる？」と慌ただしく周囲を見回す俺に、圭介が話しかけてくる。

「なあなあ、おっさん。俺がどうやって小日向比呂を見つけたか、わかる？」

「そんなことより今はまず避難経路を――」

「おっさんはせっかちだなあ。まあ聞けって。俺がね、反省室に向かってたら、途中にある井戸から声が聞こえてきたわけよ。〝助けて〟ってさー。覗き込んだら空井戸で、声だけが聞こえてくる。姿は見えない。俺、仕方ないから近くの木にロープを縛って降りたよ。死ぬ思いで井戸の底まで。久住茜音の言ってた通り、水は干上がって底が見えていた。だから、横の壁に通路が作ってあるのも見えた。久住茜音も知らなかった秘密通路発見だ。もともとは井戸水をひく水路だったのかもな。まあ、とにかく、声はその奥から聞こえてきてたんで、俺はトンネルをくぐるみたいにして、四つん這いでその通路を進んでいった。暗くて狭い通路をじりじりとな。そしたら、ここに出た」

俺は圭介とやつが出てきた穴を見比べて尋ねる。

「じゃ、この穴から通路を通って、地上に逃げられるんだな？」

「ま、そういうこと。暗くて狭いところは二度とごめんだと思って、おっさんの助けを待ったけど、反省室側から出られなくなったんじゃ仕方ないよな」

圭介はため息をつき、ふたたび軽やかな身のこなしで穴に飛び込んだ。俺は比呂を背におぶってつづき、最後に悟空がローテーブルをなるべく自然に見える位置に戻してから〝地下牢〟の穴に入り、扉を閉めた。開ける時と違い、軽く触れただけで簡単に閉まってしまう。たちまち暗闇と黴臭さが戻ってきて、前を行く圭介が体を硬直させた。

いくら軽いとはいえ比呂をおぶったまま、井戸にたらしたロープをよじ登るのは至難の業だった。俺はアスリートでも超人でもないのだ。ましてスーパーサイヤ人のわけがない。先に登った圭介が地上からロープを引っ張ってくれて、本当に助かった。

全身の筋力を持っていかれた俺と圭介が井戸の脇でしばらく動けずにいると、悟空が脇にしゃがみ、けろりとした顔で聞いてきた。

「次は何する？」

「次？　次はな――」

俺はぜえぜえ息を荒げたまま、ポケットから発煙筒を取り出す。

「これに点火して、公園の桜の木の近くに置いてこられるか？」

「マナの木に火をつけるの？」

「いや、火をつけたと思わせるんだ。本当に傷めつけやしない。木に罪はない。少し時間を稼がせてもらうだけだ」

「わかった」

悟空は神妙にうなずくと、俺から発煙筒の使い方を聞いて、三十メートルほど離れた公園に走って行った。

その間に俺は馬淵に電話をかけ、マナブリッジの子ども達を保護した旨を告げる。もう夜も遅かったが、馬淵は当たり前のように事務所にいて、俺が子ども達の人数と彼らが潜む雑木林のだいたいの位置を告げると、またもや当たり前のように「地元警察と連携して、すぐに子ども達を迎えに行く」と請け合ってくれた。

――私が責任を持って引き受けるから、保護したあとのケアはまかせて。

「ああ、頼んだ。特に小日向比呂は衰弱がひどい。医者の用意も必要だ」

馬淵は痛ましそうに言葉をのんだが、またすぐ口を開く。

——わかった。それで、神達は？

「俺達はどうにでもなる。気にすんな」

——それも、適材適所ってやつ？

「まあな。だから馬淵は、弁護士の仕事を華麗にキメてくれ」

馬淵は了承の返事の代わりに「バーカ」と言って電話を切る。

ほどなく悟空が戻ってきた。背後でさっそく大きな煙があがりはじめる。

俺は圭介に声をかけ、再び走る準備を整えた。

「狭いところ、暗いところ、走ること——くそっ。俺の大嫌いがもりだくさんな夜だ」

「まったく長い夜だよな」

圭介の愚痴を流し、比呂をもう一度おぶって走り出す。目指すは、歯抜けのウッドフェンス。そこから園を脱出する。

俺は悲鳴をあげかけている腰と膝に「粘れ」と声をかけた。

まず圭介がウッドフェンスの抜けた空間から外に飛び出し、俺の背から比呂を抱き取る。

「よし。次、悟空が抜けろ——」

軽くなった背を伸ばして振り返ると、すぐ後ろをついて来ていたはずのやつの姿がない。

「悟空！」

俺の声の響きで異変を感じたのか、雑木林に向かっていた圭介と比呂も振り向いた。

「悟空、いないの？」

圭介におぶわれた比呂が焦った声で尋ねる。俺は歯を食いしばり、笑顔を作ってみせた。

「大丈夫。すぐに見つけてくる。小日向君は一足先に、雑木林のみんなと合流させてもらえ。圭介、頼んだ」

「でも、神さん――」

言いかけた圭介の声にかぶせるように、比呂が「わかった」とうなずく。その素直さに驚く俺を、比呂は真剣な目で見つめた。

「穴の中で、圭介さんが話してくれた。神さんは絶対に助けにきてくれるって」

「比呂、黙れ」

圭介が警告のように声をあげたが、比呂は喋りつづける。

「圭介さんは昔、家の人にたくさん殴られていたんでしょう？　ごはんも食べられなかったって聞いた。暗くて狭い押し入れに閉じ込められて、まるで〝地下牢〟にいるみたいな生活だったたって。だからチラシを見て、逃がし屋トナカイに電話した。そしたら神さんが助けにきてくれたんだよね。神さんが〝大丈夫〟って言えば本当に大丈夫。〝助ける〟って言ったら本当に助けてくれる。信じていい大人だって、圭介さんは教えてくれたよ。だから、僕も信じた。そしたら、やっぱり神さんは助けに来てくれた」

「比呂うっさい。もう喋んな。体力なくすぞ」

「神さん、悟空のことも絶対助けてくださいね」

「――約束する」

俺がうなずくと、比呂をおぶった圭介は雑木林に向かってきびすを返した。

＊

元来た道を引き返していると、「トナカイさん」と声がかかった。

「悟空か?」

闇に目を凝らす。悟空らしきいがぐり頭の少年が、十メートルほど先に倒れているのが見えた。あわてて走り寄り抱き起こそうとしていると、背中に冷たい物が押しつけられる。

「さっき呼んだのは、私。この子はひどい興奮状態だったから、麻酔を打たせてもらいました。二、三時間で目覚めるわ。安心して」

聞き覚えのある声だ。俺はとっさに振り返る。拳銃をかまえた夕花とまともに目が合った。

「何でこんなことを――」

「それはこっちのセリフ」と苦笑する彼女は、闇にまぎれるためか、黒のアノラックに黒いスウェットパンツをあわせ、黒いキャップをかぶっている。化粧もいつもより薄めで、表情に覇気がない。今まで見た中で一番冴えない姿だった。

「迷惑な大量注文にはじまって、マナの木のぼや騒ぎに子ども達の集団失踪――今夜、マナブリッジの人達は大わらわよ。今、集会室で今後の対応について話し合ってるわ」

「仕方ないね。こっちも仕事だ。その子に〝逃がしてくれ〟と頼まれた。あんたは何だ？　マナブリッジが桜花連合に泣きついた結果、吉栖の命令で事態の収拾に乗り出したか？」

「私は自分の意志で、子ども達を保護しに来たの。でもどうやら遅すぎたみたい。トナカイさん達に攫われてしまった。確保できたのは、たった一人――」

夕花は地面に横たわる悟空を見つめ、しずかに言う。俺がすかさず問うた。

「どこへ保護するつもりだった？　無戸籍の子ども達ばかりを集めている施設か？　それは本当に保護なのか？」

夕花は黙って俺を見つめる。その目は澄んでいて、何も映していない。必要とあれば、死ぬまで何も喋らないでいられる女なんだろう。

俺は唇を湿らし、桜花連合とマナブリッジのつながりを知って以来、ずっと頭の隅に浮かんでは打ち消してきた一つの可能性を口にした。

「〈たまきクリニック〉に連れていくつもりだな?」

夕花は身じろぎもしない。そんな夕花に向かって、俺は話しつづける。

「桜花連合が日本人の子どもの斡旋をするなら、どこと組むか? 考えてみた。公的な養護施設はまず無理だろう。たとえ内部の誰かが個人的に桜花連合に通じたとしても、少なくない数の子ども達を施設から連れ出した時点ですぐにバレるはずだ。現実的じゃない。あれだけの数の子ども達を恒久的に提供しつづけることを考えたら、一般家庭という線も消える。だったら、残るはどこだ? 周囲に不審がられることなく、大勢の子ども達を自由に手に入れたり手放したりできる施設は?」

夕花が黒いキャップを脱いで、髪を払った。首をかしげて微笑む。

「〝産院〟って言わせたいの? たしかに、あそこでは赤ん坊がほぼ毎日生まれてくるし、健診などで訪れる子も多い。けど、親が我が子をそう簡単に手放すかな? 親の目を盗んでってことになると、それこそ誘拐事件になっちゃうよ?」

「親が我が子の存在を知らなければ、どうだ? 世の中には、生きて生まれてこられなかった赤ん坊の遺体と、対面したがらない親もいる。そんな親達が、産婦人科の医師から中絶手術の成功や死産を告げられたら、どうだ？　妊婦もその家族も信じないか？　実は赤ん坊が生きていて、産院の離れだか別荘だかでこっそり育てられ、時期がきたらどこかに売り払われるなんて、夢にも思わないだろう？」

俺のこの推測を聞いて、夕花の顔から微笑みが消えた。しばらく逡巡したあと、眉を上げて言い放つ。

「毬子先生は、子ども達にとってよりよい環境を探してあげただけよ」

「よ、よりよい？」

聞き返すと、夕花は鼻を上向かせたままうなずく。

「そう。親になれない親の元にいるより、ずっとよい環境」

「待てよ。よいかよくないかは、子ども自身が決めることだろ」

その反論がよほど滑稽に聞こえたのだろう。夕花は憐れむように俺を見た。

「家庭において圧倒的な弱者である子ども達に、環境を選ぶ力があると本気で思ってる？　深く考えずに妊娠して、生んではみたけど育てられなくて、うまくいかない毎日のストレスを子どもにぶつける親がどれだけいるか、知ってる？　せっかくもらった命を、与えてくれたはずの親に取り上げられる子ども達がどれだけいるか、知ってる？」

俺がすぐに言葉を継げずにいると、夕花はずっと握ったままだった拳銃を、再び俺に向ける。

「まいったな。トナカイさんがここまで鋭いとは思わなかった。私の調査不足だね」

「知りすぎたやつを消すために、そんな物騒な物を持ってきたのか？」

　俺の言葉に、夕花はあっさりうなずいた。

「うん。でも私のこと好きでいてね。ずっとね――」

　生気のない黒目のような銃口が、俺の心臓を狙って、じりじりと上を向く。拳銃の知識は皆無だが、それがモデルガンなどではないことは、夕花の表情を見ればわかった。

「うー、わんわん」

　大きな声が、俺の背後であがる。その犬の声真似のクオリティの低さに、俺も驚いたが、夕花の目も一瞬泳いだ。そこへスマホの強烈なライトが照射する。あまりの眩しさに、拳銃を持つ夕花の手元がふらついた。

　その隙を逃さず、俺は夕花に飛びかかる。隣を見れば、長い足で拳銃を蹴り落とし、夕花の両手の自由を奪おうと格闘している圭介がいた。

「悪ぃ、神さん。だいぶ前からそっちの物陰に隠れてたんだけど、何せ相手は拳銃持ってるじゃん？　迂闊に飛び出して撃たれるの嫌じゃん？　おまけに興味深い真相がどんどん明らかになるじゃん？　で、助けに入るの、ギリギリになっちゃった」

「いや。なかなか最良のタイミングだったんじゃないか？　犬の鳴き真似含めて」

「うるせーわ」

　二人ともたいして腕力のある方ではないが、丸腰の女一人に対して男二人がかりだ。どうにか夕花の両手を縛り上げることができた。結束バンドはかたすぎるので、荷造り用の紐を用いた。夕花が男顔負けの力自慢や武道の達人でなかったことを、素直に喜びたい。

　後ろ手に縛られ、まだ目覚めない悟空共々俺らの車に乗せられた夕花は、案外落ち着いていた。

「私を、毬子先生をおびき出すエサにするつもり？」

「吉栖のスパイがエサになるといいんだがな」

　俺の言葉に、夕花は強い不快感を表した。

「逆だよ。私は毬子先生に言われて、桜花連合の吉栖に近づいただけ」

　ラバーズで見た吉栖の性的倒錯とも言うべき行為を思い出し、俺は目を伏せる。

「田巻は――あんたが吉栖にされていることを知ってるのか？」

　夕花は答えない。その態度こそが、俺の質問に対する「イエス」なのだろう。

「田巻の命令を、理不尽に思ったことは？」

「ないわ。子ども達の未来のためだもの。大人として、ある程度の犠牲は免れられない」

夕花は陶然と言いきった。

「あんたらに勝手に選別された女達が、何も知らされないまま自分の子どもを盗まれたり、望んでもいない妊娠をさせられたりするのも、〝ある程度の犠牲〟だとか言うつもりじゃないよな?」

圭介の質問には怒気がこもる。湯澤華弥や南波玲奈の顔がよぎったのだろう。夕花は聞こえていないように横を向き、その質問にも答えなかった。

国道に入ろうとした時、十台ほどのパトカーとすれ違う。マナブリッジの者達と押問答があるにせよ、突入までそう時間がかかるとは思えなかった。雑木林の子ども達も無事保護されるはずだ。俺はアクセルを踏む力を込めて、パトカーから遠ざかる。

俺らなりの決着をつけるまで、誰にも——警察にも——邪魔されたくなかった。

*

〈たまきクリニック〉の裏にまわり、〝非常用〟と書かれたインターホンを押す。ほどなく電子ロックの解除音が響き、白衣姿の田巻自身がドアを開けた。いつもの親しみやすい笑顔のまま、俺と圭介と夕花そして圭介におぶわれた悟空を素早く見回し、舌打ちする。あらためて夕花に視線を投げた。

「他の子ども達は？」

「警察に保護されてしまいました。すみません」

「そう」

田巻は小さく息をついて振り返り、小首をかしげて建物内の物音に耳をすます。

「今夜のお産は、なさそうよ」

誰も返事をしない中、田巻はドアを大きく開けて手招きした。

「どうぞ入ってちょうだい。見たいんでしょう？　私のクリニックを。隅々まで」

俺ら全員で玄関に入る。室内に上がろうとすると、田巻は「こっちよ」と低い声で言って、シューズクローゼットの右端の扉をひらいた。現れた光景に、思わず声をあげてしまう。

そこには、靴ではなく部屋があった。

「ハリー・ポッターもびっくり。田巻センセと秘密の部屋かよ」と圭介が呻いた。

「秘密――そうね。看護師や助産師達が働くフロアにつながる廊下からも独立しているから、ここの出入りは誰にも見られたことがないはずよ」

田巻は生真面目に応じ、「土足でどうぞ」と自分もナースサンダルのまま部屋に入っていく。

そこは、ごく普通の応接間だった。医学書の並ぶ本棚とオーディオ機器、それに深緑色のファブリックソファとシャンデリアが調和を保っている。

「坊やと夕花は、ここで待っていてちょうだい」

田巻に言われ、夕花はおとなしくソファに腰をおろす。手首はまだ荷造り用の紐で縛られ自由のきかないままだったが、文句も言わなかった。俺と圭介はソファのクッションを床に並べ、悟空をそっと寝かせてやる。ついでにちゃんと息をしているか確認して、田巻に鼻で笑われた。

秘密の部屋をいったん出るのかと思っていたが、田巻はそのまま部屋の奥に進む。閉まっていたカーテンをひらき、サッシの横引き窓も開けた。

「トナカイさん達、悪いけどウッドデッキに出たら、カーテンと窓は元通り閉めてきてね」

そんな言葉を残して、ウッドデッキに降りる。俺と圭介は顔を見合わせ、田巻の言葉に倣った。

俺らが枯れ葉一枚落ちていない清潔なウッドデッキに立つと、田巻は丸い背中を向けてデッキの隅に置かれた物置の扉を開けているところだった。

「まさか、ウッドデッキの掃除を頼まれるわけじゃないよな?」

圭介のささやきが聞こえたのかどうか、くるりと振り返る。扉の脇に寄り、掌で物置の中を示した。

「ここからは、トナカイさん達がお先にどうぞ」

俺は意を決して、一歩踏み出す。物置の中はひんやりとして、かすかに消毒薬のにおいが漂っていたが、視界には何も入ってこない。物が何も——段ボール一つだって——置かれていなかったのだ。

「どういうことだ？」

圭介が俺の背中を押すように中に入ってくる。つづけて「足元に気をつけて」と田巻の声が飛んだ。圭介を押しとどめ、よく目を凝らすと、床にぽっかりと穴があいている。覗きこむと、地下への階段だった。どうやら物置は、この階段を隠すための巨大な覆いらしい。

「田巻センセと秘密の部屋パート2かよ」

圭介の言葉に肩をすくめ、田巻も物置の中に入ってくる。

「降りないの？」と聞かれ、俺は階段を踏みしめた。その足が震えていることに、今さら気づく。緊張感というより嫌な予感で、背中に冷たい汗を掻いていた。

階段はそう長いものではなく、すぐに地下室の入口に着く。銀行の金庫みたいな分厚い銀色の扉が前にあった。ノブの上にダイヤル錠があるのを見て手を止めると、田巻の見透かしたような声が響く。

「鍵はかかってないわ。そのままノブを回してくれたら、開くから」

開けたくない、と思う。俺の躊躇を見て取ったのか、圭介が後ろから腕を伸ばしてノブを握った。

「いくぞ、神さん」

重い扉が音も立てず一気に開く。優秀な防音機能が無効化したとたん、耳をつんざくような複数の泣き声が響いてきた。次いで、強烈な糞尿のにおいが鼻を直撃する。しかし、そんなものは気にならなかった。圭介もきっとそうだろう。

白熱灯の弱い明かりに晒された、目の前の光景のインパクトに比べたら、泣き声もにおいもたいした問題ではなかったのだ。

「地獄かよ」

記録用にスマホのカメラをかざした圭介の声が震える。

窓のない二十畳ほどの地下室の中に、五十人ほどの乳幼児が閉じ込められていた。全員おむつしか身につけていない。室温を異様に高くしてあるのは、洋服を着せなくてすむようにか。湿度も高く、たちまち汗が噴き出てくる。俺はつなぎの上半身部分を脱いで袖を腰で結び、Tシャツ一枚となった。剝き出しになった首筋や腕に汗が流れ落ちていく。熱帯のスコール後のようだ。不快きわまりない。一歩進むごとに、ぴしゃんと足音が立つ。何らかの液体で床が濡れているのだ。

子ども達はほぼ全員が泣いていた。泣きすぎてぐったり宙を見上げている子、顔を赤紫色にして金切り声をあげている子もいる。いずれにしても、言葉らしい言葉は聞こえてこない。動物園の檻の中だって、ここまで不潔かつ無秩序ではないだろう。俺と圭介の登場に、子ども達の何人かは部屋の隅に逃げようとし、何人かはハイハイやたどたどしい伝い歩きで近寄ってくる。けれどほとんどの子ども達は興味を示さず、まるで俺らが見えていないようにぼんやりしていた。

「これが――あんたの考える〝よりよい環境〟か？　ふざけんな」

俺は振り返って叫ぶ。田巻はまだ階段の途中だろうか。姿の見えないまま、声だけが降ってきた。

「ここ二、三日、世話係が忙しくて来られなかったものだからお見苦しい状態だけど、ふだんはもっと清潔よ」

「世話係って――夕花か？」

「そうね。あの子にはいろいろ働いてもらってる。運転手とか」

いつぞや、〈たまきクリニック〉に妊婦の扮装（ふんそう）で入っていった彼女の姿を思い出す。田巻が仕事を依頼しに来た時、倉庫街に停まっていた青いセダンもよみがえった。あの日、運転席に乗っていた女も、夕花だったのだろう。俺らの居場所、トナカイの仕事内容、仕事ぶり、あの女には何もかも最初から筒抜けだったのだ。

「たった一人でこれだけの数の子どもを世話すんの、無理じゃね？　実際できてねぇし」

「難しいとは思うけど、あの子が〝一人でやる〟と言ってきかないの。〝秘密を知っている人間は、少なければ少ないほどいい〟って」

「たしかに、たまきクリニックで出産すると赤ん坊を攫われるって噂が立ったら大変だもんな」

「人攫いみたいに言わないで。私は鬼畜な親になりうる人間達の子どもを保護しているだけ。いるでしょう？　ゆるい女の下半身に群がるバカな男と、そのゆるい下半身から子どもを垂れ流す女。ああいうのは自分達の快楽のために子どもを虐待するから、一代限りで絶やさなきゃね」

　田巻はどんな顔をして話しているのだろう。その語りは、いっそ楽しげに聞こえた。

「この国は根本的に間違ってるの。少子化を憂う前に、低能で貧乏で品性のない鬼畜が親になるのを止めなくちゃ。子どもの数だけ揃っても、全員不幸って事態にならない？」

「──もし、十七歳の女子高生が父親のいない子どもを産もうとしたら？　あんたの判断でいくと、その子どもは地下送りか？」

「もちろん。この先の人生を考えたら、子どもにとっても女子高生にとっても、その方が助かるでしょう？」

俺の耳の中に、湯澤華弥の慟哭がこだまする。今、俺の目の前でおむつを汚してぼんやりしている子ども達の誰かは、あの日彼女が諦めた命かもしれない。

「勝手に決めつけるな！　どの患者が鬼畜な親になりうるか？　そんな難しい判断を、あんた一人でできるもんか。いや、あんただけじゃなくて、誰にだって無理だ。人間である以上、人間を選別する権利なんて持ってないんだよ」

気づくと、俺は怒鳴っていた。滅多に出さない大声を出したせいで、めまいがした。こめかみに手をあててうつむくと、圭介が言葉を継いでくれる。

「鬼畜になりそうな親の子どもを保護？　よく言うよ。違うだろ。あんたの手先――夕花は言葉巧みに孤独な女に近づいて、風俗の仕事を紹介し、故意に妊娠させてんだぞ。あんたら自身が無戸籍の子どもを作るように仕向けてんじゃねーか。鬼畜はどっちだよ？」

ようやく階段を降りきった田巻が姿を現す。肩までの髪は乱れ、表情は豹変していた。小さな目が最大限に吊り上がっている。顎と頬の肉をぶるぶる震わせて、腕を上下させた。

「そ、れ、はっ！　全部、吉栖のせいだからっ！　あの香水臭いチビが裏切ったの。子どもは国内では流さないと約束していたのに、どんどん取引先を見つけてきて、どんどん数を要求して、子どもの数が揃わなければ脅されて、夕花を差し出しても許されなくて、しまいには、社会の底辺層とつながりの濃そうな逃がし屋を使って妊婦を掻き集めなくちゃならないところまで追いつめられて、それなのに、あんた達ときたら余計なことばかり——私だって被害者よ」

舞台女優のような抑揚で喋っているうちに、田巻の目から涙が溢れてくる。そのピントはずれの熱演を、俺は薄ら寒い気持ちで見つめた。

「被害者は、子ども達と彼らの親だけだ。間違うな」

俺の言葉に、田巻は口紅の剝げた唇を閉じる。すっと目が細まり、笑顔なのに表情がわからない不思議な顔を作ると、ほほほと口をおさえて笑った。肩の震えと共に、その笑い声はだんだん甲高くなっていく。そして声がつづかなくなると、大きく息をつき、ポケットからライターを出して掲げてみせた。

「何のつもりだ?」

「もちろん火をつけるつもりよ。ガソリンは先に撒いておいた」

俺と圭介は同時に足元を見下ろす。床を濡らしていたのは、ガソリンだったか。糞尿のにおいが強烈すぎて、気づくことができなかった。圭介がとっさに部屋の外に向かおうとすると、田巻はライターに火を灯し「動くな」と命じる。

「動いたら今すぐ、火をつけるわよ。あんた達がどうにか逃げきれても、子ども達が死ぬわよ」

「毬子先生」と上から声がかかる。いつのまにか夕花が物置の中に入ってきていたらしい。

「夕花？　部屋にいなさいと言ったでしょう？」

「すみません。毬子先生が心配で――」

「仕方ないわね。降りてらっしゃい」

田巻に命じられ、夕花がほっそりした足から順に姿を現した。その背中に田巻がライターを掲げたまま回り込み、夕花の手首を縛っていた荷造り用の紐を解いてしまう。

夕花の方はといえば、手が自由になったことにも気づかない様子で、目を大きくして俺らや赤ん坊のいる地下室と田巻の握ったライターを見比べていた。やがて何か喋ろうと口を開きかけたが、田巻に先回りされてしまう。

「夕花、あなたが火をつけて」

その言葉に夕花は明らかに動揺し、すがりつくように田巻を向いた。

「でも、子ども達は――」

「秘密は全部火の中に埋めるの。そのあと、二人でタヒチへ行きましょう。強力なコネがあるから、あそこなら警察も桜花連合も手を出せない。静かな暮らしができそうよ。あなたの分も航空チケットは用意した」

「逃げるってことですか？」と夕花の眉間に縦皺が寄る。ひどく混乱しているようだ。

「この国で生きるのも、そろそろ潮時ってことよ」

「なら、子ども達もいっしょに――」

「無茶言わないで」

「でも先生、子ども達には等しく未来があるって――だから、親から引き離してまでもここで育てていたんですよね？　殺すためじゃないですよね？」

「夕花。あんたが無能なせいで、すでに警察に盗られた子ども達がいるんでしょう？」

田巻にぴしゃりと言い放たれ、夕花は背を震わす。田巻を前にすると、夕花は年端のいかない幼女にでもなったように無力だった。田巻はそんな夕花をことさら軽蔑の眼差しで見つめ、わざとらしくため息をつく。

「夕花、わかってる？　警察はほどなくマナブリッジと桜花連合、そしてうちのクリニックとの関係を嗅ぎつけるでしょうよ。子どもの売買が明るみに出たら、さすがに上層部からの揉み消しも不可能になるわ。田巻毬子と〈たまきクリニック〉は一巻の終わり。決定的な証拠は消しておきたいじゃない？」

「んな調子よくいくか、バカ」

圭介がいらいらと叫んだが、田巻がライターの火をちらつかせるのを見て、押し黙った。

「ついでに、何もかも嗅ぎつけた鼻のいいトナカイさん達も消していきましょう」

　さあ、とライターを差し出す田巻を見返す夕花に、俺は語りかける。

「聞いたか？　これが田巻毬子の本音だよ。あんたが尊敬し、惚れ込んだ先生の正体だ。どんなに立派な理想をあんたに吹き込んだか知らないが、今の田巻には子どもへの愛なんてない。あるのは保身だけだ」

「嘘よ」

　短く叫び、夕花が耳をふさぐ。

「先生は、ヤク中の両親から私を救いだして、この部屋で育ててくれたの。どんな子どもにも等しく未来があるからって」

「こいつも——地下室ベビーだったか」

　圭介が呻く。

「私はバカで、何もできなくて、誰にも愛されない人間だけど、先生の信念と共に進めばきっと生まれてきた意味はあるって——毬子先生がそう言ってくれたから、私は今まで生きてこられた」

「それは洗脳ってやつだ。あんたはバカじゃないし、優秀だ。愛し、愛されることだって、きっと十分に可能だ。少なくとも俺は——」

　あんたを放っておけずにここまで来た、と打ち明けた俺に、夕花の目が丸くなる。

「毬子先生」とすがるように自分を見た夕花に、田巻は気さくな笑顔を作って言った。

「夕花はどちらを信じるの？」

沈黙が落ちる。一向にライターに手を出そうとしない夕花に、田巻の怒りが爆発した。

唇がめくれあがり、色の悪い歯茎が丸見えになる。

「もうっ。これだから嫌になるっ。トンビがタカを生むなんて奇跡なのよ。たいていカエルの子はカエル。鬼畜の子は鬼畜。バカの子はバカ。貧乏の子は貧乏。救いはないねっ」

「そんな——嘘ですよね？」

呆然とする夕花を「おまえなんかもういい」と田巻が突き飛ばした。夕花はよろけた拍子に地下室に足を踏み入れ、ガソリンの床の上にびしゃんと尻をつく。

「バカはバカらしく、盲目的に働けばいいものを。中途半端な倫理観を持ち出してくるんじゃないよ。いいわ。私が自分の手を汚します。さようなら」

田巻がしゃがむのと、夕花が立ち上がるのは同時だった。夕花は驚くべき敏捷性で田巻に飛びかかり、ふかふかしたマシュマロのような腹にむしゃぶりついた。田巻が落としたライターの火を、自分の体で受け止める。たちまち、ガソリンに濡れた部分から炎が上がった。火だるまになる夕花を田巻はあわてて引き離そうとするが、夕花の腕はしっかり食い込んだままだ。

「言って。毬子先生、いつもみたいに言ってください。私は生まれてきてよかったんだって。生まれてくる価値があったんだって。どんなに身を汚しても、魂は汚れないって。私には――未来があるって」

「先生。私のこと、好きでいてね。ずっとね――」

「離せっ。離せーーーーっ」

人の皮膚が焼けるにおいに、俺は棒立ちになる。その時、上から澄んだ声が降ってきた。

「則道！」

「旭――火が消せないんだ」

「火？　ここに、ウッドデッキ用の水道があるよ」

「ホースは？　ホースはないか？」

炎に包まれる粂野旭の家が目の前に広がり、俺はあの夜と同じ物を求める。

「――見つけた！　蛇口につけておく。だから早く上がってきて」

踏み出そうとして、あらためて火の勢いに怖じ気付く。炎はさっきよりずっと高く太く、燃えさかっていた。黒い煙を吸い込み、むせる。俺らと子ども達がいる部屋の中まで火が侵入するのも、時間の問題だろう。

「やっぱり無理だ。俺の周りにも火が――」

「則道なら助けられる」

旭はそう言ってくれた。恨みも憎しみもなく、断固として信じてくれている口調で。面白くない冗談を言ってしまった時のように照れるあいつの顔が浮かぶ。俺は火に怯えてなかなか言うことをきかない体に鞭打った。

「わかった。助けてやるからな」

人生にやり直しなどない。死んだ人間は生き返ったりしない。死んだ人間に許してもらうことなどできるわけない。頭ではわかっていても、それがどうしたと心が叫んでいる。

――世界の果てまで逃げきれたら、よく眠れそうだよね。

何度もリフレインしてきた旭との最期の会話を、また思い出す。旭がそう言うなら、世界の果てまで逃がしてやりたい、今度こそ。

「今度こそ――絶対助けてやるからな」

俺はガソリンに浸かった靴を脱いで靴下になると、一足飛びで地下室から出て、火だるまで揉み合う女達の脇を通り過ぎ、階段を駆け上がった。

ホースをつかんで再び階段を降り、まずは女達に水を浴びせかける。めらめらとあがっていた炎が黒くくすぶり、小さな赤い点となって消えていった。火が退散していく。

暗闇としずけさが戻ってくる地下で、俺はたしかに旭が微笑むのを見た気がする。

大きな音がして我に返ると、白目をむいた田巻の体が崩れ落ちていた。夕花の細い指が首に食い込んでいる。服が焼け落ち、ただれた素肌を晒しつつも、夕花はまだ息をしていた。

「圭介！　電話。救急車」

俺が叫び、圭介が飛び跳ねるように階段を駆け上がっていく。地下室の子ども達は自分の命が危機に晒されたこともわからないようで、全員最初と変わらず、泣いたりぼんやり宙を見たりしていた。

俺が抱き上げると、夕花は荒い息をして薄目を開ける。

「私は――」

「守ったぞ。あんたが子ども達を守ったんだ」

「違う。私はただ、毬子先生を殺し――」

「よく聞け、夕花。あんたには未来がある。ゆっくり休んで、ちゃんと償って出てこい。十分やり直せるはずだ。いいか？　あんたの人生は、親や田巻や吉栖や他の誰かを喜ばせるためのもんじゃない。あんた自身のものだ。誰があんたを好きでも好きでなくても変わらず、あんたは生まれてきた価値があり、生きていく義務があるんだからな」

俺の言葉は、夕花の耳に届いただろうか。皮膚が焼けて真っ赤になった両手で顔を覆い、夕花はそのまま動かなくなる。赤く膨れた指の間を滴り落ちる透明な涙が、どこからか届く明かりに照らされ、美しく光っていた。

田巻毬子は死亡し、夕花は戸籍を持たない女として警察に逮捕された。大火傷を負った体が回復するのを待って、刑に服すことになるだろう。マナブリッジの責任者数名も逮捕されたが、マナブリッジ自体は名前を替えて存続するという話だ。桜花連合はもっと露骨で、下っ端数名が「子どもの売買をした」と自主的に出頭した代わりに、吉栖はのうのうと自由を貪っている。きっと今頃、第二、第三のたまきクリニックを探しているに違いない。本当に悪いやつほど、逃げ道をいくつも持っているのだ。

もっとも、虚しい結果ばかりでもない。馬淵の尽力により、マナブリッジの子ども達は――無戸籍者も親が迎えに来てくれない子らも等しく――しかるべき施設で暮らせることになった。悟空はそこで、健康を回復した小日向比呂と再会できたらしい。

――今度、トナカイさんたちとぼくら四人でサッカーしましょう。ぼくらは負けません。

二人から「トナカイさま」宛で届いたクリスマスカードは、そんな誘いで結ばれていた。

悟空といえば、あの日、火にまみれた階段の上と下で俺と実際に会話していたのは彼だったらしい。麻酔から覚めたばかりのふらつく体で俺らを探していた悟空は、「則道」なんて呼びかけなかったと言い張ったが、俺にはそう聞こえたのも、また事実だ。

クリスマスイブ。俺と圭介は小さなケーキと花束を持って、市民病院の入口をくぐった。

「南波玲奈は中絶したそうだ」

「そっか」

俺の報告に圭介はうなずき、病院の長い廊下を歩いていく。廊下の壁や天井には、折り紙や色画用紙で星やサンタや天使の飾り付けがしてあり、賑（にぎ）やかな眺めだった。

「いろいろ考えた上での結論だろう」

「だよな。──実家に帰ってくるのか？」

「いや。一人暮らしをつづけるために、馬淵と一緒に新しい仕事を探しているらしい」

「真澄さん、弁護士しながらハローワークの役割まで担ってんの？　すごいね」

「ああ。本当にすごいやつだ」

俺はやっと現れた目当てのドアの前で立ち止まり、あらためて建物を見回す。古いが清潔なこの市民病院も、馬淵が見つけてくれたのだ。

ノックすると、すぐに「はい」とハスキーな声でやわらかい返事があった。

「失礼します」

学生時代、職員室に入るたび味わった場違い感を思い出しながら、俺はドアを開ける。甘いミルクのにおいが鼻先をくすぐった。

「お、また一段とふっくらして、元気そうじゃん。もうじき退院だな」

圭介は保育器の中で眠っている赤ん坊に笑いかける。そして俺の手からさっさとケーキと花束を奪うと、赤ん坊の横で膝頭を合わせて座っている少女に差し出した。

「ほい、これ。おかーさんと赤ちゃんへのクリスマスプレゼント」

「ありがと」と嬉しそうにケーキの箱を見つめる少女は、湯澤華弥だ。DNA鑑定によって、例の地下室にいた子ども達の中から我が子を見つけたばかりだった。栄養不良で入院した赤ん坊の回復を待ちきれず、病院に日参しているらしい。

一度は失ったと思った子どもが生きていると知った時、華弥は涙をぽろぽろこぼして喜んだ。すでに高校は辞めて就職していたため、馬淵の教えた様々な公的補助を組み合わせつつ、〝母子一緒に暮らす〟という夢に向かって進んでいるそうだ。ハードな毎日を送っているせいか、妊婦時代が終わったせいか、華弥はずいぶんほっそりして、プリクラで見た美少女の面影が戻ってきつつあった。

赤ん坊の寝顔を見ながら、三人でケーキを食べていると、俺のスマホが震える。

廊下で応対して戻ったところ、圭介が空になったケーキの紙皿を置いて立ち上がった。

「仕事か」

華弥が寂しそうに口をとがらせる。

「もう行っちゃうの？　今日はクリスマスイブなのに」

「慌ただしくてすまん。どうしても今日中に引越したいって客がいて」

「ふーん。トナカイさんだけに、クリスマスは大忙しなんだね」

華弥の言葉に、圭介が「関係ないし」と鼻を鳴らした。華弥は余裕の笑みで受け流し、朗らかな声をあげる。

「じゃあね、トナカイさん。メリークリスマス」

「――メリークリスマス」

慣れない挨拶の声が、圭介と揃った。

本書は書き下ろしです。

本作品はフィクションです。実在の事件、団体、企業等とは一切関係がありません。

実業之日本社文庫　好評既刊

赤川次郎
毛並みのいい花嫁
ちょっとおかしな結婚の裏に潜む凶悪事件に、亜由美と愛犬ドン・ファンの迷コンビが挑む！「賭けられた花嫁」も併録。（解説・瀧井朝世）
あ11

赤川次郎
花嫁は夜汽車に消える
30年前に起きた冤罪事件と〈ハネムーントレイン〉から姿を消した花嫁の関係は？　表題作のほか「花嫁は天使のごとく」を収録。（解説・青木千恵）
あ12

赤川次郎
MとN探偵局　悪魔を追い詰めろ！
麻薬の幻覚で生徒が教師を死なせてしまった。17歳女子高生・間近紀子（M）と45歳実業家・野田（N）のコンビが真相究明に乗り出す！（解説・山前 譲）
あ13

赤川次郎
花嫁たちの深夜会議
ホームレスの男が目撃した妖しい会議の内容とは!?　亜由美と愛犬ドン・ファンの推理が光る。「花嫁は荒野に眠る」も併録。（解説・藤田香織）
あ14

赤川次郎
MとN探偵局　夜に向って撃て
一見関係のない場所で起こる連続発砲事件。犯人の目的とは……？　真相解明のため、17歳女子高生と45歳実業家の異色コンビが今夜もフル稼働！（解説・西上心太）
あ15

実業之日本社文庫　好評既刊

赤川次郎
許されざる花嫁
長年連れ添った妻が、別の男と結婚する。新しい夫には良からぬ噂があるようで…。表題作のほか1編を収録した花嫁シリーズ！（解説・香山二三郎）
あ1 6

赤川次郎
売り出された花嫁
老人の愛人となった女、「愛人契約」を斡旋し命を狙われる男……二人の運命は!?　女子大生・亜由美の推理が光る大人気花嫁シリーズ。（解説・石井千湖）
あ1 7

赤川次郎
死者におくる入院案内
殺して、隠して、騙して、消して──悪は死んでも治らない？「名医」赤川次郎がおくる、劇薬級ブラックユーモア！　傑作ミステリ短編集。（解説・杉江松恋）
あ1 8

赤川次郎
崖っぷちの花嫁
自殺志願の女性が現れ、遊園地は大混乱！　事件の裏にはお金の香りが──？　ロングラン花嫁シリーズ文庫最新刊！（解説・村上貴史）
あ1 9

赤川次郎
花嫁は墓地に住む
不倫カップルが目撃した「ウエディングドレス姿の幽霊」の話を発端に、一億円を巡る大混乱が巻き起こる!?　大人気シリーズ最新刊。（解説・青木千恵）
あ1 11

実業之日本社文庫　好評既刊

忙しい花嫁
赤川次郎
この「花嫁」は本物じゃない…謎の言葉を残した花婿がハネムーン先で失踪。日本でも謎の殺人が!? 超ロングランシリーズの大原点！（解説・郷原 宏）
あ 1 12

四次元の花嫁
赤川次郎
ブライダルフェアを訪れた亜由美が出会ったのは、ドレスも式の日程も全て一人で決めてしまう奇妙な新郎。その花嫁、まさか…妄想!?（解説・山前 譲）
あ 1 13

哀しい殺し屋の歌
赤川次郎
「元・殺し屋」が目を覚ましたのは捨てたはずの実の娘の屋敷だった。新たな依頼、謎の少年、衝撃の過去——。傑作ユーモアミステリー！（解説・山前 譲）
あ 1 14

終電の神様
阿川大樹
通勤電車の緊急停止で、それぞれの場所へ向かう乗客の人生が動き出す——読めばあたたかな涙と希望が湧いてくる、感動のヒューマンミステリー。
あ 13 1

探偵ファミリーズ
天祢 涼
このシェアハウスに集う「家族」は全員探偵!? 元・美少女子役のリオは格安家賃の見返りに大家の「レンタル家族」業を手伝うことに。衝撃本格ミステリ！
あ 17 1

実業之日本社文庫　好評既刊

実業之日本社文庫　好評既刊

周木律　不死症（アンデッド）

ある研究所の瓦礫の下で目を覚ました夏樹は全ての記憶を失っていた。彼女の前に現れたのは人肉を貪る異形の者たちで!?　サバイバルミステリー。

し21

周木律　幻屍症　インビジブル

絶海の孤島に建つ孤児院・四水園――。閉鎖的空間で起こる恐るべき連続怪死事件に特殊能力「幻屍症」を持った少年が挑む！　驚愕ホラーミステリー。

し22

知念実希人　仮面病棟

拳銃で撃たれた女を連れて、ピエロ男が病院に籠城。怒濤のドンデン返しの連続。一気読み必至の医療サスペンス、文庫書き下ろし！（解説・法月綸太郎）

ち11

知念実希人　時限病棟

目覚めると、ベッドで点滴を受けていた。なぜこんな場所にいるのか？　ピエロからのミッション、ふたつの死の謎…。『仮面病棟』を凌ぐ衝撃、書き下ろし！

ち12

中山七里　嗤う淑女

稀代の悪女、蒲生美智留。類まれな頭脳と美貌で出会う人間すべてを操り、狂わせる――。徹夜確実、怒濤のどんでん返しミステリー！（解説・松田洋子）

な51

実業之日本社文庫　好評既刊

原宏一
大仏男
芸人をめざすカナ&タクロウがネタ作りのために始めた霊能相談が、政財界を巻き込む大プロジェクトに!? 笑って元気になれる青春小説！（解説・大矢博子）
は31

原田ひ香
三人屋
朝・昼・晩で業態がガラリと変わる飲食店、通称「三人屋」。経営者のワケあり三姉妹と常連たちが織りなす、味わい深い人情ドラマ！（解説・北大路公子）
は91

原田マハ
星がひとつほしいとの祈り
時代がどんな暗雲におおわれようとも、あなたという星は輝きつづける――注目の著者が静かな筆致で女性たちの人生を描く、感動の7話。（解説・藤田香織）
は41

原田マハ
総理の夫　First Gentleman
20××年、史上初女性・最年少総理となった相馬凛子。夫・日和に見守られながら、混迷の日本の改革に挑む。痛快&感動の政界エンタメ。（解説・安倍昭恵）
は42

東川篤哉
放課後はミステリーとともに
鯉ケ窪学園の放課後は謎の事件でいっぱい。探偵部副部長・霧ケ峰涼のギャグは冴えるが推理は五里霧中。果たして謎を解くのは誰？（解説・三島政幸）
ひ41

実業之日本社文庫　好評既刊

宮下奈都
はじめからその話をすればよかった
身辺雑記、自著解説、瑞々しい掌編小説。著者の魅力を満載した初のエッセイ集。文庫化に際し掌編小説二編とエッセイ一編を新規収録。ファン必携、極上の一冊！
み23

木宮条太郎
水族館ガール
かわいい！だけじゃ働けない——新米イルカ飼育員の成長と淡い恋模様をコミカルに描くお仕事青春小説。水族館の舞台裏がわかる！（解説・大矢博子）
も41

木宮条太郎
水族館ガール2
水族館の裏側は大変だ！　イルカ飼育員・由香の恋と仕事に奮闘する姿を描く感動のお仕事ノベル。イルカはもちろんアシカ、ペンギンたち人気者も登場！
も42

木宮条太郎
水族館ガール3
赤ん坊ラッコが危機一髪——恋人・梶の長期出張で再びすれ違いの日々のイルカ飼育員・由香にトラブル続発!?　テレビドラマ化で大人気お仕事ノベル！
も43

木宮条太郎
水族館ガール4
水族館アクアパークの官民共同事業が白紙撤回の危機。ペンギンの世話をすることになった由香にも次々とトラブルが発生。奇跡は起こるか!?　感動お仕事小説。
も44

実業之日本社文庫　好評既刊

実業之日本社文庫 な61

逃(に)がし屋(や)トナカイ

2018年6月15日　初版第1刷発行

著　者　名取佐和子(なとりさわこ)

発行者　岩野裕一
発行所　株式会社実業之日本社
〒153-0044　東京都目黒区大橋1-5-1
クロスエアタワー8階
電話 [編集]03(6809)0473 [販売]03(6809)0495
ホームページ http://www.j-n.co.jp/
DTP　ラッシュ
印刷所　大日本印刷株式会社
製本所　大日本印刷株式会社

フォーマットデザイン　鈴木正道(Suzuki Design)

ISBN978-4-408-55421-1（第二文芸）